드래곤 라자

2

被诅咒的神临地

龙族
DRAGON RAJA

（韩）李荣道 著　曼曼　珂儿 译

长江出版传媒　｜　长江少年儿童出版社

波奇·尼德尔：17岁，母亲早逝，与父亲相依为命以做蜡烛为生。活泼顽皮，爱恶作剧，勇敢而极富正义感。想法独特，对外面的世界充满好奇。因为戴着食人魔力量手套而拥有与食人魔同等的力气。

马修·费西法：27岁，班奈特领地的警备队长。正直勇敢、纯朴憨厚。常被波奇捉弄，因体形魁梧被波奇戏称为食人魔。

卡洛尔·班奈特：34岁，隐居在森林里的神秘人，实际是班奈特领主同父异母的弟弟。箭术精准，沉稳友善，博闻多识，常以浅白的语句述说深奥的哲理。

伊芙琳·谢莱莉尔：精灵，120岁，披着一头黑色长发，外貌美丽，聪明敏捷，精通魔法及各种精灵召唤术。价值观与人类不同，往往有出人意料的言论。

埃德·凯因夫：矮人，性格刚烈豪爽，擅使双刃斧。

杜卡·巴托克：半身人，仗义，幽默，自称"物品所有权的转移专家"。

克莱斯特：雷克斯市的贵族，财大气粗、横行霸道。在遭到波奇一行人的挫败后，无奈将全部财产捐赠给市政府。

亚尔弗列得：魔法学徒，克莱斯特男爵的爪牙，外强中干，佯装成大法师帮助男爵恐吓其他人。在遇见波奇一行人后决定洗心革面。

玛德琳：侍奉艾德罗伊的巨怪女祭司。秉性善良，信仰虔诚，拥有强大神力，有"中部林地的治愈之手"之称。

弗雷德：冒险者，巫师，个性腼腆，知识渊博。在解决神临地事件后，决定留下来重建当地。

萨琳娜：冒险者，迪菲利的祭司，拥有在岔道面前做出正确选择的权能。

路易斯：冒险者，战士，擅用半月刀，有"左手的路易斯"之称。

安德鲁：冒险者，战士，使用战戟。

目录

第六章

马修并没有拔出长剑。他对士兵们说：

"你们侮辱我的主人，所以我要与你们决斗。你们是要一个一个来，还是要一起上？"

士兵们茫然地互相看着。不管怎么说，这么多人对付一个人，对他们来说是有损自尊心的。他们中的一个，也就是刚才被我抢走战戟的那个人，接过了别的士兵的战戟之后，往前跨了一步。这个人好像是他们的领队。他看了一眼站在楼梯上面的我，说道：

"喂，你也要下来打吗？"

"我干吗要下去打？啊，难道你是在要求我跟你打吗？"

那家伙哼了一声，然后就朝着还没拔剑的马修挥出了他的战戟。但是马修一直看着对方的脚步，在对方还没有移动手臂之前，就已经识破了对方的意图。马修轻轻地往后退，再用往后伸的那只脚踢了地面一下，就往那个失去平衡的士兵冲了过去。马修的拳头用力伸出。砰！

"哎呀！"

那家伙被正面击中了脸部，他一副眼冒金星的眩晕模样，并且连连后退。马修说道：

"居然闭上眼睛？这家伙的武术根基未免也太差了吧。"

马修接着就拔出了长剑。那是我们领主花了很大的价钱才好不容易购置的剑，为了对付兽化人，还特地镀上一层银，可说是一把很难得的剑。对方慌张地刺出战戟，马修将长剑水平地提起，然后斜斜地挡住战戟，就这样挥出去。战戟和长剑互相缠搅发出摩擦声，然后互相弹开。那么重的战戟想要再举起来是很花时间的，只见马修往前踏了一步，轻轻地刺了过去，那士兵的手立刻就动弹不得了。马修将长剑架在那家伙的喉头上，简简单单的两三下就定了胜负。

"啊，啊——"

那家伙的眼中现出了血丝，他惊恐地看着架在自己喉头上的长剑。马修将长剑左右晃了几下说：

"如果你道歉我就不杀你，但是你如果想死就未必了。我想你也知道该怎么做吧？"

"可恶的家伙！"

在旁边的一个士兵突然挥起战戟，马修猛然往后退了一步。这么一来，刚才那个差点被刺到脖子的士兵再度举起战戟猛扑过来。

"你这王八蛋！你明知道我们是谁还敢如此！"

其余的士兵也全部一拥而上。我从没见过这么卑鄙无耻的人。我提着巨剑往前跳。因为站在楼梯上面，所以我跳得相当高。我在空中拔出了巨剑，两手分别拿着剑和剑鞘。

"呀啊！"

我用跳下来的力量，一口气就毁了两根战戟。我用巨剑砍断了一根，又用剑鞘敲断了另一根。然后，等到我的脚一踏到地面之后，我马上使出"一字无识"的招式。因为两手都举着，所以很容易去利用产生的离心力。我又击毁了两根战戟。虽然他们的行为实在是不像话，但是，我再怎么样也不会用巨剑去捅他们的身体。这不是为了那几个家伙，而是为了我自己省点力气。所以我用力挥动着左手中的剑鞘。

"呃啊！"

被我狠狠地打中脸颊的那个士兵，连牙齿都弹出来了，整个人也摔倒在地上。我将巨剑插入了剑鞘，然后用力地挥动起来。接着又有两个士兵被打中手臂，他们吓得赶紧往后退。我就像拿着斧头一样狠狠往下去劈他们的手臂，我想应该会非常的痛吧。他们的手断了吗？那么至少在一个月之内，他们应该都会好好地反省才对。

马修看到我的行为，也好像是了解我的用意似的将长剑插回了剑鞘，然后整个一起挥动起来。在这之前，我都不曾感觉到马修手上的力道有任何狠辣的味道，但是剑一插入剑鞘之后，马修就变得非常厉害。没有一点留情地，他开始挥打对方的脖子或胸口等重要部位。就算套上了剑鞘挥打，但那些士兵们惨叫之后，没有一个不昏过去的。马修觉得那些倒下的士兵碍手碍脚，就踢开了他们，或者干脆直接踩过他们身上，然后再继续挥打。

我们两个人像发疯了似的用剑鞘挥打他们，过了一会儿，旅馆前面的大路上已经看不到没受伤的士兵了。八名士兵全都倒成一团，在地上不停地呻吟着。

我踢了一脚刚才偷袭马修的那个家伙，并且说：

"你这个混蛋，我可是食人魔杀手。你竟敢跑来随便撒野？"

我可是曾经和食人魔、石像怪、蛇女怪那些幻象怪物打斗过，而且曾经和真的半兽人、巨兽人、巨怪战斗过。虽然我的根基很差，在这一点上其实这些士兵跟我相比也差不了多少，但是我可比他们更有战斗经验。大概是托那些经验的福，我才能够这么轻易地就打败他们。我气势凌人地凶他们，马修却制止了我。

"不要这样，波奇。如果他们和我们能力相当的话，那还没关系，但是他们的根基实在不行，打得我也不是很好受。"

雪伦站在楼梯上愣愣地看着我们。后来尤娜叫来几个下人扶起士兵们。但是尤娜看起来似乎有些不知所措，马修也是如此。马修皱起眉头看着我和他留下的残局，说：

"我们如果离开，对我们是没什么差别，但是雪伦和尤娜还得继续在这里做生意，事情一定要圆满收场才行。我看把他们都带到大厅里去吧。"

尤娜很感激地看了看马修。下人们扶起士兵们，往大厅移动。

一进到大厅里，马修让那个看起来像是领队的家伙坐下来，卡洛尔和雪伦也一起坐在同一桌，而其他的士兵们则被带到另外的几桌，由我和伊芙琳监视着他们。尤娜先将一杯杯啤酒拿给了士兵们以及我们。她好像想把这场打斗当成是村里血气方刚的少年们打了一架而已，现在应该要圆满地收场了。事实上，没有人受了严重到会致命的伤，所以尤娜那样做也收到了很好的效果。真是个冷静沉着，又很聪明的丫头！士兵们的表情虽然看起来很不高兴，但是并没有拒绝这些啤酒。

卡洛尔和马修正在和带头的那个人（他的名字好像是汉斯）说着话。汉斯虽然一副凄惨的表情，但还是怒气冲冲的样子，马修也是看起来一副强忍怒火的表情。卡洛尔和雪伦正在为两个人调解。

我拿着啤酒杯靠在大厅的墙上，看着士兵们坐在那边喝啤酒。伊芙琳在我旁边，同样斜靠着墙站着。士兵们则一直瞪着我，不管是不是敌人，我真的不喜欢在应该高高兴兴喝啤酒的同时还做出那种表情。

"只要你们的双手放在桌上，还有，不要站起来，其他的我都不会干涉你们。"士兵们一听到我的话，都微微笑了一下。于是，士兵们有的摸了下自己的腹部，有的抚着脸颊，然后一边喝着啤酒，一边聊着天。

他们其中一个对我说：

"喂，小鬼。"

"干吗？请叫我波奇。"

"你叫波奇？真可笑的名字。我叫凯利。你为什么力气这么大？还有，你说你是食人魔杀手？你的意思是你杀过食人魔吗？"

"我曾经和食人魔、石像怪、蛇女怪、大地精、牛头人交战过，也一次同时和九只巨兽人打斗过，今天早上还和巨怪交战。巨怪最麻烦了，因为它会一直再生个不停。"

士兵们露出了惊讶的表情。凯利说：

"小子……你是不是在吹牛？"

"你应该已经看到我们把巨怪杀死了。其他的也都是事实。我干吗要说谎？"

凯利没有再说什么。我刚才说的一长串怪物，他们好像连见都没见过。我很吃惊地说：

"你们不是私兵吗？应该是见过世面才选你们做私兵的，不是吗？没有必要这么惊讶吧？"

凯利不高兴地苦笑了一声，然后回答：

"小子，如果不是你们这些乡下人，谁也不敢惹我们。所以我们也一直没想到会有人真的跑来惹我们，因此才会松懈大意。"

"真的吗？马修和我可都事前警告过你们了，你们真的有松懈吗？"

"……虽然我不知道你们是不是可以像现在一样继续嚣张下去，

可是如果我们的人马都出动的话，你们马上就完蛋了。所以趁还能高兴的时候赶快高兴一下吧。"

听到这些话，我很火大。可是这时候伊芙琳先开口了。

"那么我想请问一个问题，为什么巨怪脱逃出来的时候你们都不出动呢？"

"我们那时正在睡觉！那时候还很早嘛！"

那个士兵不高兴地回答。但是我快气昏了。那时候已经天亮很久了。我想起故乡那群太阳还没升起前，就为了保护领地而展开训练的警备队员们。我说：

"什么？你们没有哨兵吗？而且我们和巨怪开始打斗，也是在巨怪已经出来作乱好一阵子之后的事，并且又打斗了一段时间。在这么长的时间里，你们至少也应该出动了一些人才对啊！"

凯利支支吾吾地回答：

"我们住的地方距离市场有些远。"

听到这句话，尤娜扑哧笑了出来。士兵们凶恶地看着尤娜，但是尤娜看也不看他们一眼就走到我身边对我说：

"克莱斯特的宅邸就在市场旁边。好远哦！大约一分钟的路程。"

我气到话都说不出来了。我一口就喝光了我那杯啤酒。

"很好，谢谢，尤娜小姐。请再给我一杯。"

尤娜微笑着拿起啤酒杯。然而伊芙琳对我说：

"请不要再喝了。你从刚才到现在一直都在喝，已经喝了六杯了。"

在我还没来得及说话之前，尤娜就先说道：

"哎呀，他想喝就喝嘛，跟您有什么关系？"

咦？哇，好厉害的商业头脑。难道她就那么想赚钱吗？

"不，没有关系，尤娜。我不应该再喝了。还有，你一定要这样露骨地表现出你的商人精神吗？"

尤娜用很惊讶的眼神看着我。干吗这么惊讶？然后尤娜突然变了脸色，对我喊道：

"笨蛋，你以为我是为了赚钱吗？"

尤娜突然往外跑了出去。我则是张口结舌。咦？被人揭发了心里在盘算的事，应该静静地退到一边去，怎么还说我是笨蛋？真的是个性相当倔强的丫头。士兵们都嘻嘻地笑了起来。他们到底在笑什么啊？

我靠在墙壁上，然后抽出巨剑仔细看着剑刃。这把剑砍过巨怪，又和战戟碰击过，经过这几场打斗，我想仔细看看这把剑有没有破损的地方。还好剑刃还很完整。嗯，仔细想来，这把剑还不曾和铁做的东西直接相碰击。然而那些士兵们看到我在观察巨剑，个个都表情十分紧张。所以我将巨剑收回剑鞘。凯利又用那不高兴的声音对我说：

"你这个小鬼，靠着自己力气大而扬扬得意，但是你如果遇到魔法，可以连眼睛都不眨一下吗？"

"你会施魔法吗？"

"哼！男爵大人雇用了大法师亚尔弗列得。亚尔弗列得会对付你们的，说不定让你们死之前还会先抽掉你们的灵魂。亚尔弗列得要是知道你对我们的所作所为，他一定会这么做！"

"啊，有大法师……不是什么好消息。"

事情真的不妙了。我想到赛门，他能让巨怪飞到天上去，能呼唤出炎魔打死牛头人，还能制造出很多骇异的怪物幻象。但是这家伙说的人不是普通巫师，是大法师！

这时马修对我喊了一声：

"嗯,波奇!走吧。"

"去哪里?"

"我们要去见见那个男爵。只和他的部下沟通是不行的。"

"啊?我们要进到敌方大本营去?"

马修一听到我说的话,立刻笑了笑。

"你这家伙也真是的。我们当然应该去说清楚啊。我们帮忙处置了脱逃的巨怪,他却叫士兵来这里向我们索取赔偿,我们心里当然不好受。虽然我们并不要求谢礼,但是也要讲清楚道理才对。而且我们也应该好好地将这些士兵们送回去,他们才不会说什么话。"

"等一下,等一下!听说那里有巫师!不对,是大法师!"

马修虽然有些不知所措,但表情又转为平静。

"所以呢?"

他这样问我,我无话可说。

"所以快走吧。大法师在等我们呢!"

雪伦表情慌张地按住了马修的肩膀,说:

"你们一定得去那里吗?你们认为如果去那里,他就会道歉,并且悔悟自己的过错吗?你们这么做,不是一群傻瓜吗?应该就这么离开比较好吧。希望你们不是为了我们……而且大法师亚尔弗列得是个很残忍的人。男爵拥有这么强大的势力,也是因为那个亚尔弗列得的关系。"

"我们当然不知道是不是会有危险。但是如果带着他的士兵去,试着和他沟通,他应该就不会很严厉地责怪我们了吧。"

雪伦摇摇头。

"事情看起来有这么简单吗?"

我们讨论要如何去,最后决定骑马去。我不知道为什么非骑马不可,但是马修坚持应该这么做。

所以我和卡洛尔现在骑着马,顺着雷克斯市的大路前进,在我们之间是八名士兵排成两列纵队走着。嗯,我们坐在马匹上和他们一起前进着,虽然我们根本没有捆绑这些士兵,但看起来确实很像带着俘虏的样子。可能马修要的就是这种效果。

我从眼角瞥见士兵们个个都脸红不已,他们低头走着,也不抬头去看看四周。然而雷克斯市的市民们都能很清楚地看到我们的模样。人们在窃窃私语。

"喂,那些不是克莱斯特男爵的警备兵吗?"

"真的耶,可是为什么这么落魄?"

"在那边骑着马的小孩子是早上的那个小孩子!砍断巨怪脖子的……"

卡洛尔抬头看着四周的人们,不知不觉地就脸红了起来,他喃喃地说:

"这样子,嗯,很像是去交换俘虏的将军。"

"咦?说得对!卡洛尔,这是很好的比喻哦!"

我努力试着做出有威严的表情。虽然我希望"艾米莉"能高高地提起膝盖走路,但是"艾米莉"就像走在田里一样,一直拖着脚走,让我好不痛快。哎呀,算了吧。

艾米莉就是艾米莉。不管马或人都一样。

而马修则走在士兵们的后面。他让伊芙琳骑着他的马"流星",而他自己则抓着马的缰绳在地上走着。伊芙琳很担心地问他要不要一起骑,但是马修不论如何都不要。

接着在我们后面的是雪伦和旅馆的下人们。我们请他们不要来,但是雪伦说因为我们是他的客人,所以要负责到底。

"那个男爵看到你们的人数这么少，可能会来硬的。一旦你们进入了宅邸，可能就很难出来了。我们虽然不能保护你们，但如果男爵看到我们有这么多人，也许他就不会监禁你们了。"

雪伦说了这些话之后，就和下人们一起跟着我们。在路上有人看到我们这样子后喊着：

"你们看！他们为什么那副模样？"

那个带头的汉斯立刻高声说道：

"你真是笨得可以！因为这些人杀死了巨怪，所以当然要向他们收补偿金。现在正要把他们押送到男爵那里。"

我差一点从马上摔下来，而卡洛尔、马修以及伊芙琳都笑了。问那句话的路人吐了一口口水，然后用手搔搔自己的头说：

"呸！这个，你说是谁要押送谁呢？"

围观的人们哄然大笑。嗯，看来骑着马确实有许多好处。汉斯表情凶恶地紧握着拳头，但因为两手空空，所以也不敢扑上去。因为他们的战戟都被我折断了。

不过话说回来，我心里真的很不安。我不停地想到大法师亚尔弗列得。他到底是怎样的人呢？赛门能唤出炎魔，那么这个大法师说不定能唤出一条龙？

"汉斯，借问一下，亚尔弗列得是个什么样的人呢？"

汉斯不高兴地抬头看着我，然后打了一个寒噤说道：

"他是一个不像人的人。他非常可怕。"

"他有那么可怕吗？"

"如果是我，我只会在想找死的时候去惹他。他是个……"

汉斯连话都还没讲完，身体就开始颤抖个不停，我的心情也变得很差。我们狠狠揍过那个可怕大法师的部下，又这样把他们带回去,呃,这实在是让人感到不安。

我们到达克莱斯特男爵的宅邸了。他的宅邸盖得很雄伟,但是我实在没有心情来感叹。因为比起宅邸,这里有一副更能吸引我的注意力的景象。

宅邸前面的庭院里,搭着一个棚子,在那个棚子之下铺了一条红地毯。红地毯上面放置着华丽的椅子,有人正坐在上面,不知道是不是男爵,只是他好像一副早已得知我们会来并在此等候的样子。他身上的衣服非常华丽,看起来十分贵重。在他身边,一个仆人跪在地上端着一个碗,碗里放着类似饼干的东西,他一直不停地拿起来吃。真可怕!

在他旁边站着一个穿着袍子,手拿木杖的年轻男子,正很不耐烦地望着天空。当我看到这个人所穿的袍子那一瞬间,我想起了赛门的袍子。赛门的袍子连晚上睡觉的时候都能拿来当睡袍。但是现在我们看到的这件衣服完全像是在对人们大喊:"我是大法师!"如果不是这样,为什么在上面画了奇怪的星星图形和火花的图案?可能这个男子就是大法师亚尔弗列得吧。虽然我想仔细看看这个男子的脸,但是他一直朝上看着天空,所以没办法仔细看清楚。不过,他真的是令人意想不到的年轻。我原以为大法师的年纪应该很大。他们的左右两旁站着三十名左右身穿锁子甲、手中拿战戟的士兵。

因为正门敞开着,所以我们可直接进到庭院里。站在我们后面的是雪伦和旅馆的仆人们,还有来看热闹的市民们。市民们一看到男爵和那个大法师正等在那里,都情绪激昂起来。议论的声音愈来愈大。

我长叹了一口气,然后对着我们带来的士兵们说:

"好，那边是你们的人马。要不要过去站他们旁边？"

可是那些士兵们都是一副面露恐惧的表情，他们犹豫不决地往后退。什么？怎么会这样？带头的汉斯哭丧着脸结结巴巴地说：

"死、死定了！大法师亚尔弗列得……"

此时，坐在椅子上的男爵做出手势让仆人退下，他开口说：

"各位客人，欢迎莅临寒舍！"

我和卡洛尔对看了一眼之后，从马背上下来。后面的伊芙琳也下了马。然后马修和伊芙琳往前走。男爵对他们点了点头。

"三个男的，一个精灵。没错！"

"你就是那个叫作克莱斯特男爵的斗技场主人吗？"

我疑惑地问。男爵的太阳穴抽动了一下，他说道：

"斗技场主人？是的，我是克莱斯特男爵。"

"听说你是假的男爵？"

男爵好像对此无法忍受。但我说的是事实，所以他就算不高兴也无可奈何。克莱斯特男爵并没有对我大喊，反而看着我的后面。

"汉斯！"

汉斯带着绝望的表情向前走来，然后他突然跪了下来。克莱斯特男爵说：

"怎么没看见你拿着补偿金回来？到底是怎么回事？又怎么会让这个人在这里如此放肆？"

"我们被偷袭了！他们早已和旅馆主人雪伦密谋，我们一到达旅馆，他们就扑了上来！所以我们被解除了装备……"

我不禁笑出声来。真是笨得厉害！要说谎也要看情形，他怎么会这么愚蠢呢？克莱斯特男爵脸上的肌肉在抽动着，他十分生气地看着汉斯。汉斯开始拼命地磕头。

"想骗我吗？"

"我真是罪该万死……"

"那么你现在就去死才对。"

汉斯抬起头绝望地看着男爵。但是男爵将目光转向身旁名叫亚尔弗列得的大法师。我战栗地往后退了一步。

亚尔弗列得那双望着天空的眼睛往下看着汉斯。汉斯已经脸色铁青。他的身体微微后倾之后坐了下来，然后不停地往后退。

"救命啊……请饶了我吧！"

亚尔弗列得将手伸进袍子里，然后郑重地伸出手来，只见手上拿着一条黑色的绳子。

"继续叫救命啊，让我们看看你有没有活着的价值，汉斯！"

亚尔弗列得的声音十分冷漠。他向汉斯丢出那条绳子。

"呃啊！"

好像看到一条长度相同的蛇飞来似的，汉斯惊恐地惨叫起来，而且开始挥动着手臂。怎么回事？他看到绳子居然会害怕？亚尔弗列得开始喃喃自语。他像赛门那样念着我听不懂的话，然后很快地说：

"捆绑！缠绕打结！"

被丢出去的那条绳子好像有生命似的，在汉斯的身上蠕动起来，在缠住汉斯的脖子之后，又在脖子后面绕了一圈。汉斯为了不让绳子勒住他的脖子，拼命抓着两端，但他用尽全力也只能做到不被勒紧而已，并没有办法将绳子扯下来。

汉斯已经满脸涨得通红。

亚尔弗列得再度从袍子里拿出了好像粉末一样的东西撒向汉斯，然后又念起了魔法咒语。

"绳索戏法！"

就在那一瞬间，缠在汉斯脖子上的绳子的一端开始往天空升上去，另一端则往地上直挺挺地立着。随即，脖子被绑在绳子中间一段的汉斯因为自己的体重的关系，而被勒紧了脖子。

"呃，呃啊！"

天哪，这样他一定会死的！不管那家伙是多么可怕的大法师，我已经无法忍受下去了。

"喂，你这算什么？"

在我大声喊叫之前，伊芙琳已经有所行动了。只见伊芙琳的黑发像波浪般不停地起伏着。伊芙琳跑向汉斯，然后拿起她的左手短剑斩绳子。当！

咦？那不是一般的绳子吗？伊芙琳十分疑惑地看着亚尔弗列得，她希望汉斯的脖子不被绳子勒紧。但是绳子一端在上一端在下，紧紧地拉扯着，所以汉斯的身体自然而然地被举起，被勒紧。亚尔弗列得嘲讽说：

"那不是普通的绳子，愚蠢的精灵。那是……"

然而亚尔弗列得无法讲完这句话，因为我在一旁使出"一字无识"的招式，将那绳子斩断了。

汉斯掉下来之后，我赶紧上前看看他是不是还有气息。还好他仍然在呼吸。我将巨剑放下，然后说：

"喂，你究竟要干什么啊？"

克莱斯特惊慌地看着亚尔弗列得，亚尔弗列得的脸色一阵红一阵青的。突然他大喊道：

"混蛋！你居然敢破坏大法师亚尔弗列得的东西，我绝对饶不了你！"

他的脸色转为愤怒，将手再度伸进袍子里翻找起来。真是的，他又想做什么呀？

赛门根本不会用到任何工具或粉末，可是这家伙为什么这么麻烦呢？难道是因为他是大法师的关系？

我还没来得及仔细思考，亚尔弗列得就已经从怀里拿出了某样东西。那是一根又小又白的、模样奇怪的……骨头？他将那根骨头丢向我。哼！想惹我？就凭这个，能把我怎么样？亚尔弗列得快速地念起咒语。

"恐惧术！"

看来好像会发生什么很可怕的事情……可是居然什么事都没发生。我慌张地看了看亚尔弗列得，又看了看掉在地上的那根骨头。我被施了什么魔法呢？为什么什么效果也没有啊？但是倒在地上喘气的汉斯突然像发疯似的惨叫：

"呃啊！呃啊！去，去那边！呃啊啊！"

汉斯开始向前奔跑，然后打了几个滚，之后他就这么倒在地上。随后他又蒙着头开始号啕大哭。眼泪、口水和汗水等等，把他的脸弄得乱七八糟的。站在那里的士兵们想抓住汉斯，但是汉斯恐惧万分地把他们的手甩开。

亚尔弗列得的眼睛睁得大大的，并且结结巴巴地说：

"小鬼，你、你什么反应也没有吗？"

"这个嘛，心情是不怎么好啦。被骨头打到，心情怎么会好？这是什么骨头啊？是你早上吃饭的时候藏起来的鸡骨头吗？"

亚尔弗列得看看我，又看看伊芙琳，他的脸上是一副无法置信的表情。

"虽然精灵无法感觉到死者感受到的恐怖，可是你，你是个人类啊。"

此时卡洛尔和马修向前走过来。卡洛尔沉着地说明一番之后，我才了解到事情的原委。

"你竟然用死人的骨头来施法！施展这种邪恶的魔法会带给人恐惧感，甚至会让人发狂。但是在你面前的这个少年，他并不会对死亡感到恐惧，因为他已经看过太多的死人。而且我们村里的人们大部分都是这样的。"

亚尔弗列得露出了惊讶的眼神。他吓得畏缩在一旁，说：

"你、你是巫师吗？"

"不是，我只是个读书人。"

这是死人的骨头？咦？真奇怪。我踢了一下那根骨头，亚尔弗列得用十分惊讶的表情看着我。然而如果想找到死人的骨头，那就一定得去挖坟墓，不是吗？我恶狠狠地瞪着亚尔弗列得说：

"哈，这家伙可真像'食尸鬼'。你是不是跑去挖坟墓才得到这东西的？"

卡洛尔纠正我的话。他说：

"不是，应该不是，尼德尔老弟。他应该是从别的生物那里得来的。"

"真的吗？嗯，反正不管怎样都很恐怖。可是他真的是大法师吗？我以为巫师能用重力反转的魔法令天地倒转，也能用空间移动之术召唤出炎魔，可是这个大法师怎么只会拿绳子玩戏法，还撒粉末丢骨头呢？"

亚尔弗列得马上开口说：

"你、你这个混蛋！你在侮辱我吗？"

"对不起。但是我认识的巫师真的是这样。你实在是有点逊哦。"

亚尔弗列得看起来已经气得头顶都冒烟了，他连忙又将手伸进怀里。又是一条绳子！亚尔弗列得把它向我们丢过来，并且喊着：

"捆绑！"

"啊，危险！"

我赶紧推开在我身旁的伊芙琳和卡洛尔，自己往前站了出去，结果绳子只捆绑到我。亚尔弗列得皱起眉头。他原本是想一次就将我们四个都捆绑起来的。现在他怒视着马修和卡洛尔。

"我决定以后慢慢处理这个嘴巴肮脏的小鬼头。现在轮到你们了，我该怎么做好呢？"

马修用可怜兮兮的表情看了看亚尔弗列得，然后对我说：

"你想要被捆到什么时候？"

"我并没有想被捆很久。"

我手臂一出力，绳子立刻断成许多截，掉落在地上。在后面观看的市民和士兵们都发出惊叹，而亚尔弗列得则吓了一大跳。他这时候才仔细地打量起我来，然后他看到了我的手套。

"这是OPG（食人魔力量手套）！你到底是什么来头，怎么会有这种宝物？"

"这是我做善事而得到的礼物。"

克莱斯特男爵怒吼道：

"亚尔弗列得！这到底是怎么一回事？你不是很精通魔法吗？"

"这些人不是普通的家伙！喂，士兵们！把他们抓起来，不对，杀光他们！"

亚尔弗列得连忙后退，克莱斯特男爵也慌张地从椅子上站起来往后退。接着，三十多名士兵往前逼近，战戟的样子看起来很可怕，好像比巨兽人的大刀还更可怕！卡洛尔大声喊着：

"你们这是什么行为啊，男爵？我们做错了什么事吗？我们为了让你们那些脱逃出去的巨怪不要惹出事端，所以帮忙斩杀巨怪，这难道也有错吗？"

男爵也大声喊着：

"给我住口！你们竟敢杀死我的巨怪，还敢这么放肆！"

卡洛尔看起来已经气到不行了。而亚尔弗列得则对我喊着：

"这个乳臭未干的小子竟然拥有这么稀有的宝物。那个东西应该奉献给我才对，我要拿来做研究用。士兵们，杀光他们，快点！"

这还像话吗？这真的是从人的嘴里说出来的话吗？我很想对他破口大骂。此时伊芙琳挡到了我身前。

"伊芙琳，请走开！"

伊芙琳转过头来看着我。

"波奇，我们是朋友吧？"

"就算你问再多次，答案也一样！"

"那么我应该要挡住他们，不让你去面对三十二名士兵才对！"

是三十二名吗？算了，这并不重要。

"对是对，但是对我而言也一样啊！你如果有危险……"

"我不会有危险。"

伊芙琳再度转头，然后将双手合在一起。突然这么漂亮的精灵挡在自己面前，士兵们一时都不知所措。伊芙琳开始喃喃地不知在念些什么。咦？是咒语吗？

"油腻术！"

"呃啊！"

士兵们全部都因为脚滑而摔倒了。但在那一瞬间，伊芙琳很快地又开始念起咒语。

"羽毛飘落术！"

随即，士兵们的样子开始变得很奇怪。他们在滑倒之后就突然飘浮了起来。虽然他们的身体因为滑倒而失去了平衡，却是在慢慢地跌倒，就好像漂浮在水里一样。士兵们嘴里冒出了咒骂的话，他们努力想让自己的身体直直地站好，但是他们却无法好好控制自己的身体。所谓"羽毛飘落术"，是不是就是指让身体变得像羽毛那样轻的魔法？难道伊芙琳是巫师吗？但是看她驾轻就熟地使用两把刀的模样，实在不太像巫师。还有，如果会使用魔法的话，为什么和巨兽人打斗的时候不使用魔法呢？啊！难道是因为记忆咒语的关系？

一定是的。那一天伊芙琳帮我们守夜，所以早上无法做记忆咒语的动作。我想起卡洛尔曾对我说过：

"巫师在使用魔法的时候，和木匠钉钉子或者樵夫砍柴是不一样的。那些人使用的是自己的力量，但是巫师则是使用大自然的力量。然而，我们应该弄清楚两者之间的差别在哪里。真正熟练的木匠是利用重力原理来钉钉子的，而且他们能很自然地处理钉子和锤子碰撞时的反弹力量。一般人也许只挥了几次锤子就累了，木匠却可以拿着锤子挥数百次，这是因为他们会利用大自然的力量的关系。到最后，使用自己力量的人，在技术达到高峰的时候，也会使用大自然的力量。更何况是原本就使用大自然力量的巫师，他们每天为了和大自然合而为一，反反复复地练习。那也就是记忆咒语的目的啊，尼德尔老弟。当然，简单地说，那只是背诵一天当中要用的魔法，但是却有着复杂的意义。"

在我想到这些的时候，伊芙琳仍然继续不停地念咒语。但有点奇怪的是，现在伊芙琳说的话居然连我都听得懂。

"在那气息之下，浮载着生命，望看所有事物，不从属于任何事物的您啊，翩翩起舞吧，在我祈望的这时间与这空间里。"

咻——唰——喀啦啦啦！

天空传来了风声与笑声。我感到很不可思议地看着面前的景象。

天空中有某样东西正在移动着，但是我无法一眼就看得清楚，只能看到模模糊糊的身影。好像是很小的人，但是我实在没办法将它们看清楚。除了那些失去平衡的士兵们，所有的人全都愣愣地看着天空。卡洛尔用赞叹的声音说：

"没想到我竟然有机会能够瞧见这样的情景！这是风精！"

第七章

风精在空中调皮地玩耍着，这一幕很容易勾起人的感性；但是突然间胡乱刮起的大风，又令人再度回到了理性的世界。

伊芙琳的黑发随风飘动着，就好像风吹过麦田一样，发丝沙沙地荡漾起柔柔的波浪。我拨开刺向我眼睛的头发，仔细观察着眼前的情景。

其他人的衣服也都随风飘动着。但是那些因为羽毛飘落术而身体浮起的士兵们，就好像碎纸片一般，在风的旋涡里上下飘浮着。虽然士兵们不断地大声叫喊，但是这些声音中也夹杂着风精的诡异笑声。

"呃啊……呃啊……哈哈哈哈！"

市民们全都失神地看着风精。雪伦紧紧扶着旅馆仆人的肩膀，好像是腿软了的样子，而那个仆人也是一副重心不稳的样子。

亚尔弗列得则是一副大势已去的模样，他一边看着风精一边咬牙切齿。伊芙琳将士兵交给风精去处理，自己则静静地看着亚尔弗列得。她的样子十分平静，看不出任何不安。所以我就只是在一旁默默等待着。不过此时我发现克莱斯特男爵那个家伙不知何时已不见人影，庭院里只剩下亚尔弗列得。男爵到底跑哪里去了？亚尔弗列得高喊着：

"你这个卑鄙无耻的精灵！魔法是属于人类的东西！你竟敢向人类偷学？"

"魔法原本是属于龙的东西。"

"你给我闭嘴！让你尝尝大法师亚尔弗列得的法杖！"

士兵们在空中像落叶一般地飘摇着，而宽广的庭院里则不断地刮着旋风。在刮风之际，愤怒挥动法杖的大法师正和沉着的精灵面对着面，他们即将展开对决。看到这种场面，我当然也为之兴奋了起来。

亚尔弗列得再一次将手伸进怀里。那里面到底藏着多少乱七八糟的东西啊？他这次拿出了一块红色的布。他拿起布，用尽力气大喊：

"成群召唤术！"

亚尔弗列得一边说着，一边将红布举起，像挥旗子般挥动着。随后那块布后面突然冒出一些黑黑的东西。

吱吱！吱吱吱！吱吱吱吱！

我的天哪，是蝙蝠！我们眼前出现了数十只蝙蝠！我害怕地往后退。那些蝙蝠立刻飞向伊芙琳。它们看起来非常恐怖，但是伊芙琳仍然静静地站在那里。

这些蝙蝠并没有做什么特别的动作，它们很容易就接近了伊芙琳。然后那些蝙蝠所形成的一片乌云整个缠绕住了伊芙琳的上半身。

我拼命地大喊：

"伊芙琳——"

"为什么叫我？"

她的回答可真是无趣。我惊讶地看着伊芙琳，伊芙琳只是静静地看着我。仔细一看，虽然蝙蝠看起来像是包住了伊芙琳，但是其实只是停在她的肩膀上和头上而已。伊芙琳将两只手臂向前举起，让这些蝙蝠能轻松地挂在上面。

"没、没关系吗？"

"白天跑出来……所以眼睛一定很痛。这些蝙蝠应该很不舒服吧？"

"不是，我是说你！"

"啊？我……我的手臂有点重，而且有点臭。"

我紧张不安地喘着气。我平常不觉得我是个怪异的人。现在包围着伊芙琳的不是像鸽子或黄鹂鸟、树莺那种漂亮的鸟，而是长着密密麻麻黑毛的蝙蝠。可是，为什么我觉得此刻的伊芙琳看起来特别美？这些蝙蝠中的一只甚至在伊芙琳的黑色头发之间钻来钻去。庇佑精灵与纯洁少女的卡娜贝拉啊，我已经很久没有呼唤您了。总之您能告诉我为什么会这样吗？那个精灵被蝙蝠包围着，为何看起来还是那么漂亮呢？

伊芙琳抚摸着挂在她手臂上的一只蝙蝠，说：

"真是可怜……在大白天里跑出来，你们一定被阳光弄得很不舒服吧。好可怜啊。快回到你们的洞穴去吧。"

接着，那些蝙蝠全都飞了起来，发出嘎吱嘎吱的响声。不一会儿，庭院里的蝙蝠遮蔽了天空，它们的影子开始移动，一时天昏地暗。虽然市民们的大叫声很吵，但是蝙蝠们一下子就全都飞走了。伊芙琳等到蝙蝠消失之后，整理了一下自己散乱的衣着，然后对亚尔弗列得说：

"我以为你要对我发动攻击，可是你为什么要欺负蝙蝠呢？"

我实在有点受不了了，所以靠到了马修的身上，而马修则耸耸肩对我笑了笑。

"嘻嘻嘻,哈哈哈哈!"

我们互相靠着身体嘻嘻地笑着。可怜的亚尔弗列得气得直发抖。

"不对!不对!不可能会这样子。你没有使用防卫魔法,也没有使用迷惑魔法!但是我的那些蝙蝠怎么会……"

"等等,等一下!"

伊芙琳打断亚尔弗列得的话,看了看到现在都还在空中飘着的士兵们。然后她对着士兵伸出手掌,说:

"和他们跳舞跳得还高兴吗?现在请把他们放下来吧。"

士兵们以落叶掉下的速度开始缓慢落下。士兵们好像认为自己慢慢地掉落是件更加恐怖的事,他们全都用力挣扎着,所以看起来骚乱不已。其实到底有什么好怕的呢?不是已经在慢慢地落下了吗?

"小心!"

是马修的大叫声。什么呀?这个该死的混蛋!就在伊芙琳望着空中的这一段时间里,亚尔弗列得快速地念了一些咒语。但是这一次和其他几次不同的是,他念咒语的时间比较长。伊芙琳听到马修的话后,就立刻看向亚尔弗列得。在那一瞬间,她的眼睛里第一次出现了不安的神色。她赶紧回头看我们,然后向我们前方跑去——她为了保护我们而挡在了我们前方……

"伊芙琳!"

伊芙琳也面对着亚尔弗列得念起了咒语。亚尔弗列得全身汗如雨下,额头上的血管都突了出来,两只手臂发着抖。无论如何,这一次一定不是什么小把戏。

马修和我开始向前跑过去。但是亚尔弗列得已经念完了咒语,并且从怀里拿出了一粒好像黑色小球的东西,朝我们丢掷过来。

“接招吧！火球术！”

哦，我的天哪！

亚尔弗列得丢出去的黑色小球瞬间燃烧了起来，变成了一个巨大的火球。几乎有一人高的火球熊熊地燃烧着，立刻直接冲向伊芙琳。空气里传来燃烧的可怕声响。我感觉自己的头发好像快要被热风给熏焦了。而这时伊芙琳也念完了咒语。

“冰墙术！”

我的眼前出现了一道巨大的冰墙。虽然冰墙挡住了我们的视线，但是随着一阵巨响，冰墙裂成一个个的冰块向四方弹迸出来。我以反射性的动作迅速遮掩住自己的脸，虽然眼睛没有受伤，但是我的手臂却好像被鞭子打到一样。

“呃啊！”

我放下手臂，发现两只手臂都被割伤了。而且眼前的冰墙不见了，取而代之的是巨大的一团水蒸气。只见伊芙琳跳进了那团水蒸气的云雾里面。当伊芙琳消失得不见人影之后，我慌忙叫她：

“伊、伊芙琳？”

过了不久，传来一阵撞击的声音，随后又传来有东西倒在地上的声音。马修和我胡乱挥动着手臂，就像在云雾中游动一样向前走去。然后我好像踩到了什么软软的东西，马修则撞到了某样东西。马修大叫着：

“啊！真、真是对不起！”

马修一不小心抱住了伊芙琳，他急急忙忙地往后退，然后弯腰到连鼻子都快碰到地上了似的向伊芙琳道歉。而我踩到的东西就是亚尔弗列得。

“哇啊！”

"他因为头被打中，所以昏过去了。真是个危险的家伙。"

我一边嘻嘻地笑着，一边仔细察看那个家伙。刚才被我踩到他都没反应，我想应该是真的完全昏过去了。然后我看了看四周。

真是乱成一团。宅邸的那些花草，都因为冰和火互相冲撞之后所产生的暴风而散落得乱七八糟，而在这二者相冲撞的地方，甚至地面都被撞出了一个大洞。

站在另一边的卡洛尔叹了一口气之后走了过来。雪伦和市民们全都张口结舌地看着我们。你们这些人啊，我们才更不知所措呢。我们想要以和平方式来解决这件事，连俘虏都乖乖地带来了，但是你们对待我们的方式也太过分了吧？

卡洛尔环顾了我们，然后看着倒在地上的亚尔弗列得，说：

"如此一来，要以和平的方式来解决应该更困难了。可是也实在是没有办法。去找男爵吧，如果他又向我们索取这一切的补偿金，那该怎么办才好？"

"到时候不管三七二十一，把那家伙锁在厕所里好了。"

卡洛尔微微笑了笑。

"尼德尔老弟……这个意见听起来很吸引人，但是再怎么说，也不可以这样做。"

此时传来站在后面的市民们喧哗的声音。我们都转头望向那个方向，立刻就听到人们的嘶喊声。

"就是他们这几个家伙！他们几个殴打我的下人，还杀害了我的顾问亚尔弗列得！"

我认得那个声音，但是这些话听了真令人生气。我们惊讶地看着他们。

人们纷纷往左右两边分开，然后克莱斯特男爵带着二十多名士兵跑了过来。而且原本在空中飘着的士兵们也都掉落到地上，因为羽毛飘落术已经解除了，他们个个都好好地站在地面上。跑过来的士兵们身上穿着硬皮甲，手里拿着斩矛，其中佩带着长剑的那个人，看起来好像是带头的人。士兵们全都蜂拥而上，包围了我们，随即那个带头的人往前走出来说：

"本人是雷克斯市的警备队长内丁·韦士特。你们全部放下武器！你们将依擅自闯入民宅、破坏物品、暴力行为及杀人现行犯的罪名被逮捕。"

马修非常惊讶地对他说：

"你说什么？怎么会有这么多可怕的罪名落在我们头上？"

"你们擅自闯入了雷克斯市的市民克莱斯特男爵的宅邸，破坏了他的庭院，殴打了他的下人，而且杀害了男爵家的顾问亚尔弗列得。"

马修惊讶地张大嘴巴，我轻轻推了一下马修，然后说：

"请你们至少要去掉最后一项。因为大法师亚尔弗列得并没有死啊。"

内丁·韦士特看了看亚尔弗列得，确认他还活着。

"嗯，还活着。可是前面的罪名……"

"前面的罪名也请一一去掉。暴力行为这一项，实际上我们是正当的防御行为。是他们这些人先用魔法攻击我们的。破坏物品这一项也是因为同样的原因才发生的。还有擅自闯入这一项，我们进来的时候，那个男爵分明对我们说'各位客人，欢迎莅临寒舍'，那么擅自闯入的罪名也就不成立了。"

内丁惊讶地看着克莱斯特男爵。

"他说的是事实吗？"

克莱斯特男爵涨红了脸说：

"你们胡说八道些什么！喂，内丁！你到底在做什么呀？你忘记你是怎么样才能拿到这份俸禄的吗？赶快逮捕那些家伙！"

内丁却十分冷漠地注视着克莱斯特男爵。

"向您报告，我是以市政府的公仆名义拿市政府的俸禄。"

"混蛋！"

"但是我会逮捕你所告发的这些人。既然告发了，我们一定会调查清楚。请你们放下所有武器，乖乖地跟我们走。"

咦，他好像说得很有道理？但是我们不能就这样束手就擒。

"嗯，请问这个家伙正式提出告诉状了吗？"

内丁沉着地回答说："没有，只是口头上的告发。当然还无法提出正式的告诉。所以我并不是要逮捕你们，只是请你们协助调查。"

"那么我们也要口头告发那个家伙。罪名是诬告罪。请将他和我们一起带走。如果不这么做，我们就不去。"

卡洛尔高兴地望着我，马修则用赞叹的表情看我。嗯，对于我的机智，我也觉得很不可思议。内丁警备队长点点头。

"好的。克莱斯特男爵，请和我一起走，好吗？"

"什么话？你这家伙脑袋烧坏了吗？你们竟敢逮捕我？"

"我刚才已经跟您说过了，这并不是逮捕，而是协助调查。如果您能够跟我走的话……"

啪！好响一声！克莱斯特男爵居然打了内丁·韦士特一个巴掌。我们瞠目结舌，难以置信地看着这一幕。

内丁咬了咬自己的下嘴唇，他气得发抖地看着克莱斯特男爵。克莱斯特男爵很火大地喊着：

"你这个没礼貌的混蛋！胆敢说要逮捕我？你这个微不足道的警备队长竟然趾高气扬，一点都不知道分寸！看你平常的所作所为，就知道你不是可靠的家伙！真是一点基本的礼貌都不懂,连知恩图报都不知道！我要将你这家伙……"

克莱斯特男爵的话还没有说完,就听到——啪!这次换内丁打了克莱斯特男爵一个响亮的巴掌。

克莱斯特男爵摔倒在地上。

"那些人是要协助调查,而您现在被逮捕了。我会依对公务员施暴以及侮辱公务员、妨碍公务员执行公务的现行犯的罪名将您逮捕。"

克莱斯特男爵仍然倒在地上。他听到这些话之后大声喊着:

"来人啊!把他给我抓起来!"

刚刚才落到地面的克莱斯特男爵的士兵们,这时候才拿起战戟往前站出来。随即内丁赶紧往后退,而城市警备队员们则伸出斩矛。内丁用低沉却严厉的声音喊道:

"放下武器!竟敢拿着武器对准我们警备队!"

士兵们则粗鲁地顶撞着:

"城市警备队算什么啊?既干瘪又没用。我们只听付钱给我们的人的话!"

天哪!再这样下去一定不行。二十比三十,应该是城市警备队这边比较不利。马修和我互相对看了一下,然后立刻走到了内丁身旁。伊芙琳和卡洛尔也慢慢地走到了内丁身旁。

当我们刚往前跨出一步时,私兵们就开始踌躇了。因为不久之前已经亲眼目睹了伊芙琳对空中施魔法的那一幕,他们都对伊芙琳有种莫大的恐惧感。我小声地对伊芙琳说:

"请对他们说些厉害的话!他们很怕你哦。"

伊芙琳点点头,向前走了一步,结果士兵们也就往后退了一步。

哇，真厉害！内丁看到这么漂亮的精灵女子，仅凭一人竟能吓到三十多名士兵，不由得惊讶地张大了嘴巴。

伊芙琳开口说：

"各位！"

士兵们踌躇不语，他们好像被伊芙琳的话推了一下似的，又都往后退了一步。真了不起！

可是伊芙琳却一副十分苦恼的表情。她往后退了一步，然后在我耳边小声地说：

"我要说什么话呢？"

呃啊，卡娜贝拉啊！我摇了摇头，然后非常大声地喊着：

"喂！这小姐问我要杀几个比较好，我该怎么回答她呢？"

士兵们的脸色一下子都变得惨白。伊芙琳诧异地看着我，然后开口说：

"为什么要说谎？"

唉，怎么一点儿都不配合我呢？我不管三七二十一，继续大声地说：

"什么？你是说这种可怕的话不可以直接说出来吗？"

伊芙琳顿时愣住了，似乎在想自己的话真的有那么可怕吗。然后士兵们都各自开始对伊芙琳所说的"可怕的话"产生了不好的联想。我继续说：

"各位，总而言之克莱斯特男爵被逮捕了！你们如果反抗的话，只会加重克莱斯特男爵的罪行！男爵会成为这座城市的公敌，所以你们也一样会成为这座城市的公敌！你们不会想一辈子当逃亡者吧？那么为了你们自己，跟警备队合作才是比较好的方式，而且这么做才能减轻克莱斯特男爵的罪行！"

士兵们急忙互相对看，他们简单地讨论了一会儿后，立刻包围住克莱斯特男爵。男爵挣扎着说：

"你们这些该死的混账东西！"

"嗯，男爵大人，请您按照那个小鬼说的去做吧。如果我们反抗的话，男爵大人的罪只会更重。所以我们为了男爵大人，应该要让警备队逮捕您才对。"

"你说什么？怎么可以听这些家伙胡说八道！"

看着这副景象，我调皮地笑了。卡洛尔说：

"尼德尔老弟，我以前都不知道你随机应变的能力居然这么强。"

"我以前也不知道。"

"我真是大开眼界。你这家伙还真了不起哦！"

马修一边轻拍我的头一边哈哈笑着。克莱斯特男爵不停地在那边大声喊叫，说的都是一些咒骂的话，他骂了内丁、我以及周围所有的人，所以更加没有人愿意站在他那一边了。士兵们二话不说就将克莱斯特男爵交给了城市警备队。

内丁努力做出了沉着的表情，并且对我说：

"很感谢您的帮助。但是我们还是得按原则办事……"

"我们跟你走啊，有什么关系？"

马修和卡洛尔都做出同意的表情。此时雪伦跑到我们前面来。

"我是'十二人的旅馆'的老板雪伦。我以目击者证人的身份跟你们去！"

内丁点点头。随后雪伦另外还带了几名仆人和几名市民一起。之后我们一行人都跟着城市警备队前往市政府。

"这真是莫名其妙！"

我火冒三丈地再一次冲向铁栏杆。可是铁栏杆却一动也不动，反而是我跌倒在地上。可恶，现在OPG不在我身边了。马修看了看我，说：

"如果越狱的话，就成真正的罪犯了，波奇。"

"哼，他们现在不就是像处置罪犯一样地处置我们吗？"

马修依旧苦着一张脸，坐在角落里不回答。卡洛尔也是一副很不愉快的表情，他对前来探视的雪伦说：

"那么，那个叫内丁的警备队长呢？"

"以怠忽职守的名义做了减俸的处分。"

"我的天哪！怠忽职守的名义？"

"我也是非常惊讶啊。"

雪伦告诉我们这些事情，然而他自己好像比我们更生气。我发狂地抓住了铁栏杆，猛烈地摇着，但是被马修踢了一下屁股之后，我再一次跌倒了。

"你这家伙！不要像小猪一样嘟囔个不停，安静一下可不可以？"

"都到这么令人郁闷的地步了，我怎么可能冷静嘛！"

随后，跟着雪伦来探视的尤娜叫了我一声。

"嗯，波奇……喝点这个吧。我没有办法帮你别的什么。好不容易才把它藏着带进来。想到你这么辛苦……"

尤娜一边说着，一边拿出了藏在怀里的小酒瓶。我大声说着"你以为我是酒鬼吗？"、"虽然说是有生以来第一次被关在监狱里，但也不至于那么堕落啊！"之类的话，却还是接下了那个酒瓶。尤娜看着这样的我，扑哧一声笑了出来。

我打开酒瓶盖子的那一瞬间，觉得头昏眼花。这酒闻起来好像很烈。我喝了一口之后，然后什么话也不说就拿给了马修。马修将酒瓶拿到鼻子下面闻了闻之后，摇了摇头。

我抚摸着开始发热的脸颊，说：

"刚才那个可怕的家伙已经不见了。谢谢你，尤娜。"

"如果能帮助你消气的话，那就太好了。"

"可是很抱歉，我还是很生气。到底为什么事情会变成这样？"

事情真的不应该发展成这样。我们一到市政府，所有的武器就都被拿走了，连OPG也被拿走了，然后我们就被关在监狱里了。那个时候我还一直以为我们只是暂时被关起来而已，一旦调查结束就会放我们出去。所以我甚至还很高兴，觉得能够有生以来第一次参观监狱还挺有趣的。可是我们已经这样被关了两天了。

然而就在第二天的晚上，雪伦来探视我们，并且跟我们说，叫克莱斯特的那个假男爵已经被放了，而逮捕他的内丁警备队长则被惩戒。更可气的是市政府那边好像并没有打算要调查我们。雪伦说可能会依照克莱斯特男爵的指示来处置我们。

我抓了抓头发，然后说：

"等下，那么伊芙琳呢？伊芙琳现在在哪里？伊芙琳是精灵，所以不能关她吧？"

雪伦很郁闷地说：

"那位精灵虽然因为不是百绥斯的公民而不能被正式关起来，但和各位一样，她也在监狱里面。事实上，你们都不是因为自己的罪名而被关。因为各位并没有被加在罪犯的名簿里，所以并不算罪犯。我们也不是用探监的名义进来的，而是用参观监狱的名义进来的。你们懂了吗？"

"这……"

"你们还算比较好的。那位精灵连探视都不被允许。听这里的狱卒们说，她在最底下那一层，处境比你们更糟糕。他们因为害怕她会施魔法，连饭都没有按时给她吃，还将她关在坚固的石窖里，每天二十四小时都有士兵轮流看守着她。"

"天哪！其实只要早上不要让她记忆咒语就行了，不是吗？"

"因为召唤妖精是不用记忆咒语就可以办到的……"

"可恶！"

我狠狠地踢了一下石壁，结果我的脚痛死了。只要有OPG，我就能打穿墙壁，跑出去把他们打个落花流水。卡洛尔用忧愁的声音说：

"雪伦，这样看来好像我们不会得到公正的判决了，是吗？"

"这样看来……应该是的。"

"真是的，我们的行程很赶。而且谢莱莉尔小姐也因为我们的关系而被耽误了行程，不仅如此，还让她受到这些痛苦……真是可恶至极！"

雪伦的脸色很不好。他已经向市长提出请愿书，也想制造大众舆论来对市政府施压，但是他实在没什么把握。

雪伦和尤娜离开之后，我不断地思考着。如今我再也忍受不下去了。越狱！我们一定得越狱！但是到底该怎么做呢？我望着这里唯一的窗口。这个窗口的窗格是用石头做的，就算没有这些窗格，窗口也太小了，我们根本不可能从那里逃出去。不过现在透过这个窗口，我们可以看到星光闪闪的夜空。

"那个拿给我一下，马修。"

我从马修手上接下酒瓶，又喝了一口酒。咦，监狱的天花板居然动了起来，好像监狱快塌了，那么我们就自由了。自由！哇哈哈哈！

真是的！我将发热的脸颊贴在冷冷的石壁上，一边磨擦脸颊，一边自言自语地说：

"这样下去不行。如果我们被关在这里几个月，所有的事都会完蛋。如果我们筹不到钱的话，那么阿萨塔特会杀死领主和修哲利伯爵，还有那些俘虏。哈森尔执事怎么可能筹到钱？"

听到我嘀嘀咕咕的声音，马修和卡洛尔的表情也变得忧郁起来。虽然这是他们也知道的事实，但是他们对此也无能为力。我在想我要不要一直磨擦脸颊，直到监狱的墙被磨穿呢？

这时，窗外突然出现了一张长得很有趣的脸孔。嗯，这脸孔可真有趣。我再这样醉下去也不是办法。但为什么我会看到头上长草，拥有一副中年人脸孔的小孩子呢？

"巴托克！"

我勉强压低了自己的声音。窗外的是那个叫杜卡·巴托克的半身人。杜卡在嘴巴前面对我们竖起了一根手指头，那是要我们安静的意思。马修赶紧贴到铁栏杆上监视外面，卡洛尔和我走近窗口。

我们所在的监狱位于地下，窗户是在和窗外的地面一样的高度上。因此杜卡的背上放了一些草堆，趴在地上。外面是市政府的庭院，大概他得打扮成这副模样才不会被人发现。杜卡低声说：

"各位，如果被人发现我在这里，连我也会完蛋的。我们直接点吧。救你们出去的话，你们要付我多少钱？"

卡洛尔惊讶了一下然后回答说：

"付多少钱？嗯，你想要多少呢？"

杜卡嘻嘻地笑了。他嘴巴张开正要说的那一瞬间，好像有什么东西落下来打到他的头。

"你这家伙！我早就知道你一定会这样！"

被发现了！被警备队发现了。这下子完蛋了。可是杜卡却一点都不感到惊讶。相反地，他连忙将手往旁边伸，好像是在让某个人趴到地上的样子。过了一会儿，杜卡的脸旁边出现了另一张长满胡须的脸。

"埃德？"

是在十二人之桥遇到的那个矮人。杜卡把刚才放在自己背上的草堆快速移到埃德的背上，用微小到几乎快听不到的声音指责埃德。

"喂，你到底想做什么呀？干吗喊那么大声？你以为这里是矮人的矿山吗？这里是监狱，监狱！"

"真可笑。正义之士在监狱里，坏蛋却在监狱外。这难道就是人类的方式吗？"

听到埃德嘀嘀咕咕的话，卡洛尔的脸红了起来。但是我并没有因此脸红。因为酒的缘故，我的脸早涨得通红。我对埃德说：

"你怎么会跑来这里？"

"我来救你们。我是不知道人类究竟会怎样，但是依照矮人的方式，应该是正义之士在监狱外，坏人在监狱里才对。所以我派这个小坏人过来，但是我看他一定会耍诡计，所以也跟来看看。可是你们在监狱里好像过得还不错，是吗？我甚至还闻得到酒味。"

我没有听到他后面说的那串长长的话。我只在乎最前面的那一句话。

"你是来救我们的？越狱？"

"是的。"

"怎么做？"

"那就得看这个小坏人的了。喂，赶快说清楚你的计划！"

杜卡摸了下自己的额头，并且发出呻吟声。

"矮人这一族真的是……你可不可以小声一点？"

杜卡往贴在地上的肚子方向伸手，吃力地拿出了一串钥匙。

"嗯，这是魔法的钥匙，也是自由的钥匙。哈哈。这监狱里所有的门都可以用这串钥匙打开。"

我想那些门可能真的能用这个打开。因为那一串少说也有超过一百把钥匙啊！真是的，一百把钥匙要想一个一个试，又想不被抓到，真不是件简单的事。

杜卡好不容易才看清了我们的表情（因为监狱里很暗），所以开始对我们仔细说明。

"当然啦，没有必要一个一个去试这些钥匙。这里总共有一百零三把。说实在的，这是用市长的钥匙串复制而来的！要复制一百零三把钥匙真的不是容易的事。啊，这真的是史上最浩大的工程！我在市长洗澡的时候装扮成洗衣服的人，到他房间放火之后……"

"不要再说了啦！"

埃德用手肘打了他一下之后，杜卡才不再说那些有的没的废话，他继续说明自己的计划：

"钥匙上面有文字和数字。去看看你们的牢房铁栏杆的锁，下方有小小的几个连续的号码。"

我看看马修，马修很快到铁栏杆那边，仔细地看了看门上的锁。马修看了一会儿之后说：

"好，是 J-104，好像是监狱 104 的意思。"

我赶紧在月光下仔细地察看那些钥匙。想要看到钥匙上面小小的字实在不是一件容易的事，我们好不容易找到了 J-104 的钥匙。我嘻嘻笑着说：

"对于被关在这监狱里的人来说，这可是非常珍贵的宝物！杜卡,难道你是小偷吗?"

"哼,你怎么有跟这矮人一样的想法呢?应该是'物品所有权的转移专家'才对。对了,你们现在不能马上出来。要等到能清楚看到露丽娜斯女神的月亮越过山头出现的时候,才到正门口来。在这之前,我们会先将你们的马从马厩里牵出来,然后在市政府正门口旁边等待。还有这个。"

杜卡递给我们三把匕首,然后继续说:

"安静地进行一切动作,然后出来。尽可能地不要引起骚乱,知道吗?而且你们可以打开这个建筑物里所有的锁。那么我们走了。"

"一会儿见!"

埃德豪爽地说完之后,站直了身体。杜卡一看到突然站起身的埃德,就不高兴地拉住埃德的手臂,随即就消失不见了。我深吸了一口气,然后握住拳头。

"好了,我们开始吧。"

卡洛尔摇摇头说:

"现在?那个半身人不是说要等到属于露丽娜斯女神的月亮……"

"可是如果要找回我们的东西,还要去救伊芙琳,时间就会不够。"

"你说得对。唉,这么一来,我们当小偷了。可是除此之外,也没别的办法了。"

卡洛尔对我点头后走向了铁栏杆的方向。外面没有别人。拿到钥匙的马修努力让自己不发出任何声音(事实上那是非常不容易的事,因为钥匙实在是太多了),终于插入 J-104 的钥匙。咔嗒!传来一声听起来棒极了的声响,锁被打开了。

马修推开了没有上过油漆的铁栏杆门,尽可能地小心打开,然后走了出去。接着我们各自嘴里叼着一把匕首，就像是三名暗杀者一样躲藏在走道的阴暗处。马修小心地走向外面，但是我拉住马修轻声说：

"我们先去找伊芙琳吧。他们说她在最下面一层楼。"

马修点点头，然后转身回去。市政府的地下监狱好像是由地下几层构成的。我们现在所在的地方是地下一楼，我们在这一层整个看了看，并没有看到其他人。但我们发现了可以下到地下二楼的阶梯。正要下阶梯的时候，突然看到下方有火光传来。

我们急忙将身体贴靠在阶梯入口处的墙壁上。前方传来了啪嗒啪嗒的脚步声。在另一边的马修竖起了一根手指头。意思是说只有一个人吗？

过了一会儿，脚步声愈来愈近，光线突然变亮，是一名手里拿着火把的士兵走上阶梯。我由于没有食人魔手套，所以无法给他一拳，而是拍了他的肩膀。

"喂，我有件事要问你。"

他将头转向我这一边，露出惊讶的表情。然后马修在这时很快地抓住了他的脖子，将匕首贴了上去。配合得真好。

"你如果敢叫嚷的话，你就死定了！"

在马修的低声胁迫之下，那个士兵不敢发出任何声音。我顺势将他拿着的火把抢走，并且将他腰上的长剑也抢了下来。

"下面是不是也是监狱？下面是不是有精灵？"

"是，是的。"

"看守的人？"

"我和另外两个人。"

正如雪伦所说的，底下也有士兵在看守。我想深夜里做看守工作一定很辛苦。

"你要去哪里呀？"

"我正要去拿宵夜……"

"这样子不行哦。回过身去，把一个人叫过来。"

"你说叫人过来？"

"你就说：'哎呀，我的脚啊。我摔倒了。喂，你们其中一个人拿火把过来。'装得像一点，知道吗？"

那个士兵虽然很不情愿，但是马修的手一用力，他只能照我说的办。

"哎呀，我的脚。我摔倒了！喂，你们其中一个人拿火把过来！"

从远远的下方立刻传来了不耐烦的声音。

"什么呀，那家伙连走路都不能好好走吗？"

马修很快地用匕首刀柄处敲了一下被他抓着的那个士兵的后脑勺。那士兵昏倒在地上。我赶紧把火把弄熄。紧接着，从阶梯的另一头传来脚步声，然后出现了火把的光线。

"喂，到底在哪里呀？"

我回答说："在这里。"和刚才一样，那个士兵也被马修抓住了。这还真有趣呢！这个士兵照着我说的高喊道：

"喂，这家伙的脚好像折断了！我一个人没办法抬起来，赶快过来啊！"

然后这个士兵也被打昏了，最后的那个士兵不耐烦地过来之后，也是同样地被打昏。怎么有点像在玩游戏？我们互相看了看，嘻嘻地笑了，然后就丢下了那些士兵，往下面走去。

我们很快就找到了伊芙琳。在通道的中间有一张桌子，桌子上面放着一盏点亮的提灯。此外还散放着一些纸牌，伊芙琳正在那张桌子前方的监牢里。

"伊芙琳！"

监狱里有某样看起来很漂亮的生物，正一边笑一边站了起来。那就是伊芙琳。

"赶快过来。"

"咦，你不觉得惊讶吗？"

"虽然那些士兵们听不到，但是我可以听得到阶梯那里传来的声音。"

"哇！真厉害！"

马修快速地检视这个监狱的锁，然后打开了监狱的门。伊芙琳一走到外面明亮处，我们就看到了她那疲惫的模样。我们之前总是看到她衣着非常整洁的样子，但是现在的她因为被关在监狱里，所以看起来很落魄，她的脸上有点脏，头发也有点乱，听说也没有给她吃东西……然而她还是一如既往的沉着冷静、举止端庄。马修难过到说不出话来，但我们催促他快点走。

桌子旁边有三张十字弓。这些混蛋！如果伊芙琳想用魔法的话，他们大概就会用这个射她。我不会使用十字弓，所以他们三个每人拿了一张。然后我们看到了桌子旁边有根绳子。于是我们拿着绳子回到那些士兵们昏倒的地方。将士兵们都捆绑了之后，马修问：

"叫醒哪一个比较好？"

"最后那个家伙。因为职位最高的人总是最后一个出马。"

马修叫醒了那个士兵，他好像头很痛似的皱起了眉头，随后就一副恐惧的表情。马修表情十分凶恶地问他：

"好了，我问什么，你就回答什么。要是支支吾吾，或者我感觉你对我说谎的话，每一次我就割掉你一根手指头，当你对我说谎超过十次而没有手指可以割的时候，我就会割掉你的舌头。"

这一幕看得我和卡洛尔都胆战心惊了。那个士兵害怕到几乎眼泪都快掉下来了，连连点头。马修问了他我们的东西究竟放在哪里，以及外面的士兵们的状况。这个可怜的士兵对每个问题都很认真地回答。最后马修再次猛敲了他的后脑勺，让他昏了过去。

那个士兵说我们的东西都放在市政府储藏室里，而且那个地方因为是在市政府建筑物里面，所以没有什么士兵看守。士兵们都在外面的警备队建筑物里，在正门口旁边的哨站那里有守夜的士兵，一共有两名。

因为是晚上，所以市政府的其他职员都不在，我们按照那个士兵所说的，很快就找到了储藏室。杜卡说得没有错，那些钥匙真的是魔法钥匙，简简单单地就打开了储藏室的门。我们找回了各自的盔甲和武器，但是并没有看到我的OPG。

"可恶！可能被那个叫亚尔弗列得的家伙拿走了！"

"没办法了，我们先出去再说吧。"

我们走到市政府建筑物的正门口。从正门口旁边的窗户那儿观察外面的情况，还真是不巧！原本坐在哨站的两名士兵的其中一名正在巡查。不久之后，他开始绕着建筑物行走起来。

"要现在出去吗？还是要等到他绕回来为止？"

"当然要等。属于露丽娜斯女神的月亮还没有升起来呢。"

我们一边焦躁地看着窗外，一边等待属于露丽娜斯女神的月亮升起。在这段时间里，那个士兵已经回来了，他又坐回哨站里，和另一名士兵聊起天来。嗯，如果和那些士兵打斗的话，在警备队建筑物里的警备队员全都会跑出来。警备队的建筑物是在主建筑物的左方稍微隔一段距离的位置,但是距离很近。马修望着那个方向皱起了眉头。

"要是有别的走出去的方法,该有多好……那个愚蠢的半身人干吗叫我们从正门口出去呢?唉,再过一会儿,属于露丽娜斯女神的月亮就要升起了。要不要射他们呢?"

马修好像要举起十字弓。可是在我讲话之前,他却先说:

"我们都不喜欢这样,是不是?虽然我们想争取自由,可是却会伤了他们的性命。"

随即伊芙琳往前站出来。她开始念起咒语。

"咦,你已经记忆过咒语了吗?"

卡洛尔帮忙回答说:

"这是在召唤妖精。没有记忆咒语也可以做得到。"

正如卡洛尔所说的,伊芙琳念了一些我听得懂的话。

"在夜晚的露水中,却不被沾湿的那一颗沙粒的主人,休息的守护者,请您抚慰那些不睡觉的人们吧!"

感觉好像有东西在移动,但是看不到。卡洛尔说:

"是睡精!"

马修和我拼命地盯着哨站。过了一会儿,那两名士兵打起了哈欠还伸了懒腰,然后为了努力不让自己打瞌睡,而拍打着自己的脸颊。

"不要反抗!你们这些家伙,快睡觉!"

马修和我心里焦急地喊着。但是其实没有什么好着急的。士兵们开始不断点头,随即就趴在桌上睡着了。

"好,走吧。"

我们终于走出了主建筑物,悄悄地走着。虽然感觉这座庭院实在是好长,但是还好我们十分顺利地到达了正门口。马修和我不发

出声音地互拍了下对方的手掌,同时悄悄地说:

"出来了!"

夜晚的都市静悄悄的,偶尔吹来的风让这气氛更显得冷清。静静流泻下来的月光淡淡地照亮着周围。可是来到正门口之后,我们却没有看到任何人。属于露丽娜斯女神的月亮不是已经升起了吗?难道那个半身人骗了我们?然而就在这时候,传来了埃德的声音。

"呵,真准时!"

这一次我真的和杜卡的心情一样。我们全因为埃德的大嗓门而被吓了一大跳,一转过头去,就看到黑暗之中发出的红光。埃德正吸着一根烟斗,在市政府围墙旁边坐着,但是他身处阴影之下,又由于个子太矮的关系,所以刚才我们才没有看到他。

他一站起来,杜卡就立刻出现了,他用手势对我们打招呼。我们朝杜卡走了过去,然后立刻就看到了被系在树上的马匹。埃德仍是一副十分泰然的样子,他很淡定地对我们说:

"好了,赶快走吧。这么一来,就足够报答你们帮我越过十二人之桥的恩惠了吧?"

"什么?只是为了要报答那个,才做出这么危险的事⋯⋯?"

矮人对着天空吹出了漂亮的烟圈。他那黑色的眼睛犹如我们头上的夜空一般深邃,在月光的照耀下闪闪发亮。他回答说:

"你们不是不顾性命地和我并肩战斗过吗?矮人会将一起战斗过的人当作永远的朋友。嗯,即使是不知岩石之美的森林种族。"

最后几个字有点小声。伊芙琳点点头并且说:

"非常谢谢您!"

"不客气!赶快走吧。如果有缘,我们一定会再见面的。"

然后埃德又吸了一口烟斗,二话不说就转身离去,就像他只是在晚间散步一样，完全没有"刚才在帮三名犯人越狱"的影子。从马修那儿接过钥匙的杜卡对我们眨了下眼睛，然后立刻转身就走。卡洛尔惊讶地说：

"嗯，您不是要报酬吗？"

"不用了。那个阴险狡猾的矮人已经付了。"

埃德吗？杜卡转过身来，两只手臂很夸张地伸开，然后对我们说：

"不论你们什么时候再到这个城市来，万一又遭遇到什么困难的话，请记得我。杜卡·巴托克，物品所有权的转移专家，也是夜晚唯一的浪漫主义者！哈哈哈！"

杜卡就这样消失不见，黑暗中只回荡着他那爽朗的笑声。卡洛尔虽然想说些什么，但是已经看不到埃德和杜卡的身影了。明亮的月光里，只留下我们几个人。

"呵，居然有这种好心的人。"

"不是人，是矮人和半身人。而且说到人，我现在要见的人只有一个，不，应该是两个。"

卡洛尔和马修看着我。我气势汹汹地说：

"时间只有今天晚上。因为明天早上我们越狱的事就会被发现，我要让那个假男爵和那个逊毙了的大法师永远忘不了今天晚上。"

第八章

身为纯正的班奈特男子，马修无条件地赞成我所说的话，至于那个虽然有点怪异，但同样身为班奈特男子的卡洛尔在不断犹豫着，看来他似乎无法拒绝报仇的诱惑。

"嗯……还是静静地离开比较好吧。"

"不太好吧。他们可能会派追击队追来。我们还是切切实实地做个了结比较好。而且这里的市政府是那个假男爵的傀儡，所以如果想要圆满收场的话，就应该去找那个男爵才对。"

"这样做不会很危险吗？那个男爵家有很多私兵。"

"你是说那些无用的私兵？他们现在一定在呼呼大睡。那些家伙不是还说过'巨怪作乱时，我们还未睡醒所以无法出动'之类的话？那些家伙搞不好要等到我们把那个宅邸放火烧了才会起床。"

我继续说服卡洛尔。我说对于我们被监禁的不快之事，以及后来不可避免发生的越狱事件，得要求他们跟我们说个清楚，而且如果这其中包含报仇，也应该算是件不错的事吧。我极力说服卡洛尔，最后卡洛尔终于做出了决定。

"那么我们就去一趟吧。"

"嗯，我们先去'十二人的旅馆'。我们应该先回去拿行李。"

我们骑着马来到了"十二人的旅馆"。马修让伊芙琳坐在他后面,但马修看起来一副不知所措的样子。倒是伊芙琳很自然地抓着马修的腰,马修却好像做了什么不该做的事似的,一个人在兴奋个不停。我想他得赶快娶个老婆才对,唉!

"十二人的旅馆"的灯光都已经熄灭,只有一楼大厅里还点着一盏灯。我们悄悄走到了大厅的窗户边。尤娜一个人坐在大厅里,面前桌上摊着好像账簿之类的东西,她现在正茫然地抬头仰望空中。我敲了敲窗户。

尤娜吓了一跳,她看了看窗户,然后立刻又被吓了一跳。

"波奇?"

"你好!今晚好像会发生很棒的事哦!"

"咦,你是怎么逃出来的?"

"你相信吗?我洒了那瓶很烈的酒,结果石壁就被溶掉了。"

尤娜惊讶得不知道如何是好,但随后就跑过来帮我们开门。我们赶紧进到旅馆里面。尤娜将我们上下左右仔细打量了一遍,然后说:

"到底是怎么一回事呢?哦,我是说怎么能够这样就逃出……"

卡洛尔摇摇手。

"没有时间说明了。我们的行李还在房间吗?"

"啊,那些行李由我保管着。"

我们跟着尤娜走进去,然后各自拿起自己的行李。雪伦和其他男佣们都还在睡觉,所以我们并没有见到其他人。当马修装水到水瓶里的时候,我对尤娜说:

"好,我跟你说,但是你不要打断我。我们越狱了,而现在我们就要离开这个城市了。不过离开之前我们还要去见一个人,所以会先过去找他。旅馆费用是多少?"

尤娜并没有回答我的话，却说了不相干的话。

"你们要离开了？现在？"

"要不然在温暖的春天来临的时候出发，好不好？"

"……你的嘴巴真的是……"

"哦，怎么样啊？要不要来个吻别？"

尤娜的脸颊突然红了起来，然后收下了马修给的旅馆费。我们匆忙地拿起行李往外面走去。此时尤娜从里面提了一个篮子出来交给我。

"时间太赶了，没有什么可以给你们，这是餐点，你们可以在路上吃。"

"真是谢谢你了。难怪会有人说住过这旅馆之后，不论你后来去了大陆哪里，都可以向人说起这里的美好回忆。谢谢了，高贵的仕女尤娜。还有，也代我们向你的哥哥说声谢谢。"

尤娜好像想要说些什么的样子。但时间实在紧迫，她还这样拖时间，唉，果然再怎么说还是班奈特的女孩子最好，因为她们既直爽又干脆。

"尤娜，你有什么话就说出来比较好。就算是破口大骂，也总比现在不说将来后悔来得好。好了，快点说吧。难道你是因为没有骂过我，才这样子扭扭捏捏吗？"

尤娜的嘴巴突然又灵活了起来。

"喂，你这个坏蛋，把我的心还来！"

"……什么？"

我的"什么"两个字吐出来是比夜晚的微风还要更轻更小声。卡洛尔和马修也一副不可置信的表情。我好不容易清了清喉咙，这一次我大声问：

"你说什么？"

我好像还是不够大声。尤娜开始抽着鼻子哭着说：

"哼，呜呜，这就像以前的传说一样啊！呜呜，在旅馆工作的少女，呜呜，流浪汉掳走了她的心。但是流浪汉离开了那个城市，从此不再回来。少女却等了他一辈子。呜呜，她可能会和别的男人结婚，而且生下小孩，却用一辈子去想念那个流浪汉。"

哇啊！我快受不了了。真是的！这丫头拿她自己和我当题材，一股脑儿地凭空想象着，还说得煞有介事！这是青春期常会有的行为。我帮尤娜擦了擦眼泪，然后问她：

"喂，你不是还曾经气得恨不得把我杀来吃？"

"但就是从那个时候开始，你掳走了我的心。我早就知道会这样。当我对你很粗鲁的那个时候，我就已经隐约感觉到，你将会是那个掳走我的心的男人。对啊，一定是那样。我知道我已经遇到一生之中只会有一次的魔力的秋天。"

魔力的秋天……我真是快疯了！这到底是什么跟什么啊？

"还有，那一天早上，你为了帮助那些素昧平生的人去和巨怪打斗，却还被那些人冷漠地对待，结果还受了伤，我看到那样的你时，我的心就已经无法回头了。"

卡娜贝拉啊，我恳求您！我在内心里惨叫了几声之后，好不容易勉强让自己安静下来。

"尤娜，不要想这些有的没的。你才认识我三天，而且其中两天我都在监狱里，你根本没有办法好好认识我。我不是什么好男人。你对我的感觉，有百分之九十以上是你自己编造出来的。"

"不对，这是命运啊！可是我不会紧抓着你不放的。既然已经将自己的心给了你这个流浪汉，对少女的惩罚当然会随之而来。你走吧,我不会紧抓着你不放。虽然你要带走我最宝贵的东西,从此以后永远不再出现,但是我不会怨你的。”

她好像很喜欢这个样子。尤娜好像很想当一个“自己的心被一个跟秋天一起离开的流浪汉给掳走之后,一辈子都在思念里迎接秋天到来的少女”,那么我当然不会强迫她接受现实。尤娜过不了多久就会恢复正常的。从现在起到那时候为止,她虽然会很伤心,但是反而会因此拥有美好的遐想。

我二话不说地骑上了“艾米莉”。其他人也同时骑上马。我从马背上往下看,并且说:

“喂,尤娜!”

“嗯?”

“你会遇到好男人的。如果生了男孩子,而其中一个看起来是个很会惹事生非的小孩的话,就帮他取名字叫波奇,好吗?”

卡洛尔和马修都掉了一地的鸡皮疙瘩。两位大爷啊,我也觉得这句话令人肉麻至极。可是我想尤娜应该会很喜欢听这句话。果然不出我所料,尤娜脸红地点点头。唉,真好笑!可能她的丈夫会极力反对吧。这娇小玲珑的少女!然而我还是非常郑重地对她点点头。

尤娜的手突然靠近了我的脖子。

“这个,要为了我好好保存着,不要忘了我。”

是一条项链……我要晕了。尤娜拿给我的项链上镶有闪闪发亮的珠子,那是一条我会怕被人看到而无法戴在脖子上的那种项链。

我并没有喊出“喂,我怎么可能会戴这种粗俗幼稚的项链”之类的话,相反地,我收下了那个东西,并戴在了脖子上。然后我一言不发地骑着马走了。“那个流浪汉默默地不说话,在秋天的夜色中消失，而且再也不会回来。然而那个偷走我的心的男人，我能不怨恨他吗？当然恨他……"想到这里，我全身都已经起鸡皮疙瘩了！

我们静静地骑着马走了一会儿之后，才回过头去看。果然，在"十二人的旅馆"前面，尤娜仍然一动也不动地站在那里。刚才好像有某人说过"今晚好像会发生很棒的事"，但是，唉……骑马跑了一段时间之后，马修开始对我说：

"喂，波奇！"

"不要再说了！我只是照着那个丫头所希望的做了，我也很受不了自己那个样子，所以你不要想用那件事来取笑我。"

"……你不可以玩弄纯洁少女的心。"

"那你要我怎么做？那个丫头并不是喜欢我，而只是把我当成她在青春期的梦想里出现的白马王子。我能怎么办？我也只好照那个丫头所希望的，讲一些动人的话之后离开。如果不这样做，可能到头来我反而会觉得有罪恶感。可恶，我对她可是一点感情也没有啊！"

卡洛尔点点头，而马修则是闭紧了嘴巴。坐在后面的伊芙琳对于我们的行为好像是一副无论如何也无法理解的表情。过了不久，马修用他那低沉却很清楚的声音说：

"当然啦，你的心早已在故乡，不对，是在你骑的这匹马……"

"呀啊啊！马修！"

我们已经到达男爵家了。因为夜已深，到处都被黑暗所笼罩，宅邸里面很安静。我们将马系在石墙旁边。然后我们全都用手帕蒙着自己的脸，伊芙琳甚至还将她长长的头发绑了起来，塞到衣服里面。马修说：

"嗯,伊芙琳,你可以不用去……"

"我要去找那个男爵和大法师把事情查清楚。"

"要追究的话,一开始是我要求行动的,这都是我的错。"

"如果要用这种方式追究的话,那么就从出生这个错误开始追究好了。我们要不要赶快行动?"

当然要赶快行动。马修在下面当垫脚的,帮卡洛尔和我越过围墙。由于围墙不是很高,所以我们很容易地就越过去了。随后伊芙琳也翻了过来,而马修则费了一点力气才越过围墙。卡洛尔仔细观察了宅邸的样子,然后说:

"据我的观察,二楼中央是卧室。有阳台的那一间应该也是卧室。还有,旁边的那个建筑物可能是私兵们的宿舍。但是大法师在哪里呢?"

"如果是大法师的实验室,通常都会让人联想到地下室,是吧?"

"我们去看看吧。"

我们悄悄地走近。属于露丽娜斯女神的月亮已经升起很久了,所以在雪莉娜和露丽娜斯两个月亮的照耀下,我们周围显得非常明亮。因此,照理说应该很难偷偷走近,但是令人难以置信地,庭院里一个人也没有。相反地,看起来像是私兵宿舍的那栋建筑物里却传来了吵闹的声音。待我们走近一看,私兵们正在里面喝酒唱歌。他们可真会玩!

"他们到底怎么敢领人家的钱?"

我们小心地走向主建筑物。

大门看起来很雄伟,但是被锁起来了。因为是从里面锁起来的,所以我们没办法打开。马修望着窗户,可是卡洛尔摇摇头,他说:

"这里一定会有厨房。为了让厨房的油烟和食物的味道比较快散去,都会把厨房设在比较靠外面的地方。我们绕到后面去看看吧!"

我们绕到后面去,果然就看到和主建筑物相连的,看起来像是多长出来的瘤包似的厨房。此时传来了脚步声。我们赶紧躲在旁边的树木后面。走过去的人穿着很平常的衣服,所以看不出来他是男佣还是私兵,但是看样子好像是私兵。他因为喝醉了酒,走起路来摇摇晃晃的,一走到厨房就开始敲打着厨房的门。

"喂,快出来! 快开门!"

过了不久,我看到厨房有灯光亮起,随即厨房的门开了。出来的是一个提着灯的女佣。女佣一边揉眼睛一边说:

"什么事啊? 干吗吵醒正在睡觉的人?"

"酒不够了。我带了酒瓶过来。"

"难道你们这些家伙的工作就是天天喝酒吗? 不行! 我不会再给你们酒了!"

"哎呀,你可真凶啊! 我看看……"

"呃啊! 你疯啦!"

那个私兵想要抱住那个女佣,但是小腿胫骨被踢了一下。厨房门关了起来,那个私兵破口大骂着走回去。这时候,我们从树后面走了出来。

"很好,我们现在总算知道进去的方法了!"

马修点点头走到厨房门口,他用力地敲门。

"喂,快一点啦,只要再给我一瓶就好了!"

厨房里面立刻传来了叫骂声。

"你还敢再来! 你、你给我站着不要动!"

听到女佣那凶悍的声音之后,接着门就打开了。女佣拿着拨火棍跑了出来,却被马修抓住了手臂。女佣的眼睛睁得大大的,就在她要喊出声的那一瞬间，马修捂住了她的嘴巴。

"安静点！你敢大叫我绝不饶你！"

马修的声音是从包着脸的手帕后面传出来的，所以听起来很可怕。那个女佣害怕得一边颤抖一边点头。马修继续捂着女佣的嘴巴，并且对她说："我要把手放开了。但你要是再敢叫喊的话，你就惨了，知道了吗？"

那个女佣一等嘴巴被放开之后，立刻用蚊子般的声音说"请饶我一命，请饶我一命"，并且开始抽泣。马修有点不知所措地说：

"只要你照我说的话去做，就不会受伤的。好了，那里面除了你之外，还有没有人醒着？"

"没有，没有人醒着。我也是正在睡觉，但是因为有人叫……"

然后马修让那个女佣转过身，抓着她的肩膀说：

"很好。请你为我们带路吧。你的背后有短剑抵着，所以给我小心一点！"

但那个女佣实在抖得太厉害了，甚至抖到无法走路的地步。我们只好不停地催促她，才好不容易进到了里面。

我们一进去，就看到厨房和主建筑物相连接的那道门。那里面是大厅，男佣们都在大厅里。因为这里没有所谓的男佣房，而只有所谓的女佣房。

我一边走一边想着这些事，结果差一点踩到一个正在睡觉的男佣。我勉强停住，只是稍微踢到了他的手。那个男佣翻身之后，又沉沉地睡着了。在那短短的一瞬间，我们四个人都冒了冷汗，直直地呆站着。马修用很低的声音恐吓地说：

"波奇，你这小子！"

"呼！我比你更害怕，不要再说了。"

我们悄悄地从大厅走上了通往二楼的阶梯。虽然我们因为阶梯发出的嘎吱嘎吱声而惊慌不已,但是男佣们好像由于白天太辛苦的关系,都没有被吵醒。到了二楼之后,在阶梯左右两边都有走廊,而且我们前面也有走廊。前面走廊的尽头处有一扇很华丽的门,在那个女佣指着那个房间之前,我们都猜到那应该是男爵的房间。

马修说:

"请问大法师在哪里?"

"在、在地下室。那边走廊的尽头有一个通往地下室的阶梯。"

"你能够打开那个门吗?"

"没、没办法。钥匙在男爵大人和执事大人那里。"

"好。要是被人发现你帮我们带路,你是不可能安然无恙的。这样好了。我把你打昏,到时候你就说是因为反抗我们才被打昏的。知道了吗?"

那个女佣虽然脸色惨白,但是考虑之后她还是点点头。

"请、请打轻一点。"

"那么,对不起了。"

马修向她点头之后,就朝她的腹部打了一拳。那个女佣发出了一声低沉的叫声之后,就这样倒了下来,可是马修扶住了她,让她靠向墙壁坐着。马修摇摇头。

"唉,打了女人,我实在感到很抱歉。"

"不过她会感激你的。走吧,我们快去地下室。"

"为什么?"

"因为如果要打开那个门的话,佣人们都会被吵醒。所以我们得先去抓那个大法师,再命令大法师来开门吧。"

我们走到了二楼尽头的阶梯处。为什么要下去地下室的阶梯会被设在二楼呢？真是奇怪。卡洛尔对我解释说：

"这样做是因为地下室原本就有很重要的用途。简单说来，一楼是佣人生活的地方，而二楼则是主人和家人们的生活房间。所以重要的地下室会和二楼相连接，而且佣人当然也不能接近那里。"

真的吗？不管盖成这样是不是有什么目的，因为这阶梯是从二楼通往地下室的路，所以非常陡峭，而且又很长。幸好是石阶，所以不会发出声音，但是在黑暗里走阶梯，只能摸着墙壁慢吞吞地走下去。随即伊芙琳说道：

"在自己的敌人当中最美丽的妖精，隐藏住它的黑暗反而是它的食物，请出来吞噬掉黑暗吧！"

面前突然出现一道亮光，吓了我们一跳。定神一看，虽然并不是很明亮的东西，但是在黑暗的走道上突然看到光，自然都会觉得很惊讶。虽然我们看不大清楚在光的中央有什么东西，但是似乎有什么东西正在里面挪动着。我看了看卡洛尔，卡洛尔说：

"原来是光精，它比传说中还要美丽。虽然名为光精，但是其实在黑暗之中，才更能感觉出它的美丽……"

在光精的帮助下，我们很容易就下了阶梯。那个火光并不是红色，而是带着一点点青色，所以看起来有些奇怪。我们下到地下室之后看到一扇木门，但是在木门上面还用铁材做了加固，看起来非常坚固的样子。该怎么打开呢？

这一次仍然是伊芙琳站了出来。她要我和马修站在门的两旁，而光精则飞到门的上方。接着她开始念咒语：

"在那气息之下，浮载着生命，望看所有事物，不从属于任何事物的您啊，在此请将您的权能之中的一项收纳起来吧。"

接着，不可能起风的地下室突然起风了。过了不久，伊芙琳看着我们刚才走下来的阶梯说：

"这样就不会有任何声音漏到上面去了。现在该让他帮我们开门了。"

"咦？应该怎么开门？"

"我们就高喊'失火了'吧。"

对了！在地下室的人一听到"失火了"，一定会很害怕。马修和我快喊破喉咙似的开始叫着：

"失火了！"

果然，不久之后就从门里面传来哐啷啷的响声以及某种东西滚下来的声音。接着又传来一声"呃啊"的惨叫声，同时门也被打开了。跑出来的是一个光着上身的男子。门一打开，光精就靠近那个男子的眼睛，令他赶紧将眼睛掩住。

他正是亚尔弗列得。

马修很轻易地抓住了掩着眼睛的亚尔弗列得的后脑勺。马修将他的手臂反抓住，并且将匕首架在他的脖子上。

"你好啊，逊毙了的大法师！"

那家伙此时才睁开双眼看看我们。他的脸色突然变得十分惊愕。

"什么呀……不是失火了吗？你们是谁？"

"我们就是喊失火的人。好了，到里面去，好吗？"

马修推着那家伙，然后我们进到了里面。

里面的灯亮着，我们看到的是乱成一团的景象。我们闻到了一股怪异的味道，有腐烂的味道、油的味道、硫磺的味道等等，简直让人无法忍受。而且这里还有很多杂七杂八的东西，如细铁粉、金粉、水晶球、硫磺、动物的内脏、动物的毛等等，甚至还有动物的粪便。而墙上则挂满了各种奇形怪状的道具和铁丝、绳子，每个书架上都摆满了各式各样的瓶子。伊芙琳皱起眉头，送走了光精。

让亚尔弗列得那家伙跪在地上之后，马修拉下了掩住面孔的脸巾。

"你、你是……"

亚尔弗列得一副惊慌失措的样子。随后我们也各自拉下了脸巾，亚尔弗列得发出了快喘不过气的咳嗽声。马修阴险狡猾地笑着说：

"要我先杀死你之后再折磨你，还是先折磨你之后再杀你呢？"

亚尔弗列得一副极度痛苦的表情。我决定先要回我的东西。

"喂，先交出我的OPG。它到底在哪里？"

"那个东西，在那边火炉上面的锅子里……"

"啊？！在锅子里？"

我惊慌地跑到火炉那边去看。真的有一个锅子里面装着水，正滚烫地煮着很多东西（里面放了很多我没见过的东西，颜色和味道都糟糕透了），我的OPG也在里面浮着。哎呀，我的天哪！我赶紧用旁边的铁夹子把它夹起来。还有很多肮脏的东西也一起被带了上来，手套的手指部分甚至有一个动物的眼珠子。我简直要骂人了！

"你到底想干吗呀？！"

"做、做研究……"

"你是想煮了之后吃下去吗？你疯了啊！"

我把它放进旁边的一个水桶，洗了洗之后抖了几下，用毛巾擦拭后再戴到手上。虽然没有任何的感觉，不过这东西原本就如此。我很想知道到底有没有坏掉，就立刻拿起了挂在墙上的一根铁棍挥舞起来。结果跟以前一样很轻松地就挥动了起来。

"幸好它没坏。但是你到底是想拿它怎么样？"

"我、我想召唤出食人魔当巫师随从……"

巫师随从？这时伊芙琳笑了笑。

"真可笑！你怎么会想让食人魔当你的巫师随从？你到底是在哪里学会魔法的呢？"

随即，亚尔弗列得的脸上露出了惊讶的表情。

"你、你知道怎么寻找巫师随从？"

"我不是曾经使出过冰墙术？我当然知道那一类的法术。"

"可、可否教教我……"

"好的，依照想要召唤的巫师随从种类的不同，而有不同的昼夜时间，所以得先选择你想要的动物活动的时间。然后在黄铜火炉里面放满木炭，再放香进去，香的数量必须能完全盖住木炭才可以，一直到念完咒语为止，还要再放好几遍。这时候放入芦荟和……"

马修、卡洛尔和我都惊讶得瞠目结舌。我们看着冷静地讲着这些话的伊芙琳，以及认真地边听边写的亚尔弗列得，还真有一股和乐融融的学习气氛呢！我们在这段时间里拿起亚尔弗列得那些奇怪的东西，一边把玩着一边等待。伊芙琳说明完了之后，甚至在那张纸上帮他写了某些东西。

亚尔弗列得全部写完了之后，他看着那张纸，露出了心满意足的表情。

"有句话说得对：精灵确实与人类不同，精灵真的很会教魔法！"

伊芙琳也微微笑了。

"新学的法术是很珍贵的，因此是要付出代价的。代价就是你的性命。"

亚尔弗列得听了之后，手中的那张纸掉落到了地上。他那副吓破胆的样子让我们看了觉得还真爽。伊芙琳真的是个非常沉着冷静的人。她冷冰冰地说：

"既然你已经接受了我刚刚教的东西，所以现在你当然要付出代价了。你应该对此没有什么问题吧？"

伊芙琳拔出那把穿甲剑。亚尔弗列得往后退了好几步之后，脚被绊了一下，随即一屁股跌坐到地上。他就像白杨树叶子被风吹动般，不停地发抖，并且说：

"饶、饶我一命……"

"你用你那些三脚猫功夫的魔法去帮那个男爵欺压市民，同时也满足着你自己的欲望。可能你自己觉得挺愉快，但是优比列规定在这个世界上不管得到了什么，一定要付出相应代价，你怎么会不知道呢？优比列造了秤，而赫卡列斯造了秤锤。你的秤台实在是太不平了。现在应该让它变得平衡。所以就拿你的性命来当秤锤吧！"

伊芙琳的声音很平静，就好像是在谈论明天的天气一样。但是，在亚尔弗列得听来，这也许是世界上最可怕的声音。亚尔弗列得继续往后退，直到他碰到墙壁为止。然后伊芙琳慢慢地往前走。

突然，亚尔弗列得大吼道：

"你说我满足了我的欲望？"

伊芙琳惊讶地望着亚尔弗列得。亚尔弗列得则一边因为恐惧而流下眼泪，一边尖声喊着：

"人类的巫师和你们精灵不一样，他们才不会这么大方地教魔法！我学了十年才达到魔法二级，可是我实在是付出了太多！"

"你应该知道魔法不是很容易学的东西啊。"

"可是我还是忍受不了了！我无法忍受将自己年轻的岁月都奉献给那个老头，所以我才跑了出来！但是只有二级魔法的我，也只能做这种奸商的部下！"

伊芙琳静静地看着他,说:

"对人类而言,为了学好魔法,要耗费的时间的确是太长了。"

"是的!我们又不是精灵!那些年轻人的欲望,我们已经全部放弃,只全心全意学魔法,等到成为一个可用的巫师,却到了快中风的年纪。我不想要这样。所以我才会跑出来!欲望?呵!这叫作欲望?是的,说实在的,如今的生活很轻松。我只要适度地折磨那些男爵指定的人就可以了。是的,小鬼,正如你所说的,就是对他们丢绳子,对他们丢骨头。可是,可是我常常觉得不安。我不知道什么时候会遇到比我更优秀的巫师,而且我也很怕人们会知道我是个不怎么样的巫师。所以我自称是大法师,甚至还穿了那种滑稽的衣服!然而我到最后还是受不了了。我毕竟是个巫师啊!我非常想念那些魔法研究。所以我每天做研究,自己创造了一些新的魔法,试着去实验……"

原来亚尔弗列得拿了我的OPG,是为了创造法术。卡洛尔试着问他:

"难道你没有回去找你的老师吗?"

"我太惭愧了……我实在没办法回去。我想想自己放荡的生活,实在是不敢回去。"

亚尔弗列得低下头不断哭泣着。伊芙琳看到他那个样子,收起了穿甲剑。亚尔弗列得一听到穿甲剑收到剑鞘里的声音,连忙抬起头来。他擦去眼泪后,抬头看着伊芙琳。伊芙琳对他说:

"优比列和赫卡列斯创造了时间。时间是绝对而且永恒的东西,但是我们可以利用时间。"

伊芙琳朝他轻轻微笑。

"我会延长你的时间。请好好利用它。你自己将倾斜的秤台扶正吧。请你好好对待自己的一生,让自己做一个好人。"

亚尔弗列得的脸上到这时候才露出希望之色。他在地上不停地磕头,并且说:

"谢谢! 谢谢! "

马修和我互相对看了一眼,然后耸耸肩。

"真是的,既然伊芙琳都解决了,我们就不用再做什么了。"

"是啊。如果是我,我一定毫不留情地狠狠扁他一顿。我在那里静静地等了半天,不就是为了这个吗? "

伊芙琳听到我的话之后笑着说:

"波奇,对不起。"

"不,你没有对不起我,我很满意啊。可是男爵一定要留给我们处置才行。喂,亚尔弗列得? "

亚尔弗列得到这个时候都还在磕头,我又叫了他一声,他才站了起来。我对他说:

"好了,虽然你由伊芙琳来处理,但是男爵就不同了。不如你和我们一起上去吧。"

第九章

　　我们又来到二楼。亚尔弗列得死里逃生了以后变得很安静，他很和气地为我们带路。到达二楼中央男爵的房间之后，我对亚尔弗列得说：

　　"请叫男爵出来，要小声地叫他哦。"

　　亚尔弗列得照我所说的轻轻叫了一声男爵。但男爵好像睡得很熟，我们叫不醒他。

　　"你没有钥匙吗？"

　　"没有。"

　　"那么没有办法了。好，只能用我的OPG了。"

　　我毫不犹豫地用手掌拍了一下门。呼！门板整个飞了出去。我赶紧说：

　　"好了，马修，你带男爵出来！我来挡住那些佣人。"

　　马修像一阵风似的快速移动着身体。然后我看了一眼那些佣人们，他们听到门被破坏的声音后都慌乱不已。他们上二楼来看，可是因为光线太暗而看不清楚。过了一会儿，他们点亮了蜡烛和提灯，一看到我们的模样，都发出了尖叫声。这时马修已经抓住了克莱斯特男爵的领子，拖着他走了出来。

　　"你们这些该死的家伙！你们明知道我是谁，还敢如此！你们活得不耐烦了吗？"

男爵又骂了很多难听的话。他可真是一个搞不清状况的人啊！我抓起那家伙的脚，他怒吼道：

"混、混蛋！你竟敢这样做！还不快点把我放下！"

"我如果是你的佣人，我就会听你的话。"

随即我就把男爵吊到二楼的栏杆外。这时下面传来了那些佣人们的尖叫声。

"呃啊！"

克莱斯特男爵的嘴巴已经冒出了泡沫。我摇晃着他的手臂说：

"你真的很重哦！"

"该死的混蛋！你胆敢这样子对我，你以为你还能活命吗？"

"你再这样吵闹下去，你以为你还能活命吗？"

这时候男爵才安静下来。因为我只要一放手，他马上就会成为"已故"克莱斯特男爵。他朝着下面拼命喊着：

"你、你们几个，赶快把我接住！啊，不对，上来杀了这些家伙！"

佣人们十分惊慌地跑到男爵的下方，然后举起双手。我往左边走一步，那些佣人就立刻往左边移动；我往右边走一步，那些佣人就会一边破口大骂一边往右边跑。这还真是有趣！我就这么左右来回走了好几遍。

男爵的头朝下，被我这样提来提去之后已经很晕了。不过他还是一直骂个不停，不断地诅咒我。在一旁快要看不下去的卡洛尔说：

"好了啦，尼德尔老弟。不要再这个样子了，快放他下来。"

我轻轻笑了笑，然后把他放了下来。克莱斯特男爵一被放下来就立刻想要逃跑，但是我压住那家伙的肩膀。所以他只能用他那可恶的嘴巴尽可能地骂我：

"你们这些可恶的家伙！污水坑里的脏老鼠看到人竟然不知尊重，还敢放肆！你们真的那么想死啊！竟然敢对我这么无礼！你们这些肮脏的混蛋！"

这个男爵嘴巴真的很会说。他都已经晕头转向了，竟还能一直不停地骂人。卡洛尔原本想说话，但是话到嘴边，还是摇摇头放弃了。

"跟他好像真的说不通。算了，走吧。"

"你们这些家伙！你们以为你们可以逃到哪里？你们想逃回臭水沟里的老鼠洞去吗？门儿都没有！你们会被五马分尸的！你们敢对我做出这么可恶的事，还以为自己能活命吗？我就算再慈悲也不会饶恕你们！"

我对卡洛尔说：

"就把他丢出去吧。真是令人厌恶！"

"你说什么？臭小子，竟敢说这种话？你这个乳臭未干的小鬼头！你们怎么可以这样对待我？"

卡洛尔差一点就叫我把他丢出去。

"就这么丢……不太好吧。"

这时候，大门被粗暴地打开了，接着士兵们冲了进来。他们可真"快速"，居然现在才出现！他们上了二楼，看到男爵已经变成人质之后，大声喊叫道：

"喂，你们，嗝！全都……全都被围包了，啊，不对，被包围了！"

我对着他们大声喊道：

"你们把话讲清楚一点，一群笨蛋！你们居然现在还能出动，还真是厉害！"

那些士兵们全部都醉了，连路都走不稳，而且有的人还把盔甲穿反了，有的人只是披着盔甲而已，有的人把盾牌戴在头上，然后将头盔拿在手上，真的是什么样子都有。他们的样子不管怎么看也不会令人觉得可怕，只会觉得滑稽。这些守卫宅邸的士兵们到底是吃了什么熊心豹子胆，竟敢醉成这个样子？男爵看起来似乎也和我有一样的感受。他和我对那些士兵们同时破口大骂。士兵们压根儿没听到男爵那些骂人的话，他们全都醉得东倒西歪的，有的人甚至还坐在地上吐了起来。真是令人叹为观止！早知道这样，我们一开始就应该从正门口进来！卡洛尔一边看着那些士兵们，一边笑着说：

"很好，这样子就够了！"

我和马修诧异地看着卡洛尔。卡洛尔却十分认真地对克莱斯特男爵行了一个礼，然后他说：

"男爵大人，您要不要跟我打个赌？"

"打、打什么赌？"

"我们赌如果男爵大人不见了，那些士兵们会不会抢夺您的财产呢？怎么样？我赌我们现在立刻带您走的话，那些士兵们就会夺取那些您关心的宝石、衣物、重要的文书。我赌会这样子，而男爵大人您大概会赌不会这样子，是吧？因为您相信那些士兵们对您的忠诚。"

男爵的脸上终于浮现出了恐惧之色。

"你、你、你怎么可以……"

"尼德尔老弟，把他打昏。"

我一听到这句话，立刻朝男爵的后脑勺打了一拳，男爵则像青蛙般地扑倒在地上。卡洛尔俯视着下方，然后对亚尔弗列得说：

"亚尔弗列得先生，男爵的家人呢？"

"没有家人了。他的妻子早已去世，而他的女儿也已经嫁人了。"

"那么就不用拖泥带水了。亚尔弗列得先生你大概也会想拿一些,是吧？"

亚尔弗列得扑哧地笑了出来。可是他看了伊芙琳一眼,然后低下了头。卡洛尔说:

"你就在合理范围之内,取走一些东西,当作侍候过男爵的代价吧。"

"算了。我只会去拿我的行李。今天晚上的收获已经很多了。我学会了一种新的魔法。"

卡洛尔微笑着说:

"你真不愧是个巫师。我以为你会说'捡回了一命'。你走吧。可以的话,还是回你的老师身边吧。"

亚尔弗列得向我们道谢之后,就回头走向地下室。卡洛尔很快地指示说:

"私兵们在喧嚣的时候,可不能让那些佣人们受伤。费西法老弟,尼德尔老弟,去将那些私兵们的武器装备拿走,全部都打昏。他们都醉了,这应该不难吧？还有,各位男佣和女佣们,我们会带走这家伙,至于其他的物品你们就选你们喜欢的拿吧！"

"什、什么意思？"

卡洛尔露出狡猾的表情说:

"如果不快点的话,就抢不到自己想要的东西了哦。"

这时候佣人们的眼神才清醒过来。然后我和马修笑了笑,随即跳下了阶梯。

"呀喝！"

用揍的,用挥打的,用丢的,用踢的……

我们骑着马离开了男爵家。伊芙琳刚才从男爵家的马厩里牵了一匹马出来。这真令人惊讶。我笑着对她说：

"精灵也会做这种事啊？"

"这其实很合理呀。反正那些马已经没有主人了，可能会被卖掉，或者被那些士兵带走。既然反正它们都没有主人，所以就让我来当它的主人吧。因为这是十分合理的选择，就把它取名叫'理选'，这样好吗？"

"很好，因为你做这件事是'合理的'。"

我微微地笑了，而伊芙琳也笑了，只有马修苦着一张脸。因为现在他不能和伊芙琳同骑一匹马，而是和男爵同骑一匹马。这时我问了卡洛尔一个问题：

"可是我们就这样离开的话，不就算是绑架了吗？市政府那里的人会不会追过来？"

"这家伙在市政府能有这么大的势力，正是因为他的金钱。现在他已经没有了金钱，市政府那边应该就没有这家伙的走狗了。而且我们还可以再用另一个方法。"

"什么方法？"

到了雷克斯市的市政府之后，我们才知道那究竟是什么方法。

在市政府附近的小路上，我拿出了纸张、墨水和笔。这是我们前些时候买的，现在正好派上了用场。然后卡洛尔命令男爵写一份关于将斗技场捐赠给市政府的声明书。当然啦，男爵是不可能心甘情愿地写那种声明的。

"什、什么？这绝对不可能！"

马修摇了摇头，然后在男爵的耳边说了几句话。随即，男爵的脸都绿了，他赶紧开始写声明书。我问马修：

"你对他说了什么？"

"不听我们的话随便。反正我也不会再说第二次。"

男爵写了一份有关捐赠斗技场给市政府的声明书。很幸运地，我们这边刚好有三个人，这么说是因为伊芙琳不是百绥斯的公民。总而言之，在男爵的签名的下方有卡洛尔、马修和我三个人的名字。

"我还不是成人，好像还不能当证人吧。"

卡洛尔摇摇头说：

"不，决定尼德尔老弟你是否为成人是班奈特领主的权限范围。而我现在是班奈特领主的全权代理人，所以在我名字下方的你，是和我一样的待遇。"

哈！那真是太了不起了！我写完我的名字。卡洛尔拿起那张纸挥了几下，好让墨快点干掉。然后他说：

"好了，市政府如果接收了这笔财产，他们就不会再有什么意见了。还有……"

卡洛尔又拿出另一张纸，很快写了些字在上面。都写完了之后，他说：

"雷克斯市政府那边应该不会再追我们了，雪伦先生不是说过我们没有在罪犯的名册里？所以市政府那边没有理由一定要追我们。我写了'用斗技场交换我们的自由'，市长的脑袋如果灵光一点的话，应该会同意我的提议。如果一定要把我们当罪犯处置，然后追过来的话，男爵的声明书将会无效。因为罪犯是不能当证人的。"

"哇！"

马修和我打心底地赞叹。难道卡洛尔以前是恐吓罪犯或骗子？我们走到离市政府一段距离的地方，卡洛尔在箭上绑上了那两张纸，然后射向市政府。我们就当它是信号似的，疾驰离开了雷克斯市。

早晨的太阳正在冉冉升起。

在黎明时刻，我们在雷克斯市外面的某个地方放下了男爵。男爵早已失去了所有的勇气，完全像是一个废人。就算他回到了雷克斯市，也没有任何财产和任何势力了。我们激励他，要他去找朋友帮忙，但是他好像没有任何朋友。报仇应该是一件很痛快的事情，可是看到他那么沮丧的样子，我们还是觉得很歉疚。他怎么会连一个朋友也没有呢？

我大概能理解卡洛尔的报仇方式了。他是从克莱斯特男爵的性格上下功夫。克莱斯特男爵如果是一个声望很高的人，那么不管他是不是消失不见，依然能保有他的财产和声望。卡洛尔的报仇引出了内在潜藏的刑罚，这对善良的人不会有任何的伤害，但是对克莱斯特男爵却很有效。嗯，卡洛尔是个很可怕的人。我一说完，卡洛尔就立刻哈哈笑了起来。

"是啊是啊，尼德尔老弟。一个人犯了错时，即使没有受到明显的刑罚，也是无法好好安心的。因为刑罚已经在那个人的心里构造出来了。所谓的刑罚并不在别的地方。如果是有智慧的法官进行审判，就会知道如何对罪犯施行最适当的刑罚。我只不过是仿效这个原理而已。"

现在我们位于雷克斯市的东边的一座山中间，我们在此地野营。在太阳升起的时候去睡觉，好像有点奇怪，但是我们因为整夜都没睡，所以也没办法继续前进了。

我享受着早晨的太阳，看着灯火依稀闪烁的雷克斯市，说：
"雷克斯，那里有好的记忆，也有不好的记忆。"
"这个不管到哪里都一样的啊。只要是在人类生活的地方，都会如此。"
这是卡洛尔的回答。我看了看伊芙琳。

伊芙琳望着早晨的太阳。她的眼睛慢慢地闭了起来，就好像向日葵一样地朝着太阳的方向伸出她的脸。阳光倾泻下来照得她睫毛闪闪发亮。

"伊芙琳，可以说一下人类的都市和精灵的都市的区别吗？"

伊芙琳仍然闭着眼睛，她说：

"精灵并没有都市。"

"那么如果要你以精灵的观点定义人类的社会呢？"实际上我有些忐忑不安，而且也很惭愧，"你会给予人类社会什么样的评价呢？"

我的问题也引起了卡洛尔和马修的注意。伊芙琳说：

"这个嘛……虽然有很多令人失望的地方，但也有很多令人惊讶的地方，实在很难用一句话来形容。虽然我只在那个都市待了三天，却感觉好像过了三十年。人类的一天常常都是这样子的吗？"

"我们当然也不是每天都过得那么惊险啊。"

"真的吗？我还在猜想是不是因为生活如此激烈，才让人类这么短命。特别是昨晚各位的行为实在是令我无法想象的……"

"机灵极了，是吗？"

伊芙琳闭着眼睛笑了笑。之后她睁开眼睛回头看了我一眼。

"是的，确实十分机灵。对于那些机灵行为撇开不谈，只是单纯地谈我的感受的话，可以说是非常愉悦的！这是一种和速度感相似的感受，真的棒极了，而且很舒服。嗯，我很难用人类的话来形容。是用'生气勃勃'来形容的吗？其实我也不太清楚。"

"不，我们已经十分了解你的意思了。"

我现在安心了。伊芙琳并没有说一些负面的评价。我原本还很担心伊芙琳会不会以为人类都像克莱斯特男爵那种样子。以前我觉得人类是有爱心的，可是和非人类的其他种族在一起之后，总觉得人类如果能再好一点，能再高尚一点就好了。我自己就是很典型的人类。

马修说道：

"好了，睡吧！大家现在都已经非常非常累了。"

卡洛尔靠在树上说：

"我没做什么事，就由我来做看守吧。各位赶快去睡吧！我们已经浪费了三天，如果想走快一点，就得先多休息才可以。"

我做了一个梦，梦里头有艾米莉和故乡班奈特领地。这算是噩梦吗？

咯吱咯吱！这是骨头伸展的声音。

"啊，什么时候才能再睡在床上？"

我一边扭转着身体，一边自言自语着。骨头发出好像快散架了的声音。

卡洛尔靠在树下坐着，正在睡觉。哼，真是一个让我们安心的守望者啊！马修听到我的自言自语后睁开了眼睛，然后站了起来。他看看卡洛尔，不禁笑了笑，然后叫醒卡洛尔。卡洛尔急急忙忙说他是刚刚才睡着的，实在很抱歉，但是马修微笑着说：

"没有关系。我们大家都熬夜了，当然会这样。请到那边躺着睡一会儿吧。夜晚赶路好像也不好，我看今天我们就在这儿休息一整天吧。"

"时间允许吗？"

"原本计划在一个半月内办完事情，却在雷克斯市浪费了三天，所以我们的时间只剩大约四十天。这样子要谒见国王陛下，还得去修哲利伯爵家，还要卖我们的领地，时间会不会不够？"

"四十天，只有四十天……这个嘛，费西法老弟，听说要花一个月的时间才能进入王宫呢！"

"咦，王宫有这么大吗？"

"不是的，是因为要先从底下的官员开始层层上报，所以才会需要那么长的时间。幸好我是班奈特领地的全权代理人，而且是要报告有关国王的龙的事，所以应该马上就能谒见到国王陛下。"

我插嘴说：

"可是，一定要去谒见国王陛下吗？只要跟下面的官员说阿萨塔特战败了，再传达上去就可以了，不是吗？"

"这样会很麻烦。如果是其他的事，也许可以这样，不对，其他的事都需要这样做，但是龙的事是不一样的。龙不管到哪里，仍然是国王的龙。而且阿萨塔特在国王陛下心目中的地位也是十分重要的，是国王陛下直接派遣它到班奈特领地。也因为是陛下直接派遣的，所以我必须直接报告陛下，不能向他下面的官员报告。"

"唉，真麻烦。那很重要吗？"

"很重要。万一国王陛下震怒的话，说不定会有人人头落地的。我想其他的官员当然不希望自己人头落地。"

"咦，人头落地，那不就是死刑？"

卡洛尔嘻嘻笑了起来。

"当然不会这样。其实我们不必太担心。此次作战的主要负责人是班奈特领主，但是我们领主已全权交给修哲利伯爵，所以战败的责任会落在修哲利伯爵身上吧。"

"那么卡洛尔你会很安全吗？"

"嗯，只要跟陛下说：'虽然您派阿萨塔特来支援，但我们还是战败了，我们感到万分愧疚……'国王陛下应该就会宽容地原谅我了。虽然有点麻烦，但形式上一定要那样做，然后就会被记录下来。而且听说国王陛下是十分仁慈的。"

"哦，真令人惊讶。"

卡洛尔看了一眼深吸一口气的我，然后朝我微笑了一下。但是他很快开始面带愁容了。

"只有四十天……报告败战的事情，实际上并不是什么大问题，真正的问题是我们该如何筹钱。我最担心的就是这个。哈森尔执事先生就算再怎么本事，也不可能在我们领地里筹到钱。所以钱的事最后还是我们的责任。到了首都，我们可以拜托国王家族，或者拜托贵族院，总之我们一定要筹到钱。我还带了领地的所有税收权状书，逼不得已的时候就会卖掉它们。"

看到卡洛尔这么担心，马修插嘴说：

"那么，我们得想办法让回程的时间短一点。因为我没有走过这些路，只能靠看地图来判断，所以调整计划的时候会有些不安，但是我们回程的时候应该会比较熟悉一些了吧？"

"你说得对。我知道了。"

卡洛尔点点头，然后将自己裹进了毛毯里面，之后他一直在毛毯里翻来覆去，苦恼了很久才睡着。马修翻翻行李，拿出了地理书，然后开始仔细查阅着这张地图。而我则拿出尤娜给我们的那个篮子。

篮子里面有面包、啤酒，还有起司和水果。嗯，那丫头竟会说出那么无厘头的话。说什么她自己的心已经被流浪汉给掳走，从此一辈子都会想着这个流浪汉。哈哈哈！

巨大的啤酒瓶被封得很紧，那是用蜡封起来的。刚一打开盖子，就冒出了很多泡沫，可能是因为刚才摇晃得很厉害的关系。我喝了一口酒之后拿给马修，然后开始默默吃面包。

现在已经是下午了，天空既晴朗又明澈。落叶不断地飘下，还不时传来了清脆的鸟叫声。

抬头一看,树叶几乎掉光的树枝上,有几只小鸟停在那儿,正在低头看着我。

我撕了一些面包屑往前一丢。

小鸟们像是很警惕似的看着我。我原本在想:我究竟要用什么样的表情才可以让小鸟不那么怕我呢? 不过还是算了。我连马的表情都看不懂,那么小鸟会看得懂我的表情吗?

嗯,我好像想错了哦! 其实应该是人类才可以做出表情才对。

还有精灵也可以做出表情。伊芙琳在毛毯里面侧躺着,用手臂托着下巴,一副才刚睡醒的懒洋洋的表情。她在那看着我和面包屑,然后又抬头看了一眼天空。伊芙琳微微笑了笑,然后吹起了口哨。

"嘘哩哩,嘘哩,嘘哩哩,嘘哩——"

随即,枝头上的一只小鸟飞了下来。那只小鸟开始啄起了面包屑,不久,刚才停在它旁边的其他小鸟也飞下来啄面包屑。我伸出两条腿,用手臂支撑着上半身,然后看着这一副景象。为了不吓到小鸟,我用很低沉的声音说:

"你的口哨吹得真好!"

伊芙琳看了看小鸟,又看了看我。

"可以给我也来点面包吗?"

我从篮子里拿出面包。伊芙琳就在毛毯里以半躺的姿势开始吃面包。她居然躺着吃东西都能那么自然! 如果是艾米莉,一定不会这样子。但是我也不觉得她这样做没礼貌。毕竟她又不是人类,所以如果那样就说她没礼貌不就很可笑吗? 如果说精灵可以在森林里躺在落叶上面吃东西,那现在这样应该也是再正常不过的事了。

"嗯,你还是起来吃比较好吧。"

哦，不愧是马修的作风。伊芙琳转过头去看着马修。

"咦？"

"如果躺着吃的话，嗯，可能会对消化不太好……"

"大部分的生物，他们的身体姿势和消化并没有很大的关系。"

如此一来马修就无话可说了。他只是淡淡地笑了笑，然后又回头翻看着他的地理书。而我也笑了笑，继续望着那些可爱的小鸟。

伊芙琳突然站了起来。她将手拍干净之后，开始整理头发。因为她的头发很长，所以睡觉后，当然就会变得很乱。但是伊芙琳就好像小狗抖动身体那样前后左右地用力摇晃着头。我看了之后吓了一跳，而马修则张大了嘴巴。那些小鸟们也全都飞走了。

伊芙琳用力摇晃她的头之后，将头发整个往后集中，接着用手顺顺头发。最后伊芙琳拿起身旁的皮外衣，翻找出一把梳子，随即开始梳头发。

"嗯，虽然我不常看女孩子整理头发，但是你这样子好像挺简单的。"

"人类的女孩子是怎么样整理头发的呢？"

"这个嘛，先洗一洗，梳一梳，然后让它干，接着盘上去或着编辫子……"

"我也很想洗一洗头。"

"反正不会像你刚刚那样摇晃头来整理头发，我刚刚有点惊讶。"

伊芙琳歪着头说：

"啊，是啊，人类的头发通常都会纠缠在一起，但是我们的头发不会纠缠在一起，所以摇一摇就会全都散开来。"

"那一定很方便吧。"

"这个嘛，很方便吗？我这种头发不太容易编辫子，因为头发太细又太干燥。所以精灵们都像我这样散着一头的头发。看起来很奇怪吧？"

"不,不会。"

"我也很想试试编辫子或者盘头发。但是这种头发……好像很难。你要不要摸摸看？"

伊芙琳到我这里,然后抓起一撮头发让我摸。我轻轻地摸。伊芙琳问我:

"是不是很细？"

摸起来好像是一种丝纱。

"是很细。但是你的头发好像很多。"

"是啊,头发很多很多,多到可以拿来做弓弦。我的弓上面的弓弦就是用我的头发做成的。精灵们都是在头发长到像弓弦的长度时,把它们剪下来做弓弦,而且将弓带在身边。"

此时,马修说道:

"嗯,我可以看看你的弓弦吗？"

随即伊芙琳拿出插在自己行囊里的那把复合弓给马修看。我也靠近去看那把弓。马修拿着弓,将弓弦弹了好几次,然后露出了赞叹的表情。

"很不错的弓。虽然和我的体格不配,但是真的很不错。"

"体格？啊,你是指手臂的长度。你要不要和我比一比手臂的长度？"

伊芙琳把手臂往两旁一伸开,胸部就突了出来。马修猛然往后退了几步,结果头撞到了树上。他摸着后脑勺发出呻吟声,然后伊芙琳惊讶地说:

"你为什么突然往后退呢？"

因为两个人用这种姿势互相比较手臂长度的话，就会碰触到对方的胸部，这跟拥抱是没有两样的。哎呀，在一旁看着的我都脸红了。马修努力定一定神，然后说：

"啊，这个，不要比了。对了，你是说这弓弦是你的头发做的吗？"

伊芙琳马上点点头，然后很爽朗地回答：

"缠了好几次才做成的。你看，是黑色的吧？其他的精灵也都带着和自己头发同样颜色的弓。所以如果有精灵带着和自己头发不同颜色的弓，就表示那支弓一定蕴藏着什么故事，或者对那个精灵而言是很重要的东西。"

"啊，是的，你说的很有道理。"

"咦？……哦。"

伊芙琳又摇摇头。马修好像撞得不轻，到现在还在胡说八道。伊芙琳接过弓之后，还是觉得很奇怪地看了看马修，然后她转身走到她放皮外衣的地方。她每次走动的时候，我都觉得她的皮裤动起来真的很漂亮。……要不要送这样一件皮裤给艾米莉呢？可是那丫头如果穿了皮裤，真的会好看吗？伊芙琳拿起皮外衣并且穿上，然后开始翻找着她行囊里的东西。不久后，她拿出了一本非常大的书。大到就算是告诉我那是个盾牌，我也会相信的！我和马修用感到不可思议的眼神看着那本大书的时候，伊芙琳已经摊开了书，并且开始翻着那些巨大的书页。因为书页实在太大，所以伊芙琳是用整个手掌来翻书页的。

"嗯，我可以看看吗？"

"你会看吗？"

我和马修走近看着这本书。嗯，真的是个新奇的体验！白色的部分确实是纸，而黑色的部分也确实是字，不是吗？

我和马修互相望了对方一眼，然后又看着眼前这本巨大的书。书上面有奇怪的图案和花纹，而且还有很复杂的文字之类的东西，但是我们实在不知道那些是什么文字。

"这是精灵语吗？"

"这是魔法的语言，是符文。这种语言事实上是无法念出来的。"

"咦，无法念出来？"

伊芙琳仔细想了想之后，她清理了周围的落叶，让土地露出来。然后她拿了一粒小石头，开始在地上写一些东西——THM，OEW。这是什么呀？

"你可以念得出来吗？"

我用讶异的表情一个字母一个字母地念过去。随即伊芙琳微笑着说：

"我会这样念：三个人类男子，一个精灵女子，Three Human Men，One Elf Woman。"

"啊！"

我和马修都点点头。

"但是你写的这些字母不就是可以念出来的吗？"

"是的，这些字母原本就是可以念出来的，所以也可以一个一个'T、H、M、O、E、W'地念出来。但是符文本身是无法念出来的，不过符文也是像我刚刚写的字母一样，是有意义的。我这样说明好像有点奇怪，但是我也只能这样子来说明了。"

"哦……那么，那些巫师们所记忆的咒语，为什么能念出来呢？"

"那些不是符文，而是起动语。符文是记忆咒语的时候所需要的语言，而起动语可以用自己种族的语言。念符文写成的咒语来记忆咒语时，自然而然就会出现起动语。我写出'THM，OEW'，然后在念的时候念出'三个人类男子，一个精灵女子'，就和这个是一样的道理。"

"是自然而然的吗？那么，只要看得懂符文，谁都可以使用魔法……"

听起来好简单。

"不，不是那样子。还必须要了解魔力活动的方式才行。"

"魔力活动的方式？"

"就拿亚尔弗列得作例子吧。他是个巫师，所以他可以看得懂符文。但是我虽然教了相关的手段，而且也写了正确的符文给他，但是他当场还是无法用那些'召唤巫师随从'的咒语。因为他还需要针对魔力活动的方式做一段时间的研究与练习，然后才能够使用这个魔法。当然，我连魔力活动的要领都已经教给他了，他现在应该会更加容易理解。"

我摇摇头。

"那么……巫师教他们的弟子，到底是教什么呢？我一直以为只是教咒语而已。"

"先教他们使用魔力的技术，以及增进此技术的练习方法和符文之后，再教他们魔法。而且得教他们每个特定的魔法所需要的符文。这些就跟你所说的教咒语很相似了。但是学习魔法并不是只有这些而已。教了符文之后，这个时候需要说明魔力活动的方式。这个部分比较困难。如果我们拿游泳来做比喻的话，学习某个魔法的符文，就好像是才刚刚下水而已，然而要让魔法活动起来，就好比教实际在水里游动的方法。"

我举起双手说道：

"好难哦！马修，我的头上冒烟了吗？"

"嗯，正在一团一团地上升呢！"

马修的话让我微微笑了笑。但是伊芙琳却表情有些忧虑地问：

"咦，那是什么意思呢？什么是头上冒烟？"

啊？这个还需要说明吗？

"啊，那不过是开玩笑的话而已，水壶里的水煮开的时候不是会冒烟吗？我们的头脑如果很燥热的时候，就说是'头上冒烟'了。这是一种比喻。"

"可是，波奇你的头上并没有冒烟啊！"

我和马修都愣愣地看了伊芙琳好一会儿，虽然想要再继续说明，但我们正要开口对她说明的时候，又都觉得把水壶比喻成脑袋，实在是很难说清这有什么让人觉得好笑的。其实我们到底为什么要拿这个来开玩笑呢？

第三篇　被诅咒的神临地

第一章

我看了看四周然后说：

"我看最近这种天气，很适合去采蜂窝。"

我总觉得这里应该会有很不错的蜂窝。因为这儿开了非常多的花，而且还有一条宽阔清澈的小溪。只有在这种水很清净的地方，蜂蜜的品质才会比较好。为什么呢？因为只有用清净的水来滋润，花朵才能酿出好的蜜。稍微远一点的那片洋槐树林也很让人喜欢。最近蜜蜂为了准备过冬，一定已经做出了最上等的蜂蜜。

平常我去找蜂窝，都是为了提炼蜂蜡来制造蜡烛。但是现在只是想在旅行途中吃点特别的食物。如果能在煎饼上涂点蜂蜜，相信一定很美味。要不要干脆做一点蜂蜜饼呢？

"喂，尼德尔老弟，我们是目的很明确，而且时间很赶的旅行者，可不是什么悠闲的流浪汉啊！"卡洛尔义正辞严地说。

确实如此！我们是应该疯狂赶路的人才对。但是想要很快地穿过秋天的原野，并不是一件很容易的事。这不仅是因为周围的风景实在是太迷人而让人不禁想多欣赏一眼，更因为只要我们稍微骑快一点就会觉得寒风刺骨（因为我们的体温正在持续不断地降低）。现在，天空布满了厚厚的乌云，如果运气不好的话，搞不好我们还会淋雨。

"我们到下一个领地的时候,应该一人买一件大斗篷。"

这是马修说的,卡洛尔也点点头。我看了一眼伊芙琳,她……好像并不觉得很冷。

不,应该说她似乎一点也不觉得冷。

"伊芙琳,你只穿那件皮外衣不会觉得冷吗?"

"冷? 啊,我不会冷。我们精灵可以适应一切天气。"

我看也是这样。他们好像被称作"优比列的幼小孩子"。即使是在冰天雪地里,伊芙琳也丝毫不会受影响吧。这么说来,一年四季她都只用穿那种帅气的皮外衣就好。

"我看沿着这条路走下去,我们应该很快就可以看到领地或者村庄了,是吧?"

马修听到我的话之后点了点头。

"当然啦! 你当我是什么? 我可是先精确地判断出村庄的位置,然后再决定路线的。"

"其实你是故意安排成当你想喝酒的时候,就会出现村庄的吧?"

"差不多啦。"

嗯,现在已经接近傍晚了,如果按照马修所说的,我们应该很快就能看到领地了吧? 并且此处已经渐渐开始出现农田和果园了。马修指着眼前的山丘说:"应该就在那座山丘的后面。"

我们爬上了那座山丘,随即看到眼前的一处领地。都市和领地的差别在哪儿呢? 其实只要看是否有领主的宅邸就可以知道了。我看到村庄另一头有一栋类似宅邸的建筑物,因此我们猜测这里是领地的可能性比较大。因为那栋简直和城堡差不多大的宅邸如果是市长的家,未免也太大了一点。

我们在山丘上停下,看了看这个领地。领地的上空笼罩着一片

乌云,在那片乌云底下的领地看起来既低矮又冷清。伊芙琳说道:

"这个村庄很奇怪!"

其实我也这样觉得。因为我没有看到任何一个人影。但是也有可能是因为这种阴霾的天气所致,毕竟人们不太喜欢在恶劣的天气里待在外面。马修问伊芙琳:

"伊芙琳,是什么地方很奇怪呢?"

"到处都看不到影子。"

"咦?"

好奇怪的回答!我再仔细看看山丘下方的那片村庄,虽然有些远,但的确看不到每一栋建筑物应该会投射在旁边建筑物上的影子。

"可是,会不会是因为现在没有太阳的缘故?"

伊芙琳表情担忧地摇摇头。

"但是有光啊,那么就应该有阴影才对,至少建筑物的颜色也应该会有深浅的差别才对啊!然而,请看看那些建筑物的墙壁,不论是正面还是侧面,都是一样的颜色。这里所有的建筑物都是这样。"

我们发现的确如此。那一瞬间,我有种难以抑制的恐惧感。

是的,那应该是不可能的事!天哪,建筑物的四面都呈现出同样的颜色,怎么会这样呢?即使是相同的灰色,也会因为光线的关系而在正面和侧面会有所差别才对啊!但是,那些建筑物就好像是年幼的小孩子随意画出的图画,居然前后左右的颜色都一模一样!

我被吓得直哆嗦,其他人也用惊恐的眼神互相对看着。然后我们都再度望向了那些建筑物。

"马、马修!怎么办才好?"

马修咬着嘴唇说:

"我不知道。这里应该是科内尔领地才对……在我的地理书上,只写着这里是以玉米酒闻名的地方,并没有其他的说明。"

"但、但是我感觉不到这是有人住的村庄!"

这时候,卡洛尔沉重地说道:

"不会吧,尼德尔老弟,这是人口众多的村庄才对。"

我看着卡洛尔所指的方向,第一次看到有人出现。那个人站在大路的中央,正呆呆看着站在村庄入口外面的我们。

这个人穿着黑色袍子,那种宽松到令人觉得简直就像是套了一个袋子的衣服,而腰部则像是用某种东西夹了起来。看到这个人的腰这么细,我才发现这是一个女人。她的头发是黑色的,但其中掺杂了一些红色头发。那些头发将她脸的两边全都遮掩住了,我们好不容易才分辨出她的鼻子和嘴巴。

我们走向那个女人,但是我们一边走,一边感觉周围的建筑物实在是可怕。倒并不是因为它们的形状很奇怪,也不是因为脏乱或者哪里被损毁,只因为,只因为四面的颜色全部都一样!这真是一个怪异至极的村庄。在乌云底下,光线到底玩了什么样的把戏才会造成这种现象?

就在这个时候,那个女人尖声地说:

"快回去!快回去!"

我们非常害怕,但是我们的马比我们更害怕。这些马好像是听到了野兽的叫声似的,前脚迅速提起并且开始嘶鸣。

咿嘻嘻!噗噜噜,嘻嘻嘻嘻嘻!

我们为了不从马上摔下来,全都紧紧地抓住了马背。而在这时,被那个女人的尖叫声吓到的不只是我们而已。

嘎啊!嘎嘎嘎嘎,嘎啊啊啊!

我感觉天空都快被遮住了。一大群乌鸦从两旁的房屋后面飞了起来，它们向四处飞着。那些乌鸦的黑色羽毛像落叶般飘落下来。马的悲鸣声和乌鸦的叫声，以及遮住视线的羽毛和我们的不安交织在一起，让我们简直要被吓得魂飞魄散了。

我又听到另一个喊叫声传来。

"为什么要飞出来呢？"

那是伊芙琳的声音。令人惊讶的是，伊芙琳和她骑的那匹"理选"竟然一点都不为所动。伊芙琳对着天空喊道：

"你们难道是在找食物吗？还是在找睡觉的地方？或者你们是在找不见了的孩子？快回去吧！被闪烁的东西给迷惑住的纯真的鸟儿啊，回你们的巢穴去吧，回到那些有闪烁东西的仓库去吧！"

那些乌鸦们都飞了下来。但是它们停在了屋檐上，或者阳台的一角，一直望着我们。伊芙琳看着它们，突然皱起了眉头。幸好我们的马匹已经镇静下来了。卡洛尔顺了一下自己蓬乱的头发，然后心慌意乱地看着四周的乌鸦，感叹道：

"真是奇怪！现在这里如此骚乱，为什么却没有一个人出来呢？"

他摇摇头，然后开口问眼前的这个女人：

"借问一下！我们是途经这里的旅行者，我们只是想在这里留宿一晚，但是你却直接叫我们回去，请问可以告诉我们理由吗？"

那个女人将头发往后拨开，这时我们才看清楚她的脸。她的脸就和她那身褴褛的衣着一样肮脏，并且满脸都是泥水，看起来简直就像一个疯子。那个女人目光炯炯地注视着我们。不对，不是我们，她注视的是伊芙琳。伊芙琳用淡淡的目光和那个女人对视着。

那个女人对伊芙琳说：

"优比列的幼小孩子……森林的种族。乌鸦岂敢在无限高尚的你面前骚乱呢？嘻嘻嘻……真不愧是精灵啊！低贱的人类如果和你们在一起,应该都变得如你们一般高尚吧!"

伊芙琳眨了眨她那双黑眼睛,然后将头转了过去。她让她的马转过身,然后对我们说:

"我们退回去吧。"

"咦?"

"我们先从这里退回去吧。我等一下会告诉你们理由的。"

她好像不想再说什么似的紧闭着嘴巴。我们只能莫名其妙地转身离开。感觉那个女人和那些乌鸦的视线简直盯得我后背直发烫。

我们再度横越过科内尔领地外围的广阔农田,而伊芙琳仍然不发一语。马修看起来很焦急,我也是同样心急不已。卡洛尔不时转头看看后方,然后歪着头思考。

阴沉的乌云愈来愈厚,有种让人以为现在已经是晚上的错觉。甚至马修还开玩笑地说:"可能需要拿个火把了!"然而天空确实是阴沉到了这种地步。穿越过了农田之后,我们回到那座有山路,可以通往村庄的荒山上,此时伊芙琳下了马。我们也都下了马,然后走向她。伊芙琳一坐到地上就用双手掩着她的脸。她在这种不安的思绪里沉浸了好长一段时间,然后抬起头看着我们。

"请坐下吧!"

"啊,好。"

我们有气无力地各自坐在地上。伊芙琳低沉地说:

"刚才那个女人不是人。"

"啊?"

"我说她不是人,这句话的意思不是说那个女人是半兽人或地精那种跟人类完全不同的种族。而是说如果说她是人,那么她是属于异类的那一种。"

"这到底是什么意思呢？"

伊芙琳望着村庄的那个方向说道：

"如果是人的话，应该时时刻刻都能依从优比列和赫卡列斯这两个神。因为优比列和赫卡列斯这两个神都很关心人类，它们永远都想介入人类的生活。而我们精灵则是依从卡娜贝拉，所以赫卡列斯很难介入我们。矮人他们则是依从凯瑞斯·宁曼，所以优比列很难去干涉矮人。"

我和马修只是茫然地点头，而卡洛尔则已经明白了似的点点头。为什么虽然同样是点头，却有如此大的差别？伊芙琳好像觉得很冷似的用手抱住了膝盖。咦？精灵也会觉得冷？她说：

"但是刚才那个女人却只带有赫卡列斯的气息。"

"啊？"

"不仅是那个女人是这样。那个领地的建筑物的所有墙壁都是相同的颜色，那就是失去协调的证据。那里已经是个无视于优比列的秤台的地方。这实在是令人无法理解。"

这些话并没有让我们激动起来。因为马修和我都不太理解这些东西。我是托卡洛尔的福，脑袋里对这些神有了一点了解，但那也只是一点点而已，并不能因此激发出什么情绪。

但就我所知，优比列是协调，而赫卡列斯是混乱。与其说两者是神，倒不如说它们是某种法则或倾向。但是一般都把它们说成是人格神。

所有万物都不可能只有协调或只有混乱。如果没有混乱的话就不会有协调，而如果没有协调就不可能有混乱。所以这两者为了共生而创造了时间。因为有了时间，所以才让这两者能共存，也因此优比列和赫卡列斯才都能满意。万物也就能够运转起来。混乱之后会有协调产生，而在协调之中又会涌现出混乱。

然而这是非常复杂的原理。

就拿人类来做比喻，人类依从优比列和赫卡列斯这两者。如果只有优比列来管理人类的话，这世界会很枯燥无聊的。举例来说，幸运这种东西大都是赫卡列斯给的礼物。如果骰子被丢出六次都出现六的时候，就可说是非常的幸运，但是这其实是机率法则的混乱，也就是赫卡列斯的恩宠。受到赫卡列斯恩宠的人最好去做个赌徒。但同样的，赫卡列斯也会给人非常不像话的坏运气。如果骰子被丢出六次都出现一的时候，那也是赫卡列斯的力量。而且赫卡列斯也是战士们信仰的神。协调是需要两样以上存在的事物才能做协调。也就是某个事物和某个事物相协调，而如果说自己达到协调，这说得通吗？而战士们的行动原则是，敌人和我两个之中有一个会死，所以赫卡列斯会庇佑战士们。

不过，战士们有时也会埋怨赫卡列斯。在经过多次努力练习之后，仍然被弱小的敌人意外地打倒，那就是赫卡列斯的恶作剧。所以那些努力的战士们希望优比列庇佑他们。可是他们又违反了优比列的旨意，因为他们屠杀敌人。如果是不太努力的战士呢？当然会希望有赫卡列斯的帮助，能幸运地打败敌人。不过他们会根据优比列的旨意，因为协调而被杀死。然而优比列事实上并不希望两个人中的任何一个人死掉。因为协调是需要两个以上的存在事物的……这个原理真的是非常非常复杂！我听了这些超出我理解范围的话之后，从此就对神学完全失去了兴趣。

总之，如果问祭司这一类问题，他们大概可以讨论一辈子吧。我实在是对这些没有兴趣，所以知道这么多我已经很满足了。反正赫卡列斯和优比列是非常伟大的神，事实上它们是不能称为神的宇宙间的法则之类的东西,而且也没有直接信奉它们的宗教。然而所有宗教都认定优比列和赫卡列斯,并依从它们之下的那些神灵。

我只是将这些知识记忆在脑海中,还无法真正理解。所以我用愣愣的表情看着伊芙琳,相反地,卡洛尔露出了非常担心的表情。我们两个人的差别真大。卡洛尔很担心地说:

"怎么会……怎么会有人只带有赫卡列斯的气息?"

"我也不知道。但是我想到有一种可能性。"

"哪一种可能性?"

"赫卡列斯底下的神有谁呢?也就是说,能够强力散播赫卡列斯的气息的神是谁呢?"

卡洛尔眨了眨眼睛,他用低沉的声音说:

"你认为那里是神临地?"

"有可能是。"

"哦,天哪!"

卡洛尔脸色发青地惨叫了一声。我和马修只是呆呆地望着对方。马修用嘴巴无声地说:

"那是什么呀?"

"我也不知道。"

卡洛尔就这么处在战栗的状态好一会儿。在那种气氛下,我们无法贸然问问题。所以我们一直在下面将手指头弯来弯去的。最后我实在是忍不住了,正要开口的时候,卡洛尔用十分沉重的语气开始说话了。他说:

"如果说是神临地……这个,若是赫卡列斯旗下的神,有半身人与岔道的迪菲利,矮人与火的凯瑞斯·宁曼,半兽人与复仇的哈伦卡,剑与破坏的雷西,乌鸦与疾病的……"

说到最后,卡洛尔的眼睛突然闪闪发亮。伊芙琳点点头。

"最巨大的乌鸦,传染病的第一根源,只守住坟墓的守墓者。"

"这是什么意思呢? 只守住坟墓?"

伊芙琳回答了我的问题,她说道:

"也就是说只守住坟墓而不守住尸体。将尸体或者挖来吃,或者取出来毁损……"

"那是谁呢?"

"奇顿。"

这是卡洛尔的回答。奇顿,是奇顿。这是我所不知道的名字,由此可知,它应该不是很有名的神。反正,如果它是疾病之神,那就一定不怎么有名。我看了看马修,但是他看起来也是很害怕的样子。所以我问卡洛尔:

"奇顿是疾病之神? 有人信仰这个神吗?"

卡洛尔沉重地点点头。

"在我们居住的西部林地这边,它算是比较不得势的神,但是在南部林地那边,它却是很有名气的神。特别是在南部林地的伊夫斯市里,有一只被认为是奇顿化身的双头乌鸦杰纳西。听说那里的市民甚至还直接缴纳贡物给它。"

"啊? 有两个头啊?"

"是的,听说那是象征着疾病是不分白天和夜晚,所有人都有可能染上。听说即使一边的头睡着了,另一边的头还会醒着。"

马修和我都眨了眨眼睛。真想到那里去看看。但是南部林地并不在我们的行程里,所以我们应该是不可能看得到了! 马修说:

"那么,在刚才那个村庄里,奇顿到底做了什么呢?"

"很可能是奇顿的祭司做的,要不然就是蕴藏奇顿权能的某个东西不小心流传到了那个村庄。"

"那么,我们去察看一下吧?"

对于我的提议,伊芙琳和卡洛尔都叹了一口气。什么呀?我尴尬地搔搔头。

"怎么了,难道我的提议很不恰当吗?"

"当然不是不恰当。我们和他们同样是人类,而谢莱莉尔小姐也追崇优比列的法则,所以看到那样的状况,当然也不会置之不理。"

伊芙琳点点头:"是的。"

"但是我们这样做实在是太危险了。那里遍布着那个神的权能,我们如果进去,到底要怎么做……"

我又无言地搔起我的头。

"嗯,那个,万一是某个奇顿的祭司在那里实行奇顿的律法的话,我们就将那家伙狠狠打一顿之后将他赶出去,或者如果是奇顿的东西对那里有影响的话,我们就将那东西找出来,然后把它毁掉,这样不就行了吗?"

卡洛尔笑了笑,但是看起来很无力。

"喂,尼德尔老弟,你说得很对。但是那片土地上的每样东西都依从着奇顿的律法,搞不好就连那片土地上的空气也按照奇顿的律法活动。我们刚才静静地离开,所以才没有什么危险,但是如果我们在那片土地上做出了反对奇顿律法的行为,那么,说不定刚刚一瞬间我们周围会失去空气,或者我们脚下的土地会消失不见。不对不对,那里是奇顿的神临地,所以我们很有可能在瞬间感染各种疾病。你如果同时中暑和冻伤,觉得自己心情会怎样呢?"

"……你是在开玩笑吧?"

"我不是在开玩笑。因为神临地本来就是这个样子。"

我一边打寒噤一边问：

"什么是神临地？"

"神临地就是神降临的土地，是很令人害怕的地方！"

"神临地"这个词听起来好像是很神圣伟大的地方。但是据卡洛尔的说明，那却是地面上的地狱。至少对于在地面上生活的生物而言，是比地狱还令人害怕的地方。

"在神临地里面，一切事物只遵守一个神的律法。嗯，尼德尔老弟，费西法老弟，我们实际上可说是住在许多神的律法之中。我们若是只遵守一个神的律法，反而会无法活下去。举例来说，假设某处是矮人与火的凯瑞斯·宁曼的神临地，恐怕连矮人也没有办法住在那里。因为火是那里唯一存在的东西，因此所有的东西都会被烧掉。又假设是精灵和纯洁的卡娜贝拉……"

卡洛尔说到这里之后停顿了一下，但是伊芙琳的表情毫无异样，她接着卡洛尔的话说：

"那里会纯洁得令人窒息。所有土地都必须是处女地，所以不能开发使用土地；所有的森林都必须是从未踏过的林地，所以绝对不能进入森林；所有的山峰都必须是处女峰，所以也不能爬上山。除此之外，他们无法生小孩，因为处女生不出小孩。"

伊芙琳虽然并没有搞笑的意图，但是最后一句话的语气实在很可笑，所以马修和我都忍不住笑了起来。伊芙琳一看到我们在笑，就做出一副"听到这么可怕的话，你们怎么还笑得出来"的表情，讶异地看着我们。马修干咳了几声，然后说：

"嗯。这么说来，在那片土地上只有疾病存在吗？"

"应该是吧。这应该是才发生不久的事吧。要不然，消息早就传开了才对。"

"我们一定要帮他们解决才行。"

"是啊，这已经是一件很严重的事了。但是这应该算是神的行为，我们这些凡夫俗子是没办法接近的。"

我的心里很烦闷，我问道：

"难道完全没有办法吗？"

"我也不知道。因为这种现象本身就很罕见。不管是哪一个神，想要在一个地方里头排除掉除了自己权能以外的其他权能，是需要付出很大的代价的。这几乎是不可能发生的事情。"

"可是那里不是已经变成这种地方了吗？"

"那里或许是有某种很强大的意识，也或许是有无比强大的魔法物品在那里。也许是传说中的某个宝物吧。如果知道起因是什么，或许有办法可以解决。优比列为了要协调每样事物，于是赋予了每样事物优点和缺点。即使是再强大的力量，也一定有它的弱点。但是我们之中对神学比较了解的人……谢莱莉尔小姐？"

"我对神学也不是很了解。"

"哦……那么该怎么办呢？没有办法了。我们不如试着去最近的神殿看看吧。费西法老弟？"

"是。"

"我们需要借助神殿的力量了。这附近哪里有神殿呢？"

马修从行囊里拿出他的地理书，他翻到科内尔领地和附近的几页，仔细地看了一会儿之后，随即把头埋到书里，头低得连鼻子都快碰到书了。

"太暗了，实在是看不清楚。"

不知道是不是乌云的关系，天色变得非常昏暗。伊芙琳看一眼天空然后说：

96

"乌云太厚了,才会造成光线不足。那个……咦?"

伊芙琳很快地从地上站了起来。她突然举起双手,将头发往后拨开,并且望着天空。到底怎么了?

"怎么了,伊芙琳?"

"那些乌云,那些云真是奇怪。你们不觉得很奇怪吗?"

"你说那些云……很奇怪吗?"

我和马修站起来仔细看着那些云。那些云有什么奇怪的呢?嗯,看起来很有可能要下雨。可是伊芙琳想说的好像并不是这件事。

"如果说这里是奇顿的神临地,就不应该会被这些乌云笼罩。我虽然不太了解神学,但是我也有一些常识。疾病一般都是热性的。虽说也有不会发热的病,但是病的表征通常都是产生大量的热。这里如果是奇顿的神临地,应该有很炎热的空气,要不然就是很干燥的空气才对。"

"……说的也是! 那么……"

"看来那些云应该是有人召唤出来的东西! 走吧!"

她站起来,然后跑去放好行囊,同时敏捷地跳到"理选"的背上。她竟然能够不踩马镫,也没有抓着马鞍就跳上马背,她到底是怎么做到的? 我即使不穿盔甲也没办法像她那样跳上马背。或许没有马鞍伊芙琳也能轻松地骑马,只是由于行李的关系,才会需要马鞍吧。我们慢吞吞地各自上马的时候,伊芙琳骑在马上开始念咒语。

"在那气息之下,浮载着生命,望看所有事物,不从属于任何事物的您啊,请带领我,到索求您的玩具的那个人那里去吧。"

召唤风精的她专心仰望了天空好一会儿。然后她回头看着我们说:

"可以了。请跟我来。"

然后伊芙琳开始以马匹疾走的速度前进着。伊芙琳为了能集中精神感受风精，所以无法骑得很快。我们则紧跟在她后面。

沿着科内尔领地的外围，我们迂回曲折地走了一段时间。到底还要沿着荒芜的低矮丘陵跑多久呢？突然间，树木不见了，眼前出现了一片广阔的山坡。我们还看到那边有许多粉红色的斑点。伊芙琳点点头。

"好像是大波斯菊与暴风之神艾德罗伊。巧的是，那片山坡上还开了大波斯菊呢！"

伊芙琳的视力可真好。我们这时才发现那一片可以看到粉红色斑点的连绵山脊上全都长着大波斯菊。那个山坡虽然是片缓坡，但是视野很好，很适合在那里俯瞰科内尔领地。我们稍微再走近一点，才看到那片大波斯菊之中有个人。那个人正站在那些大波斯菊之中，所以只能勉强看到他的上半身和头。不过又因为风吹的时候大波斯菊摆动个不停，所以也无法看得很清楚，再加上那个人披了一件袍子，所以根本看不到他的脸。可是他一听到我们走近的马蹄声，就慢慢地转过头来。但由于厚厚的云层使光线不足，我还是无法看清在袍子底下的那张脸。

风一吹，大波斯菊荡漾起粉红色波浪。那个人挺直了身躯。等等，他的身躯怎么突然会变直？这么说来，他刚刚一直都是蹲着的！

我的天哪！我想他的身高一定超过五肘，说是接近六肘高也不夸张。那是人吗？人有可能长得这么高吗？他拿着一支绕有铁箍的沉重权杖，我还以为这是从哪儿拔来的柱子。他将袍子上的头巾翻到背后。这一瞬间，我和马修都抓起各自的剑，然后紧张地咬紧了牙齿。

头巾底下居然露出了一张巨怪的脸！

伊芙琳这时从"理选"背上跳下来。我打了个寒噤然后说：

"伊芙琳！危险！"

可是伊芙琳根本不听我的话，径直走向了那个巨怪。那个巨怪低头看着还不到他肚子高的伊芙琳。天哪！那个巨怪只要挥一下权杖，伊芙琳的身体就会散成碎块啊！伊芙琳穿着的是皮外衣和皮裤。虽然这样穿确实很好看，可那并不是盔甲啊！然而伊芙琳却很镇定地开始跟巨怪说话。

"我是伊芙琳·谢莱莉尔。请问您是不是大波斯菊与暴风的女祭司？"

女祭司？那个巨怪开口说：

"是的。我叫玛德琳。"

伊芙琳转头看着我们。她的表情像是疑惑"为什么你们不自我介绍呢"。这个……我们只是在原地呆呆地张着嘴巴看着她。最后伊芙琳放弃了，她说：

"从左边起，是马修·费西法、卡洛尔、波奇·尼德尔。他们是我的同伴。"

巨怪低下头，很有礼貌地跟我们打招呼。

"很高兴认识你们，以随风飘散的大波斯菊之荣耀。"

卡洛尔结结巴巴地回应道：

"以、以平息暴风的花瓣之荣耀，嗯，荣耀，所以……"

连卡洛尔都是这个样子，更何况是马修和我。我们虽然已经放开了剑柄，但还是很惊慌地用警戒的眼神看着这个叫玛德琳的巨怪"女子"。玛德琳则对我们报以"微笑"。她的尖牙还真漂亮！

"你们一定吓了一大跳吧。"

卡洛尔寒毛直竖似的说：

"你、你难道不是巨怪吗？"

"正如你所看到的，我是巨怪。"

"但、但是你为什么会成为艾德罗伊的女祭司？"

"因为我的信仰。"

我终于忍不住插嘴说道：

"嗯，这会符合你的性格吗？而且艾德罗伊的神殿那边可以就这么接受你吗？"

"这当然符合我的性格，而且我当然是被神殿接受了之后才成为女祭司的。这是理所当然的事。"

她一连说了这么多个"当然"，我也就没有再说什么了。总之，她是信仰了艾德罗伊，并且依从其教理，被艾德罗伊的神殿接受了之后正式成为女祭司的，所有的这些都因为符合玛德琳的性格和追求，所以才能一一实现。可是……她说到底还是个巨怪啊！

"嗯，你们的种族，嗯，那个……"

我还是无法振作起精神，只能支支吾吾地，随即玛德琳朝我微微笑了笑。

"真的很抱歉。我好像太没有礼貌了。嗯，我一开始就知道你想问我什么。你觉得巨怪女祭司很奇怪是吧？你是想问我，既然是巨怪，就应该是抓人来吃的那种怪物，怎么会这么奇怪地成为女祭司了呢，是吗？因为这样的问题让我很伤心，所以我不知不觉就忽视了。真的很抱歉！"

卡洛尔这时才恢复了镇定，并回答说：

"我们不否认我们刚才是这么想的。真对不起！那么你为什么会成为祭司呢？"

玛德琳并没有回答什么，只见她转过头向着科内尔领地的方向。

在这个女子（我们暂时这样称呼她吧！）跟我们讲话的这段时间里，科内尔领地上空的云层已经变得没有那么厚了，而且还有一点阳光照射了下来。玛德琳很担心地张开了嘴巴，并且喃喃地念起什么来……

"太阳是赫卡列斯的力量。虽然我想要让阳光不照下来，但是这还真不容易啊！现在那片云层上方有很强的太阳热力。"

伊芙琳点点头。

"我也想过是这样。我想可能是有人为了要遮住阳光，才让这乌云笼罩着这里。"

玛德琳望着伊芙琳，然后歪着头。可是为什么在我看来，连看到她做这样的动作都会觉得很危险？

"请问你知道有关那个领地的事吗？"

"刚才我们进到那里，因为觉得那里好像变成了奇顿的神临地，所以就出来了。"

玛德琳微微笑了笑。可我觉得玛德琳一副认为伊芙琳可能会很好吃的样子，差一点吓得跳起来。

"真不愧是优比列的幼小孩子。是的，正是如此。现在……"

玛德琳远远地望着天空。不知不觉太阳已经快下山了，透过云层射下来的阳光变成了红色的光线。灰色的村庄里射进了一点点红色的光线，看起来很漂亮。但是那里是奇顿的神临地——只遵循一个法则的地方。这个法则就是：所有的东西都染上疾病。

"太阳快下山了。今天到此为止就够了。"

玛德琳点点头，说完之后转身面向我们。天哪，我们现在骑着马，可是也只到她眼睛的高度，这还真是令人害怕。玛德琳说：

"我可以请各位吃晚餐吗？"

我立刻起了一身鸡皮疙瘩。

第二章

原来,玛德琳的意思并不是要把我们抓来吃掉。她是真的打算请我们吃晚餐。虽然我们不是在吃什么豪华大餐,只不过是一群旅行者坐在一起吃东西而已,但是玛德琳诚心诚意地拿出了她带来的食物,我们也拿出了我们带着的食物,这顿晚餐就算很丰盛了。玛德琳并没有带什么奇怪的食物。不对,有几样确实很奇怪。例如像我的身躯这么大的面包,还有像我的大腿那么粗的香肠,以及用三升大的杯子来喝六十升的水瓶里的水,除此之外,还用一支足以和短剑相较量的刀来切东西,这些在我看来确实都很奇怪。

我抱着玛德琳拿给我的香肠,感觉完全没什么食欲。不管是多么好吃的食物,如果量太多的话,品尝起来就没有那么美味了。明明闻起来很香,而味道也很不错,但是却巨大到令人害怕。不过马修的表情就好像是来到天堂似的,出神地望着那个香肠。唉,这个食人魔!

营火正劈劈啪啪地燃烧着。

我们所在的山坡上,可以很清楚地看到位于下面平原上的科内尔领地。那里受到月光照射之后,闪着带有鬼魅气氛的银色,不过这一次可以看到很分明的阴影,所以看起来不会很奇怪。只是还有一件事我们无法理解,那就是——我们完全看不到灯光。伊芙琳忧

心忡忡地看着那幅景象,然后说:

"请问你之前也不断地召唤云吗?"

玛德琳表情疲倦地将三个苹果一起塞到嘴巴里面,她一边嚼着食物一边回答:

"这是第三天了。我是在三天前经过这里时目睹到那景象的。不对,应该说我在眼睛看到之前,就已经感觉到了奇顿的气息。我没有找到解决的方法,只能不让那股势力继续增强。我每天召唤云,使那里照不到阳光,我只能做到这个程度了。"

伊芙琳叹了一口气,然后丢了一块木柴到营火堆里,她说:

"不知你愿不愿意说说有关你的故事?"

"实在是没有什么伟大的故事,不过……"

我一边被马修的打嗝声吵个不停,一边听着玛德琳的故事。

玛德琳原本是住在中部林地褐色山脉的石头洞窟里。她的家人(我这时才知道巨怪是不会有父母这个称谓的,所有在一起的同伴都叫作家人)以掳掠附近的村庄或者旅行者为生,但是最后被国王派遣去的军队给消灭了。

当时她还是小巨怪,所以一点都没有危险。抓到她的士兵们因为从来没见过小巨怪,觉得她很新奇,而且他们在想说不定有一天会有巫师将她买走,所以那些士兵的指挥官偷偷地把她关了起来。当时她因为太小还没有什么明确的意识,所以不会分辨巨怪和士兵,被士兵关到水桶里的时候,还以为是世界的模样改变了。说到"这个世界突然变小了"的感受,玛德琳笑了出来。这些事对当时的她来说,还并不能被理解,她也是过了很多年之后,才好不容易理解的。

后来好像真的有巫师将她买走。玛德琳并没有说明那个巫师打算用她做什么。不过看起来好像没有什么不愉快的记忆,由此可见，那个巫师并没有对她不好。她模模糊糊记得的是自己坐在地上，面前是一个很高的老人，他总是一边口中念念有词，一边东摸摸西摸摸，有时会含起散落在四周的碎纸片，有时会嚼起骨头之类的东西，有时会丢掷些什么东西吓她一大跳。当时她最害怕的是如果她一接近什么地方，就突然蹿出一只很高并且咆哮着的怪物。在往后的日子里，每当她想起这个怪物来，总觉得那好像是一只猫。

但是后来她的世界又变了。总是很暗却很温暖的巫师研究室在一瞬间突然变成了白色，而且还有一点冷清。可能是那个巫师将她交给了艾德罗伊的神殿，她也不清楚那时候的确切情形，而神殿那里的人也没有告诉她。但是她猜想那个巫师一定是先在她身上施了什么魔法之后，再将她交给神殿。因为，她从那时候起突然会说人类的语言。

"可能父亲（玛德琳如此称呼那个巫师，玛德琳说这句话的时候，脸上带着浓浓的情感。至少就巨怪的表情而言，我确定那可以说是最棒的表情）是这么计划的：他对我施魔法是为了让我学会说话，而为了我的精神世界更强大就把我交给神。他一定是认为如果我待在巫师的身边，只会让我原来的那种凶暴的性格更早显露出来吧……"

艾德罗伊神殿那里的人们一开始对她都保持着一段距离。要是换做是我的话，我也会害怕到不敢接近她吧。然而神殿里的祭司们调整好心态之后，渐渐地开始对她好起来。玛德琳这个名字也是在那里取的。那是艾德罗伊的女儿的意思。

从学说话开始，她阅读着艾德罗伊的典籍，吟诵其诗歌，如此渐渐长大。其实她那时候还只是个小孩子，一边学说话，一边使她的精神世界变得更丰富，好像就是从那时候起她开始正确地认识周围的事物。而那时候她第一个认识的事物就是那座神殿。

所以，事实上玛德琳可说是不折不扣的信仰者。

她长大之后开始很在意她那与周围人们不一样的长相。但是艾德罗伊的祭司们很耐心地指出她和他们之间的不同点——她是巨怪，而他们是人类。他们关心她，希望她不要为此伤心难过。高阶祭司询问她：

"你原本是抓人类来吃的怪物。但是如果你可以改变你的口味，你还会想吃人类吗？"

她比较喜欢的是吃面包和牛奶。

她长大之后成了修炼士。后来她进而想成为艾德罗伊的女祭司。高阶祭司还是烦恼了很久，虽然高阶祭司可以自由决定修炼士的事，但是认定一个人的女祭司身份，接受非人类的巨怪成为艾德罗伊的女祭司，这不是高阶祭司能够决定的。他为之苦恼，最后下了一个决定。

他宣布举行一场已经有一百多年没举行过的教坛最高会议。那是教坛的所有长老和元老们都齐聚在一起的会议。大陆各处的艾德罗伊的神殿长老们都被邀请来，而在山里面独自修行的那些元老们也打破了数十年来的禁忌，都来到了平地上。修炼士们看到那些传说中的元老们还能活着走进神殿大门口，有些人甚至惊恐万分。

总而言之，那是教坛历史上大约一百年才举行一次的盛会，所以神殿忙碌了好多天，玛德琳也为了准备食物或帮忙接待服侍而经常忙不过来，虽然是有关自己的会议，但是也无法太过分心。所以叫她进入会场的时候，她的裙子已被溅得到处都是食物的汤汁，双手也都沾满了面粉，她就这样一边哆嗦着一边走了进去。

会场内坐满了身居高位的长老和元老们，看到她的模样，都觉得很有意思。他们问了她几个问题，玛德琳几乎都是神情惶恐地回答着问题的。姑且不论她回答得如何，她的那个样子让他们终究无法表示反对。结果她就这么成了艾德罗伊的女祭司。

国王陛下好像也对这件事很关心。她是那时候才知道，她所在的那个神殿正是信奉艾德罗伊的总院——大暴风神殿。大暴风神殿在位于首都百绥斯恩培的那些神殿之中，是具有很高权威的神殿，而且是可以切实纠正国王行为的神殿。

虽然国王陛下并没有亲自来访，不过他派人送来一封信，上面写着"对于艾德罗伊的大德高僧们所做的充满智慧的决定，我实感满意。巨怪玛德琳如果愿意的话，我将接受她成为百绥斯的市民"。公爵和几位王族则都亲自来访，并且握手向她致贺（他们其实都颤抖得非常厉害）。结果她在首都不管是要做布教的活动或者服务的活动，都不会有任何问题。

不过只是在原则上是这样。

实际上，首都市民们都远离她，而且拒绝她的服务。那时候的她已经很有智慧了，她知道是什么造成她这样的处境。她心里很难过，她一直不断地祈祷。最后，睿智的高阶祭司建议她离开一段时间。

"玛德琳，看到人类不要觉得难过，你亲自去看看这个世界以后再回来吧。像你这样的美人，如果要你一个人在这世界游走，我也感到非常的不安。在这世上，如果是美人的话，就算是个女祭司，想偷看她裙角的坏蛋也有很多，知道吗？……反正去这个世界历练一番吧！游走在这个世界的时候，你会得到很多的真理，回来的时候，请带着那些真理回来吧。如果不行的话，那就带点特产，比如说美味的饼干之类的东西回来吧。"

所以她开始以巡礼者的身份游走世界。高阶祭司的处方真是厉害。首都的市民们虽然那样对待她，但是这世上的其他人们看到她时甚至可以用"惊慌失色"来形容。她还曾经差一点被领地还有村庄的警备队给杀死。经过了那些痛苦经验，她反而学到了一些如何和人类更亲近，以及如何更加了解人类的方法，人们也因此逐渐消除了对她的误解。但是，需要拼命逃跑的情形还是很多。

　　总之，她有将近两年的时间都在中部林地游走，之后她离开了中部林地，想要去西部林地看看。西部林地这个地方因为中部大道那邪恶的阿萨塔特的缘故（玛德琳看到我一听到这个名字就猛地睁大双眼的样子时好像很惊讶），无法很好地感受那些地方。所以她将目标放在那个地方，正要前往那里。而且她还有一个目标，就是想寻找自己的父亲，也就是那个让她学会说话，并且将她留在神殿的巫师。然而，神殿那里的人们对于这一点是很严格的。她只能是艾德罗伊的女儿，除此之外的一切都被隐瞒起来。所以她几乎是没有任何线索地在追寻。

　　在发出噼噼啪啪声的营火旁边，坐着时也有三肘高的玛德琳映着火光的模样看起来格外优雅。她那闪闪发亮的牙齿、泛着草绿色的皮肤、黄色的眼珠子，已经不再令我觉得不安。那羞涩地抱着两腿膝盖、缩着肩膀讲故事的巨怪，有什么好让人害怕的呢？

　　"你一定经历了非常深刻的痛苦吧？"

　　"认为自己的生活不痛苦的人可能不多吧。"

　　"不过，我很好奇一件事，你到底有多高呢？"

　　"我的身高是五肘半。"

　　"哦，我也想过大约是这么高。嘿，如果你进到村庄去，一定觉得很不方便吧。因为常常会撞到门框。"

玛德琳笑了笑。不知不觉间，我离玛德琳更近了一些。虽说在别人看来，其实也只是同坐在一起而已，不过这么说是因为一开始我就跟她离得远远的关系。我问伊芙琳：

"嗯，可是伊芙琳你为什么能一开始就毫不畏惧地接近她呢？"

"害怕？啊，不。我看到有人在使用神圣的魔法，而当时只看到这一位，所以当然就认为这位是女祭司了。如果她是女祭司的话，就不会对抗神，所以并没有什么令人害怕的道理啊。"

我伸了伸舌头。不管怎么样，她看起来就是巨怪啊！但是伊芙琳并没有看我，她向玛德琳问道：

"玛德琳你好像拥有获得应许的强大神力，一个巨怪能拥有如此强大的神力，真是不可思议呢！"

"这是艾德罗伊的恩宠啊！从我小时候开始，就有大风暴神殿的那些厉害的前辈们指导我，所以我好不容易才能成为神的权杖。"

"像玛德琳这么特殊的人，艾德罗伊决定使用你当它的权杖，可能是因为它对你有很高的期望吧，所以它才赋予你这么强大的神力。"

我完全听不懂这些话是什么意思，但是，伊芙琳似乎是在称赞玛德琳，因为玛德琳看起来特别高兴。卡洛尔则一边听玛德琳的故事，一边频频点头，这时候他才开口说：

"可是那个领地的事……"

"可能需要试试强硬的手段。嗯，所以……"

玛德琳好像有什么不方便开口似的，她犹豫了一会儿后才说：

"嗯，如果各位认为无妨的话，你们可以帮我吗？"

"你要我们怎么帮你呢？"

"事情变成这样，应该是奇顿的祭司做的，要不然就是含有奇顿力量的魔法物品在影响着那里。"

"我们也是这样猜测。"

"嗯,不管是哪一种情形,我们都得进到里面去找到原因才行。如果是祭司所为,就必须制止他;如果是受魔法物品影响,就必须将它破坏。我可以进到那里面,但是我没有办法对付那个女人。刚来那天,我进到那个领地之后被那个女人追赶,好不容易才逃了出来。"

"那个女人?啊,你是指那个穿黑衣的女人吗?"

"你们也看到了吗?"

"是的,她一看到我们,就叫我们离开那里。"

"那个会召唤乌鸦和狼的女人,她可能是吸血鬼。"

刚刚吃了一根巨大香肠的马修一听到这句话,竟把刚刚喝下的水都吐出来了。

"噗!吸、吸血鬼?"

"马修!你怎么都吐出来了?真是的。那真的是吸血鬼吗?可是吸血鬼怎么会在大白天出现呢?"

玛德琳忧郁地眨着眼睛。她那下垂的脸皮在不断抽动着,然后她说:

"那是因为我的关系。因为我将阳光遮住,所以她才能在白天出来。但是如果不将阳光遮住的话,那个领地会集中更多赫卡列斯的气息,奇顿的力量就会更强。"

"吸血鬼……啊!但是,那也是因为奇顿的原因才出现的吗?"

我一边敲着自己的头一边问。玛德琳对我点点头。

"吸血鬼是疾病,也可以说是一种传染病。被吸血鬼咬到的人会变成吸血鬼……吸血鬼和兽化人一样,可说是疾病中的疾病。"

咦,真的吗?不过那确实和传染病没什么两样。然而我还是不太了解。

"但是为什么女祭司会怕吸血鬼呢？不是应该反过来才对吗？"

玛德琳叹了一口气。

"那里是神临地。在那里，其他神的律法都会变得很弱。我推测她是吸血鬼之后，曾试着运用'逐退'的神力击败她，但试了好几次都失败了。虽然后来成功了一两次，可是也只不过让她踌躇了几秒钟而已。"

我和马修都是一副很茫然的表情。但是卡洛尔却是一副目瞪口呆的样子。

"哎呀，我的天哪……"

"嗯，卡洛尔，你怎么了？"

卡洛尔一边摇头一边回答：

"吸血鬼居然不怕女祭司！费西法老弟，尼德尔老弟，你们想想，玛德琳能在三天之中持续地改变天气，她是拥有如此强大神力的女祭司啊。但是那个吸血鬼居然不怕这么强大的女祭司！"

是这样吗？马修和我搔搔头，互相看了对方一眼之后，我们用赞叹的表情望着玛德琳，玛德琳很羞涩地转过脸去。嗯，巨怪居然也会这么羞涩，让人觉得有点怪怪的。

伊芙琳从她那个位置站起来。她说道：

"真的不害怕啊？"

她拍了拍屁股，立刻解开附着穿甲剑剑鞘的带子。她要干吗？我们都很惊讶地看着她，她解开剑带之后，将剑带卷在穿甲剑上，然后将它插在行囊里。接着她拔出了绑在左腿的左手短剑。

"各位一定看不清楚吧。请各自拿起一根烧着火的木柴。因为超声波的关系，你们可能没听见。"

"超声波？"

"是蝙蝠。但并不是那种抓昆虫来吃的普通蝙蝠。"

所有人都紧张地站了起来。我们围成一圈，每个人都背对着营火站着。我很担心那些马，但就在我要转头看那些马的一瞬间，突然间前方变得黑压压的。

"呃啊！"

蝙蝠扑到了我的脸上。当感觉自己的脸被蝙蝠刮到，我一下子就起了鸡皮疙瘩。当我急忙把它抓下来的时候，可能是太用力了，蝙蝠发出"吱吱"声，随即在我的手里碎裂了。而那就好像是一声信号似的，周围顿时响起了一片"吱吱，吱吱"的蝙蝠叫声。

"哇，哇啊！"

"吱，吱！吱吱！"

那些蝙蝠像暴风雪般地飞舞着，就好像是黑色的碎纸片被撒在空中一样。那些蝙蝠的叫声简直让人耳朵都快聋了。奇怪，它们怎么会突然出现呢？我赶紧拔出巨剑挥砍起来。可是这毫无作用。马修他们则拿燃烧着的木柴四处挥动着。虽然巨剑没什么用处，但是着火的木柴倒很有效。那些被火烧到的蝙蝠到处乱飞。吱！吱吱吱！火花飞散，我身上好像都快被烧伤了。而且，裸露在外的手臂也被蝙蝠的翅膀碰到了，真是可怕呀！

"遮住眼睛！遮住脖子！"

卡洛尔挥动着木柴朝我们大喊。我也很快地抓起木柴，两手各拿一根，随后立刻使出了"一字无识"的招式。我就像在跳旗舞似的全身都转动了起来。

"全烧光吧！"

随即，我从头到脚都被燃烧的蝙蝠碰撞着。我感觉自己全身都被火烤似的灼热。呃！蝙蝠飞到我的头上了！它的脚趾抓着我的头皮,我像发疯了似的甩着我的头,结果连木柴都丢出去了。而丢出木柴的那一瞬间,那些蝙蝠们黑压压地全扑到了我的身上。

"呀啊啊啊!"

我倒在地上滚了起来。那些蝙蝠碎裂的感觉就这么传遍了我的全身。我感觉到自己的手臂好烫。一睁开眼,才发现我竟然滚到刚才丢出的木柴上了。

"啊,好烫!"

我的四肢都沾了蝙蝠的碎块和烧焦的黑炭,还有一些青苔,那样子真是无法形容的恶心。伊芙琳和一群蝙蝠混杂在一起,看来她根本无法使用魔法——她那样跳来跳去地,当然没有办法静静地念咒语。她手上倒拿着左手短剑,飞跃起来去攻击那些蝙蝠。她在黑暗之中击打着那些胡乱飞舞的蝙蝠。我的天哪!搞不好伊芙琳连雨滴都能抓得到!

玛德琳也没办法静静地站在那儿念咒语,所以干脆脱下了斗篷,然后拿来挥动着。因为玛德琳的身躯十分巨大,她的斗篷也就大到几乎和帐篷一样。那些蝙蝠好像撞进鱼网的鱼,碰到斗篷之后都被缠住了。就在此时——

"是那个女人!"

那是马修的高喊声。在地上打滚的我急忙睁开眼睛。那个女人果真在那里!正是那个穿着黑衣的肮脏女人,也就是白天的时候不让我们进村的那个女人。她距离我们大约有四十肘远,正在看着我们与蝙蝠搏斗。不久后,她将双手伸向前方。

"她在念咒语!"

我大声喊着,并且跑向她那里。蝙蝠缠绕着我的整个上半身。我想要闭上眼睛跑,但是始终没办法跑起来。于是我只好往前滚。

石头，是石头，我倒在地上，然后拿起抓在手上的石头，不管三七二十一地丢了出去。

因为我是精神恍惚地乱丢，所以石头往错误的方向飞去。然而，石头丢中树木之后发出了巨大的响声，树木断了。咔吱吱！咔啊！被这声音吓了一跳的那女人看了看树木，她念到一半的咒语也中断了，施法失败了。这时传来了伊芙琳的声音。

"魔法飞弹！"

我回头一看，伊芙琳好像是趁蝙蝠活动不那么剧烈的时候，勉强念完了咒语。接着她的周围浮现出五支白色光芒的柱状物，她把手向前一伸，指着黑衣女人。随即那些光柱立刻飞向那女人。

然而，那些蝙蝠立刻全都飞去保护那个黑衣女人。每一根魔法飞弹都相应地有三四只的蝙蝠飞去用身子阻挡。在这段时间里，黑衣女人又开始念起咒语。伊芙琳好像正要施法阻止，但是那些蝙蝠没给她机会这么做。伊芙琳虽然靠着令人惊异的武艺用左手那把小小的短剑将四方飞过来的蝙蝠都打了下去，却也因此无法念咒语。

"看我的！搅拌油脂！"

我一面将巨剑以"8"字形旋转着，一面向前跳去。那些蝙蝠被胡乱打中之后碎裂开来，它们身上的血滴溅到我脸上，然而我如果闭上眼睛，就无法继续跑了。那女人看到我这么不顾一切地跑去，很惊讶地看着我，然后将手伸向我。我看到她手里拿着根玻璃杖。

"闪电术！"

"呃啊！"

那女人的前面突然射出电光，直接向我这边击来，闪电不偏不倚地正中我胡乱挥着的巨剑，然后我和巨剑一起被震退。从刀柄传来的闪电使我的身体受到了电击。我的眼前转为一片白色，而且全身毫无知觉。夜晚的天空居然亮如白昼。

我感觉我的脚后跟整个都动不了。我被震得往后退之后,便开始在脚上用力。我已经被闪电击到了,但是后面的人却不能被电到!我停在原地,将身体向前倾,然后闪电整个击中了我。在这四射的电光里,我感到时间如此漫长。

这是什么魔法呀?怎么突然间平地立了起来,然后泥土打中了我的脸?

"波奇!"

是马修高喊的声音吗?

"呃呃啊!哇啊,呼啊,喝啊!"

我做出这样的回答,还真是对不起。因为那一击让我全身痉挛,所以我实在是无法开口说话。我的身体一直在胡乱抽搐着,而且,我的脑袋里不断迸出火花。四周变成一片白光之后,又再变成黑漆漆的,如此反复不已。

在那些火花之间,我看到一个向我走近的黑衣女人。那女人捡起了我掉在地上的巨剑,然后就这么向上举起,对准我的胸口。

"呃啊!"

突然间,那个女人的肚子上出现了一支箭。啊,她是不是被箭射中了?由于我晕头转向,所以并没有看清楚。

我依稀能看到的,应该是卡洛尔射出了一箭的样子。然后,大约就在那时候,我不再痉挛得那么厉害,可是随之而来的却是一种无法忍受的痛苦。我感觉身上的肉好像都被烤熟了……

"呃,呃!呃啊!呃啊啊!"

不管用什么方式,我都无法好好躺着,因为身体碰触到地面时实在是好痛。我一面颤抖着一面坐起来。因为这样才能减少身体接触地面的面积。在我起身的时候,扶在地上的手掌传来撕裂的感觉。我好不容易才坐起来,然后将双手合在胸前,抖个不停。任谁看到我这个样子,都会以为我是酒精中毒。我抖着下巴,一边流着眼泪,一边嘻嘻笑着,但是因为牙齿碎了,所以牙齿相碰之后,要笑起来也很困难。

我就这么看着眼前的女人想要把箭从肚子里拔出来的模样。好像不怎么好笑!毕竟我是在这种情况下用这种奇特的姿势观看!还有,我一直流着口水,我感到胸口冷冰冰的。

那个女人拔出箭之后,将它扔在地上,不过在这段时间里,她的腋下又被射中了一箭。她那时正要将箭扔在地上,结果失去平衡而往前扑倒。我坐在地上,可以很清楚地看到她那个模样。但是我的身体仍然不停地颤抖,而且感觉快痛死了。那个女人倒在地上时,还一直刮搔着地面。

"好了!蝙蝠退开了!"

啊,因为那个女人倒了下来,所以那些蝙蝠也就跟着散去了吗?我听到了脚步声。这么大的脚步声,应该是玛德琳的吧?玛德琳,就算是巨怪女祭司又如何?干脆祈求一下那个女人死后的冥福吧。而如果我死了,就算玛德琳你祈求我的冥福,我也不会生气。不对,我怎么可能生气呢?你是个连神都很满意的虔诚巨怪。我却是个对神学毫不关心的人类顽皮鬼。过了一阵子后,有一只手碰了碰我的肩膀。

"没关系,波……"

"呃啊啊啊啊啊啊!"

我的肩膀传来了快被撕裂的感觉。不要碰我!你、你想把我杀死啊!我虽然说了一些抱怨的话,可是现在难道他们真的要直接把我弄死吗？我当场痛得昏了过去。

"妈妈！"

"你已经长大了，还这么肉麻。"

母亲紧抱着我。明明我已经是十七岁的大块头了，不能这样让母亲抱着才对，可是我还是这么做了。我哼哼唧唧地在母亲怀里哭闹着。"妈，我被闪电击中了，我差点就死了。"

"真的？可是你还是要和朋友好好相处哦。"

"不要。我不想和闪电一起玩。"

随即，在一旁的父亲说：

"儿子啊，我的情况也好不到哪里！"

我转头一看，不对，我没有转头看，我直接就看到了父亲。总之，父亲被阿萨塔特的前脚压着，他用右手托着下巴，并且用很不耐烦的表情说着话。而阿萨塔特则正踩着父亲大笑，并喊着：

"哈哈哈！十万塞尔！如果你们给我十万塞尔，就能把这家伙带走！"

随即，父亲换成左手托着下巴说：

"你说什么？不会吧？我的那个酒鬼儿子怎么会只拿十万赛尔来赎我？"

这是当然的啦。我抱着母亲，暂时将父亲交付给阿萨塔特，应该也是无妨的吧。

阿萨塔特笑得更大声了，它说：

"哈哈哈！这样的话，一百万塞尔！要一百万塞尔！"

真是烦死了。阿萨塔特实在是很烦人耶。我又看了它一眼，发现在它头上的居然是艾米莉的脸。哼，烦人的丫头。她总是在折磨我。艾米莉穿着一件皮裤，将她的大腿曲线原原本本地露出来了。

是伊芙琳吗？我正抱着伊芙琳,而且居然还在抚摸着伊芙琳的脸庞。伊芙琳笑了笑,然后用符文唱着催眠曲。

"乖乖睡,乖乖睡,我的宝贝。"

我居然听得懂符文,这是绝对不可能的！我打了一个大哈欠,只好呼呼大睡了。可是母亲的身体抵着我的脸颊……

"波奇？"

"呃啊啊啊！"

巨怪正在俯看着我。我不禁打了个寒噤然后立即起身,暂时失神了一会儿之后,我看了看四周。

现在是早晨。刚刚亮起来的天空里,暗蓝色的光正在逐渐变淡。从那些高大针叶树的黑影之间,我们可以看到一块块天空,且各自呈现着不同的颜色。快要烧尽的营火里还残留着红色的火花,在黑色的灰烬里不断闪烁着。

卡洛尔坐在倒下的那棵树的一头正在喝着什么,然后他看着我;就在他旁边,马修背靠着那棵树,他停止擦拭长剑,也望着我。伊芙琳则是在离他们远一点的地方,我看到她坐在地面青苔间岩石上的侧面轮廓。她好像是在记忆咒语。

哎呀！我的天哪！我想起刚才做的梦,实在不敢去看伊芙琳。我转过头去,随即又看到了巨怪的脸,是玛德琳。玛德琳微笑地望着我。而我刚才躺着的地方应该就是玛德琳的膝盖上,难道……？

"感觉心情怎么样？"

玛德琳的话并没有传进我的耳朵。难道,难道我刚才摸的是玛德琳的脸？我转头看马修,看到他的脸的那一瞬间,我已经知道事实了。他还故意转头不看我,嘴角努力忍着不要笑出声来。我向优比列发誓！如果我现在回故乡的话,一定会颜面尽失的。我竟然被巨怪抱在怀中，而且还抚摸她的脸！

"啊，是的。不错的早晨！"

对于我的回答，玛德琳愣了一下。我转转头，然后努力试着把话接下去。

"我、我怎么了？我被闪电击倒了之后呢？"

然后我低头一看，自己全身上下都很干净。我检视着手掌和手臂，再摸摸自己的脸。一点儿伤都没有。卡洛尔回答说：

"是玛德琳小姐治愈你的。"

啊，真的吗？是祭司的神圣治疗。虽然卡洛尔昨天有说明并且赞叹过她的能力，但看到今天早上的我的样子后，我更加佩服玛德琳了。玛德琳真的是非常了不起的女祭司。我用赞叹的表情望着玛德琳。

"啊，谢谢你，玛德琳。"

"不客气。是波奇你帮我们挡住闪电，托你的福，我们才都能活下来。波奇，你真的很勇敢。你被那么强的闪电往后震，居然还能努力撑到最后。在那里，你看得到那个痕迹吗？"

我看着玛德琳指着的地方，那里像是被犁刀翻过似的，草全都胡乱散着，而地上有两条线，是被挖过的痕迹。那两条线相隔的宽度大约是我的肩膀宽度。这是我被闪电震退的时候所留下的脚痕吗？长度大约十肘。我的天哪，原来我是那样被往后推的啊！我那时好像真的疯了。

"请问你怎么会有这么大的勇气呢？你一定非常非常的痛，可是你居然还能抵挡到最后，真的让我吓了一跳。"

"因为我原本就和闪电很熟啊。"

听到我的回答，玛德琳笑了笑。好了，现在我有一个问题要问她。我咬着牙问道：

"嗯，玛德琳，我失去意识的时候，有没有对你做什么失礼的……"

玛德琳笑了出来。她尖尖的牙齿可真漂亮。

"我可能很像你的母亲，是吗？"

"噗哈哈哈哈哈哈！"

马修捧腹大笑起来。他不停摇头，像发疯了似的笑着，一点风度都没有。卡洛尔也笑出声来，他立刻转过头去，不让我看到。我真想挖一个洞，而且要挖一个大到能将我的身体完完全全塞进去的大洞。

"没有什么失礼的行为。我是神的权杖，而且发誓要将纯洁奉献给神，况且我和你属于不同种族。如果你抚摸猫的话，猫不会说你是色狼吧？再说，当时你是在做梦啊！"

"对、对不起！"

"不，我不是说过了？这并没有什么呀！"

玛德琳微笑着，可说是个大大的微笑，而且她的样子十分和蔼。是啊，玛德琳是没有怎么样，但我不是啊！我简直要羞愧死了！即使对方是人类，也是很羞愧的事，更何况她还是巨怪女祭司？因为是巨怪，虽然可以说我们并不是一个种族，但是，我居然摸了女祭司的脸！

"那个？那不是预知梦，也不是神的托梦，总之，那是个乱七八糟的梦。"

我拉着卡洛尔到一处安静地方，问他我的梦境所代表的含意。因为我看到了父亲，所以心里很担心。但是卡洛尔微笑着说那只是个乱七八糟的梦。观察到我的脸色之后，卡洛尔觉得需要对我再说明一下。

"嗯，那只是反映了你的潜意识而已。那代表的是一个儿子看到阿萨塔特压着父亲，而想转头不看，对不对？那是因为你对父亲有负疚感，所以才会浮现那些想法。你的父亲现在是阿萨塔特的俘虏，一定很辛苦，所以你这一趟旅行应该不会很开心才对。但是，这是有生以来第一次的旅行，怎么会不让人兴奋呢？所以你就会讨厌起自己，进而出现那样的画面。这没有什么。因为你想太多了，所以才会这样。"

"那么，你是说我的父亲现在还是平安无事？"

"小鬼！那么你真以为自己是巫师啊！"

呼！那我就安心了。反正我可没有这么大的本事，怎么可能做预知的梦？但是卡洛尔的话还没有说完。

"还有，你说你抱着谢莱莉尔小姐，嗯，那表示你还没有看过那种充满成熟韵味的女子。所以你一定对她印象很深刻吧？"

"卡洛尔……"

刚才我猜那可能是很重要的梦，所以才会全盘说出，但是我错了。卡洛尔从容地对我作出说明之后，让我又想挖一个洞钻进去。

"谢莱莉尔小姐的魅力是非常特别的那一种，是在人类身上很难有的。事实上，人类女子如果有那样的魅力，那女子一般来说都会很强悍，并且希望别人都听她的话。但谢莱莉尔小姐看起来很昂然，并且沉着冷静，身材又好，简直像童话中的人物。但是她并不适合你。一般来说，我们会将女性比喻成猫，而不会比喻成马。马很优雅、敏捷、又漂亮，同时又很刚强和昂然。谢莱莉尔小姐正是如此。她就好像我们常认为的那种古代人的样子。所以你潜意识里将那种吸引人的魅力，转变成抱着她的画面，这是一种亲近和热情的表现。其实也并没有什么啊！只是因为你不熟悉那种魅力，才会这样子而已。"

"卡洛尔……拜托……伊芙琳的耳朵可是很灵敏的。"

虽然卡洛尔和我距离他们有一段距离了,但是我知道伊芙琳的听觉很厉害。在雷克斯市的监狱时,伊芙琳连我们在那么远的地方耳语都能听得到,还有昨天夜里的蝙蝠所发出的超声波,她也能听到。

所以我偷偷望向伊芙琳。不过她正在和玛德琳说话,并不像是已经听到了我们谈话的样子。卡洛尔看到了我的眼神之后笑了笑,然后闭上了嘴巴。于是我又问起他其他的事。

"可是,那个吸血鬼呢?"

"我们没有发现她的尸体,可见她已经逃掉了。"

"嗯哼……"

第三章

"走吧！"

"……即使事情不是如此，我们本来就想去了。但是你看来实在是太激动了。"

"因为我有要偿还的东西！那个吸血鬼居然用闪电打我，我会好好报仇的！"

马修悄悄地靠近我，然后对我耳语道：

"可是托她的福，你才有机会睡在美丽女祭司的膝盖上，不是吗？而且还有……天哪，女祭司的……"

"啊！我要杀了你！"

我们决定吃完早餐之后就前往科内尔领地。玛德琳听到我们的决定之后，对我们表示了感谢，但是那是当然要去做的事啊！如果照卡洛尔所说的，这种只有一个神支配的土地出现在这世上的这种现象，绝对不可以放任不管。再加上如果那是疾病的神——奇顿，就有可能令传染病散播到大陆上的所有地方。而且我还有仇要报呢！那闪电实在是太烫了，而且我后来还因此而很丢脸好吗？

玛德琳今天并没有召唤出乌云。这是为了不让吸血鬼随便乱跑出来，却因此让炽热的阳光直接照射下来。虽然俗话说"秋天的阳光能不知不觉地晒伤皮肤"，但是，我的天哪，这阳光简直是像瀑布般地倾泻下来，几乎能把所有的东西晒化了。

"那是炽热造成的游丝吗？"

"对啊，那是游丝。"

"……"

在这片秋天的原野上出现了在空气中飘浮的游丝影像。我觉得自己的脑子突然变得怪怪的。马修和我脱下了穿在盔甲里面的厚衬衫，在薄薄的内衣上面套着硬皮甲。伊芙琳则脱掉了皮外衣，并且将罩衫的袖子卷起来。她那白白净净的手臂立刻吸引了我的目光，让我又想起了今天早晨的梦。忘记吧，要赶快把它忘记才可以！

我和马修面对面地站着。我们一行人慢慢地骑马越过了农田，走向科内尔领地的入口处。马修默默地指着农田里的作物。那些作物都枯萎歪斜了。这里根本看不到秋天田野丰饶的模样。还有，在它们上方明明有着像瀑布般倾泻的阳光，但是可怕的是，这个地方却完全没有影子。我从来都不知道没有影子的脸看起来居然会那么奇怪。马修看起来竟然一点都不像马修了。他的脸扁扁平平的，而且到处都是一样的颜色。我又看了看其他人的脸孔之后，心里觉得很不舒服，所以干脆眼睛只看着前方。

领地入口的两边出现了行道树，接着村中的建筑物也一栋栋地出现了。呛人的灰尘四处扬起，附着在额头流下的汗水上。

"实在是热得让人害怕。"

马修一边擦拭顺着脖子流下来的汗水一边嘟囔着。我们进到村庄里面了。骑在我们一行人最后面的玛德琳开始慢慢地祈祷着。

"防护神力效果！"

玛德琳结束祈祷之后，随即在我们的周围形成了一层像薄膜一样的东西。那是一个半径大约二十肘的半球形的膜，看起来像是肥皂泡泡，有时候我们在它上面看不到任何东西，有时候却又看得到它表面浮动的光。

玛德琳将手放下，说：

"从现在开始，其他神的力量都不会进到这里面。"

我虽然不知道那个防护膜有什么作用，但是因为暂时没有那么热的关系，我顿时感觉自己得救了。而且，本来因为没有阴影而造成脖子和脸的颜色完全一样的马修的脸孔，现在看起来也不再怪异了。然而卡洛尔很沉着地问道：

"那么，如果离开这个膜，我们就会变得很危险了，是吧？"

"是的。这样子一来会严重妨碍我们行动，所以不能一直这样。但这是为了另一个祈祷而做的准备。"

玛德琳又开始祈祷。等到她的大手泛着光，她就用手在我们每个人的头上按了一下。嗯，她站在地面上，很轻松地就把手按到骑在马上的我的头上："以艾德罗伊之名祝福你。"

咦，到底有什么不同呢？我没什么感觉。但是马修的肩膀稍微颤抖了一下，接受了祝福，而卡洛尔则是虔诚地将双手放在胸前，低着头接受了玛德琳的祝福。然后玛德琳只是看了看伊芙琳，并没有祝福她。为什么这样子呢？玛德琳说：

"精灵既是优比列的幼小孩子，又受卡娜贝拉的宠爱，所以不需要艾德罗伊的祝福。好了，各位现在有大约三个小时的时间可以脱离奇顿的魔手。也就是说，三个小时之内，各位暂时不会染上疾病。"

"啊，是。"

"那我们开始搜索吧。"

我们继续前进。马儿"噗噗噗噗"地踏着步子，灰尘也跟着四处飞扬了起来。建筑物的颜色如此不协调，让人看得都快发疯了。不管看哪里都是一模一样的颜色。而且，今天建筑物的墙壁看起来就像要烧起来了一样。周围所有的东西看起来都像是白色的。我们四处查看并且大声喊叫着。

"喂，请问有人在吗？"

"这里有两个很帅的未婚年轻男子，请大家出来看看哦……哦，卡洛尔！拜托不要做出那种表情。我也是没办法了。这里有三个很帅的未婚年轻男子，请大家快出来看看哦！"

"尼德尔老弟……饶了我吧。"

然而还是没有人回答。我们进到每栋建筑物里面去查看，但还是没有看到一个人。人都到哪里去了呢？依照我们的推测，这里疾病肆虐，生病的人会离开自己的家吗？卡洛尔低头沉思了一会儿之后，抬头看了看四周。

"我们应该到神殿、城堡，或者公共礼堂之类的建筑物里去看看。应该是那种地方收容了生病的患者。"

我们开始向建在村庄中央的一些较高的密集的建筑物走去。

嘎啊！嘎嘎嘎，嘎！

有一只乌鸦从我们的头顶飞过。我愣了一下，看看乌鸦，只不过才一只而已。

它停在了屋脊上，在炽烈的太阳光底下，它毫不畏惧地低头望着我们。

"喂，走开！"

即使我们再怎么大声喊叫它也不离开。所以我们不高兴地看了它一两眼之后，也就不再理它继续前进。我们看到那些建筑物中央有一片空地，空地上有一口和小房子接连着的水井。

"咦？"

马修好像发现了什么。

"那口水井后面好像有个小孩。"

我也看到好像有人从那口水井后面稍微探头出来看，但很快就消失不见了。怎么回事？我和马修对看了一眼。我走上前去并且说：

"是谁在那里啊？我们不会伤害你的。"

过了不久，那个小孩又将头慢慢探了出来。那是一个小女孩，她原本好像是金发，不过现在她的头发都褪色了，而且蓬乱地披着。她看起来大约是五六岁的样子。虽然她原本应该有一张很可爱的脸蛋，但是这样没有一点阴影的脸孔，看起来就像是白色的假面具。那个小女孩嘟着嘴从水井旁边走出来，但并不是要走向我们，而是准备跑进旁边的小巷。这时候卡洛尔往前走去，并且说：

"小女孩，你不要怕我们。这个村子里到处都是疾病，是不是？我们是来这里医治疾病的人。"

一听到这句话，小女孩赶紧转过头。卡洛尔下了马，慢慢走向那个小女孩，但是当卡洛尔一走近，小女孩就连忙往后退。

这时候，我看到水井旁边放着用来取水的吊桶。吊桶装着还不到一半的水，而在一旁的水桶也装着还不到一半的水。可能凭这个小女孩的力气也只能吊起这样的重量吧！我笑了笑，然后慢慢走向了吊桶那边，而小女孩好像要跟我比赛剑术似的，开始对着我绕圈子。我放慢动作好让她看清楚我的一举一动。我提起吊桶，放到水井里面，接着将井水吊上来，倒进水桶里。

小女孩脸上的表情好像没有之前那么不安了。我又吊起另一桶水，愉快地倒水。

水桶很快就装满了。

"我帮你提，要提到哪里？"

"神殿。"

"我知道了。我叫波奇，你呢？"

"苏珊。"

"苏珊？不错的名字。你好漂亮，而且还很有礼貌。那边那个想要努力笑起来，却又笑得很难看的叔叔叫卡洛尔。还有那边那个长得一副贪吃相的叔叔叫马修。"卡洛尔和马修这时呵呵地笑了出来，然后苏珊也跟着勉强浮现出像是微笑的表情。她的目光扫过卡洛尔和马修，随即停在伊芙琳身上。苏珊的眼睛突然睁大。

伊芙琳微笑地指着自己的胸口说：

"伊芙琳。"

苏珊突然变得好高兴。伊芙琳很自然地走向前，但是和卡洛尔之前所不同的是，苏珊并没有往后退，相反地，她还往前走了几步。伊芙琳弯下腰，使自己的眼睛和苏珊的眼睛同高，然后她微笑着对苏珊说：

"苏珊，我抱抱你好不好？"

苏珊点点头。随即伊芙琳抱起了苏珊。呵，再怎么不怕生的小孩也会稍微有警戒心才对啊！可是苏珊却一点都没有不安的样子，她圈住了伊芙琳的脖子。

这时候，我突然觉得很烦恼。我看到在我们一行人最后面的玛德琳，她并没有向前走近，只是将袍子拉得更紧。这个小孩子，要是看到巨怪的模样，会不会受到惊吓？显然玛德琳也是因为这个缘故而不愿向前走近。但是伊芙琳抱着苏珊直接向玛德琳走去。哎呀！这样可不行啊！

"苏珊，这是玛德琳。"

苏珊看到玛德琳的巨大身躯，一副惊讶的表情。苏珊吮吸着她

的大拇指,然后茫然地望着玛德琳。玛德琳仍旧戴着袍子的头罩,说:

"你好,苏珊,真高兴认识你。"

苏珊一听到她的说话声音,表情变得更加惊讶了。她的嘴巴突然张开之后,长长的一道口水就这么连接着嘴唇和大拇指。突然间,苏珊抬头看到了头罩底下的脸孔。即使被伊芙琳抱着,苏珊还是比玛德琳矮很多,所以她很容易就可以看到玛德琳的脸孔。

"你是巨怪?"

苏珊的脸色变得苍白起来,当场就恐惧得张开了嘴巴。但是,这时候玛德琳却慢慢地将袍子的头罩往后拉。苏珊满脸的恐惧,她和玛德琳对望着,玛德琳此时毫无表情。

渐渐地,苏珊平静下来,接着甚至浮现出了微笑。这时候伊芙琳则把苏珊递给玛德琳。苏珊被玛德琳抱着,她往下一看,眼神立刻转为慌张。因为实在是太高了。苏珊紧紧抱着玛德琳的脖子,将头埋进她的胸口。玛德琳用嘴形问伊芙琳:

"为什么会这样?"

伊芙琳转为不解的表情。她直接说:

"什么?"

"这个小女孩,刚看到我的时候一定很害怕。我运用了感化力之后,好不容易总算能跟她亲近一点,但是你刚才为什么会把她交给我呢?"

伊芙琳十分惊讶地说:

"因为这个小女孩应该也看得出来你是我们的同伴啊!"

玛德琳叹了一口气,我也叹了一口气。伊芙琳沉着又理性,所以她以为其他人也都跟她一样理性。就像昨天伊芙琳第一次见到玛德琳,却能毫不害怕地接近她。虽然她是认为对方是女祭司,所以觉得没有什么好怕的，但是如果换做是人类，可就不会像她那样毫不畏惧。所谓的"不安感"，终究是一种为了警戒及自保而生的感觉。精灵难道不会为了自保而产生出不安感吗？

我可不想去继续想这么令人头痛的事，一边提起水桶一边说：

"苏珊，由你来带路吧！要怎么走呢？"

苏珊举起手指头指着。

"那里。"

我看到她指的是个大一点的建筑物，那是在距离周围建筑物稍微远一点的山丘上。

那会是谁的神殿呢？玛德琳观察神殿的墙壁上所贴着的花纹，然后说：

"原来是卡娜贝拉的神殿。"

我们朝着神殿的方向走去，并决定问苏珊这里的情况。主要是由玛德琳向抱在胸前的苏珊问问题，我们则全都一边牵着马匹前进，一边在一旁仔细听着。

"苏珊，大人们在那里吗？"

"嗯。那些大人都病了。我提水去擦他们的头，但他们还是继续发烧。"

"你一直不断地从这里提水过去吗？"

"嗯。我拿面包，还有水去。"

我好像快流出眼泪来了。这么小的孩子竟成了那些病人的护士！她那小小的手是如何照顾那么多人的呢？

"现在神殿的食物都没了。所以我提水给他们之后，还得继续拿面包过去。我拿着面包跑，然后就跌倒了。虽然膝盖很痛，但是我都忍了下来。太多大人了。我拿东西去共拿了全部手指数的三次。"

全部手指数的三次？啊！那么意思是说十根手指头的三倍？这个小孩竟从那个神殿到村里这样来来回回走了三十次之多！玛德琳用哽咽的声音说："你好乖哦，有哪里受伤了吗？"

苏珊撩起裙子，然后让我们看她那受伤的膝盖。玛德琳静静地用她巨大的手掌抚摸着她的伤口，然后伤口立刻就不见了。苏珊露出了惊喜的表情。

"有没有没生病的大人？"

"有个黑黑的姐姐没生病。不过今天没看到她。"

黑黑的姐姐？会不会是那个吸血鬼？玛德琳皱着眉头说："黑黑的姐姐是谁？"

"不知道。就是黑黑的姐姐啊。她每天都和乌鸦玩，都不来帮我。"

"还有其他人吗？"

"小孩子们都不见了。"

"嗯？"

"小孩子们都不见了。大人们都在生病。可能就是因为小孩子不见了才这样吧。"

这可真奇怪啊！玛德琳露出一个沉重的表情。我们也都跟着不安起来。小孩子们竟然不见了！他们为什么会不见了呢？玛德琳说：

"我们还是去神殿问问那些大人吧。"

随即卡洛尔说道：

"玛德琳小姐应该走在最后面吧。其他的人……"

"我知道了。"

"尼德尔老弟，费西法老弟，你们先骑马去察看一下。"

我和马修骑上马之后，就往神殿的方向奔驰。神殿外面呈现出犹如燃烧起来的白色,看起来好像是镀了一层金。但是那其实是那鬼魅般的阳光玩的把戏而已。

我们来到围着神殿的低矮围墙跟前。神殿后方直接靠着山。神殿的正门是简单的木门,而我们发现在那里有东西吸引了我们的目光。低矮的围墙周围环绕着浅浅的小沟,小沟里面有某种液体,液体中到处漂浮着老鼠的尸体。

我们下马一看,原来那些液体是油。在油的表面积有灰白色的尘土。

"马修,这是什么?"

"好像是拿来做隔离用的东西,是防疫措施啊。等等,那么我们不是也不能进去吗?"

"嗯,我们应该没有关系。刚才玛德琳已经祝福过我们了,而且这里是因为到处遍布神的把戏才变得如此怪异的,不是吗?这样的防疫措施在这里根本行不通。反正苏珊也是一直这样进进出出的啊!"

"嗯,我知道了。因为如此,他们在试过之后发现没有用,所以就将这些油搁置着。"

我们决定好之后,由正门走了进去。里面是一个宽广的院子,院子里面有好几栋建筑物。我们走向了最大的那栋建筑物。就在这时候,传来了喊叫声:"停住……快离开这里! 喀,喀喀!"

接着我们还听到了像是吐血的咳嗽声。阳光实在是太强了,我将手掌往眉头一遮,才看到一个年轻男子靠坐在前方正门的柱子上。真是可怕! 建筑物的里面和外面的颜色都一样,而靠在柱子上的那个年轻人的脸上也完全没有阴影,非常清晰。那个年轻人穿着硬皮甲,但是伤得非常严重。全身上下都是刀痕以及撕裂的痕迹。他的手摊在地上,虽然手中拿着战戟,但是他看起来已经没有举起战戟的力气了。

马修很郑重地说：

"请问你是科内尔的警备队队员吗？"

"喀,喀喀！你、你是……你是人吗？"

"我们是路过的旅行者。这个领地的模样看起来实在是太奇怪了,所以……"

"那、那么你们过不久也会倒下来的。喀,你们真傻,要、要是觉得奇怪的话,应该马上离开这里才对。喀,干吗还傻傻地跑进来？呵,这世上的傻瓜可还真、真多！"

"啊？"

"你看看,我、我是个冒险家。我明知道这里是什么样的地方……咳！咳……"

那个男子突然往前弯腰,然后脸趴在地上,疯狂地咳吐起来,就这么吐出了血块,那男子跟前的地面都被染红了。我们连忙跑去扶起那个男子,让他再靠在柱子上。随即,他看起来就像快要晕过去似的望着我们。

"你、你们,马上就会变成我这个样子。呵,呵呵,可能做梦都想不到,这里是……"

"神临地。"

那男子的眼中浮现出了惊恐之色。他突然抓紧了马修的手臂。

"你、你们知道这里是神临地,竟然还跑进来？那么说明你们有方、方法解决,是吗？"

这年轻人的头脑转得还真快。马修笑着回答说：

"我们的同伴里面有一位是艾德罗伊的女祭司。我们接受了她的祝福,才得以进到这里。"

"女、女祭司？啊哈！女祭司！那、那真是太好了！呃哈……"

那男子竟冷笑起来。他的身体突然瘫在那里，然后他开始冷静地说：

"我，刚才我已经说过我是个冒险家，而我的同伴里面也有女祭司、巫师。我们是在四天前来到这里的。我们巫师说这里是神临地，而且他也向我解释了什么是神临地。呵呵……可能你们的女祭司也跟你们解释了，是吧？哈，我们也是造了防护膜之后才进来这里的。如果我们那时候就这么离开就好了！结果我们都得病了。我的同伴们也全都病倒了。他们现在都和这个该死领地的居民在一起。"

"居民们也在这里吗？"

"是的。至少活着的人都在这里。我们去巡视过每一家，将尸体都搬运出去，并且还将活着的人都移到这里。喀，可能是在这段时间里，我们全都染病了。"

啊！所以这里才会每一家都空着。马修用钦佩的语气称赞着说：

"你们可真了不起。"

"没有什么了不起的。但不知道是怎么一回事，从第二天开始，天上就持续不断地笼罩着厚厚的云层。我们的巫师说，被云层笼罩的时候疾病就不会扩散，赫卡列斯的力量就会怎样怎样。但是我们已经不能再指望那些云了。因为今天那些令人感激的云层都不见了。人们的病情开始急剧恶化。今天太阳才刚刚升起，然后在半天时间里就死了十四个人！喀！我一直到昨天为止，都还有力气走来走去，但是今天却变成了这个样子。我得的是肺病。真的是很无奈。不过，虽然如此悲惨，但是还好有个小孩肯去打水给我喝。"

"你是说苏珊？"

一听到我的话，那个冒险家抬起头来。

"你们遇到那个小孩了？很奇怪吧？喀，小孩子们都没有生病。但是除了那个小孩以外，其他的小孩都消失不见了，只剩下她一个人。在这里的九十多个人都是靠这个小孩才得以活命的。说不定这九十多人的葬礼也得靠她来操办呢！"

"你是说其他小孩子都消失不见了？"

"是啊。真奇怪。昨天在不知不觉之间，那些小孩就全都消失不见了。只是一不留神，就找不到他们了。喀，我们在搬移病患的时候，实在是太忙了，所以没有去注意那些没生病的小孩。然后等到我们觉得好像有什不对劲的时候，我们才想起他们，可是，除了那个叫苏珊的小女孩，其他的小孩子早就消失不见了。所以我们从那时候开始，就不让苏珊离开我们的视线。但是，据我们的巫师说，如果让疾病的力量在阴天里减弱，那些小孩子就不会消失。但是如今天气变晴了，所以……"

马修想要让他安心一些，于是微笑着说：

"云层正是刚才我们所说的那位女祭司召唤来的。她是一位拥有很强的神力的女祭司。"

冒险家的脸上浮现出一丝光彩。

"什、什么？是真的吗？"

"是真的。"

"可是，既然如此，为什么到现在为止，才只召唤出云层而已？为、为什么她不进来呢？"

"我们是在昨天傍晚才遇见她的。她一个人进不了这个村子。而她遇见我们之后，才得以进入这个村庄。"

那个男子像是又有了希望，他高兴地说：

"她、她现在在哪儿？"

"她带着苏珊就快到了。再过一会儿……"

这时候我发现那个男子正呆呆地看着我们的后方。于是我转头一看，看见了伊芙琳和卡洛尔，以及在后面抱着苏珊的大个子玛德琳。那个男子的脸色一下子就变了。真是的，我应该先跟他说那位女祭司是巨怪才对。那个男子大声喊叫道：

"巨、巨怪？那么她是中部林地的'治愈之手'玛德琳？哦！谢天谢地！迪菲利神啊，谢谢您！"

马修和我又愣愣地互看起来。

这真是出乎我们意料，看来玛德琳在中部林地好像很出名。确实，一个巨怪女祭司怎么可能会不出名呢？但是，不只是因为玛德琳那独特的性格，更是因为她惊人的神力，才让她赫赫有名。

"得救了！我们得救了！玛德琳，艾德罗伊神的女儿！"

名叫安德鲁·威汉的那个男子高兴得手舞足蹈。玛德琳已经帮他治好病了。他已恢复元气，甚至能跳来跳去了。安德鲁引领着我们进到了神殿里面。

我们进入神殿的那一瞬间，里面便传来一股令人窒息的感觉。

"嗯……"

沉重的空气热滚滚的、沉甸甸的。如同突然进到澡堂的热水里一样，我们感觉神殿里的空气既闷热又滚烫，更重要的是我觉得里面居然和外面一样明亮，所以我赶紧察看上头是不是有天花板。但是那里明明有天花板，然而却亮得吓人。

一看到里面宽敞的空间，就知道那原本应该是一个礼堂。本来应该有一列一列的长椅子，现在那些椅子全都靠着墙壁堆放着。大概是安德鲁和他的同伴们将椅子搬开的，好让那些病人躺在那里。

在那么宽敞的空间里，密密麻麻地躺着正在呻吟的病人们。有各式各样的病人：有的人瘦得干干瘪瘪的，可能是得了营养不良或者类似的病；有的人肿得鼓鼓的，大概是肾脏或肝不好；有的人则是全身长满了红色斑点，那是正在呻吟着的天花病人，长着黑色斑点的人不知道是不是鼠疫病人；还有的人四肢流着脓水，并且快腐烂了，他们紧紧抓住自己的四肢，并且不断抽搐着；染上皮肤病的少女早已丢弃了羞耻心这种东西，几乎脱光了衣服在那里抓痒，干掉的血便粘在她的身上到处都是。看到这样的少女，我们都觉得她真是可怜。

"呃……"

我呻吟着，为了不让自己昏倒在地，我紧紧抓住礼堂入口处的柱子。

"他们的症状真的是各式各样都有。总之是各自染上了不同的病。我们的巫师可是连女人的手腕都没摸过的纯洁男子，居然染上了性病。你们相信吗？"

马修干咳了几声之后，朝玛德琳和伊芙琳看了看。安德鲁因此尴尬地抓了抓头。

"啊，对不起，玛德琳。因为这实在是太荒唐了。"

"没关系。我看看……"

玛德琳看到这么多的病患之后，开始有点慌张。卡洛尔说：

"虽然找出造成神临地的原因后，将之清除是很重要的事，但他们的症状突然恶化得这么严重，需要优先处理他们。威汉先生，请告诉我们哪些是你的同伴。你们是冒险家，应该能帮上忙，所以就先从你们的同伴开始治疗吧。"

"啊，是！"

"还有，尼德尔老弟，费西法老弟，因为粮食已经快吃完了，所以你们得先将粮食和水运送过来,也请将药草和毛巾等等一起从村子里拿过来。谢莱莉尔小姐就来和我一起帮玛德琳小姐吧!"

"好的。"

马修和我在翻找神殿之后,找出了巨大的手推车和几个水桶。我让马修坐在手推车上,然后快速推向了村子里。我将手推车停在村子正中间,然后翻找着周围的房子。那里有面粉、玉米粉、火腿、烟熏肉等等,可惜我们没找到新鲜的蔬菜,但是光是这些东西就已经装满了手推车。

"可是这些食物没有被污染吗?"

"如果依照卡洛尔的解释,这个领地的空气等等所有的一切都被污染了。可以选择不吃,但是这好像解决不了问题。"

"可是我们怎么一点儿都没事?啊,对了!我们已经接受了玛德琳的祝福。"

我们在水桶里装满水之后,就跑回了山丘上。苏珊看到我推着装着像小山一样高的物品的手推车,而且还跑得飞快,她吃惊地看着我,而安德鲁则露出了一副快昏倒了的表情。

"你、你会不会是食人魔混血儿吧?"

啊!我只听说过半精灵或者混种半兽人,可是食人魔混血儿,我却是第一次听到。真的存在食人魔混血儿吗?我生气地指着马修说:

"食人魔在这里!我可是纯真无邪的爱做梦的十七岁少年。"

啪!好久没被这样打了。哎哟,我的头啊……

一进到神殿礼堂里面,我就看到玛德琳、卡洛尔以及伊芙琳都处于艰苦奋战中。玛德琳正忙于使用魔法治病,而卡洛尔和伊芙琳将我们拿去的药草仔细地检查之后,放进各形各色的锅子里煮,或者熬炖。卡洛尔说他们惊讶地发现那些病人被治愈之后，又会再染上其他的疾病，比如中暑的人好不容易稳定病情之后，立刻又被冻伤。我一听到这些话，就完全笑不出来了。最后卡洛尔用精疲力尽的语气说：

"到现在为止，比较急的病患都已经看过了。玛德琳小姐，你可以让这个神殿不遭受奇顿的力量的侵犯吗？"

"可以是可以……但是如果那样做，我在这段时间里就完全不能移动。"

"不能移动吗？"

"是的。"

"没有办法了，即使无法动，也请你试试看吧。因为一定要做隔离措施才能阻止这种恶性循环。在这期间，我和谢莱莉尔小姐会尽量帮忙的。"

玛德琳点点头，然后立刻环顾着四周。可能她是在找神殿的中央位置。她找好位置之后跪下来（这样还是跟我的眼睛高度差不多），然后合起双手开始祈祷。

我立刻就感觉到充斥在神殿的热气瞬间都消失了。那些病人的脸色好像都好转了一些。接着，我们在神殿里面到处察看，开始寻找尸体。总共有十四具尸体。据安德鲁所说，这些人都是在今天早上才死亡的。但是居然这么快就已经腐烂了！马修和我为了不让尸体碎掉，都小心翼翼地搬运着尸体。在那一刻，我觉得自己快吐出来了。

安德鲁的同伴也都一个个地起身。安德鲁以充满欣喜的声音喊道：

"萨琳娜！"

那是安德鲁的同伴，一个有一头茶褐色头发的女祭司。她摸了摸裂开的嘴唇，然后站起身。她似乎还有点头晕，愣愣地看了周围好一会儿才缓过神来。我拿了一碗水给她喝，她瞬间把水喝光，然后又向我要了一碗。

"我是服侍迪菲利神的萨琳娜·克里斯蒂。你是谁？"

我又舀了一碗水，然后对她说：

"哦，我叫波奇·尼德尔。我是旅行者。"

"是吗？看来你们是偶然来到这里的，并且还帮上了我们的忙。你真是个好人。但是这样的行为却有些鲁莽。因为毕竟这里是……"

"神临地。"

萨琳娜睁大了双眼看着我。

"你、你是经历丰富的冒险家吗？"

"咦？您过奖了。"

安德鲁微笑着指了指玛德琳。萨琳娜一看到正在祈祷的巨怪，先是愣了一下，但随即点了点头。

"啊，原来她是中部林地的治愈之手啊。那么就能解释那些乌云为什么会存在了。"

萨琳娜歪着脑袋望着玛德琳。之后她看了看周围的那些病人，以及正在照顾他们的卡洛尔和伊芙琳。

"我的天哪……难道他们也是你的同伴吗？"

"是的。"

"真是太感谢了。嗯，我也要站起来帮忙……"

萨琳娜一边说一边想站起来，但她的身体摇摇晃晃的。安德鲁和我请她先不要乱动，但是她执意要站起来去看那些病人。结果出现了病人在治疗病人的情景。

安德鲁的同伴中有一个叫路易斯的战士，他长得一副很粗犷的样子。此刻他正抱着一把巨大的半月刀在那里呻吟着，他发烧得很严重，而且身体不停地翻来覆去，卡洛尔在检查了他的身体之后，摇摇头说：

"这该怎么说才好呢……看他的症状，应该是产褥热！"

为了要从这个病人的手臂上挤出脓水，我去拿了一把烧热的匕首，我问：

"什么是产褥热？"

"这是产妇在产后生的病……"

"噗哈！"

我想笑，结果不但没有切到患者身上正确的位置，反而差点切断了这个病患的手臂。总之，我好不容易才镇静下来之后，成功划开他手臂上的肉，然后挤出脓水。令人作呕的味道和很多血一起喷了出来。脓血都挤出来之后，他的手臂上出现了一个大大的洞。萨琳娜看了我一眼，然后微笑起来。

"真是个勇敢的孩子。如果是普通小孩的话，早就跑掉了。"

"即使是普通小孩，在我们故乡那里长到十七岁的话，大概都会像我一样的吧。"

萨琳娜露出了惊讶的表情，但是我没有再说什么。萨琳娜将药草熬出的药汤拿给路易斯喝。得了产褥热的路易斯摇摇头，勉强让自己的表情平静下来。而那一位连女人的手腕都未摸过却得了性病的巫师，有一双看起来很温柔的眼睛。这个年轻人叫弗雷德。他说他不想让人看到他疼痛的部位，虽然他发狂似的挣扎着（要是我，我也会这样做），但是卡洛尔还是将他的袍子掀起，此刻弗雷德露出了很无奈的表情，他猛然闭上眼睛。然后伊芙琳拿起熬好的膏药往弗雷德的患处涂抹。在一旁看着的我们都脸红了。虽然这是治疗，但是也太让人难为情了吧。

紧闭着眼睛的弗雷德也好像感到很奇怪。他睁开眼睛，随即伊芙琳正好与他对视，并且还对他微微笑了笑。弗雷德立刻发出了刺耳凄厉的惨叫。

"呃啊啊啊！"

伊芙琳惊讶地一屁股跌坐在地上。然后我看到她的表情之后，忍不住笑出声来，也一屁股跌坐在地上。

"噗哈哈哈哈！"

弗雷德本想说些什么，但是却昏了过去。这也太夸张了吧，怎么会因此昏过去呢？正如安德鲁所说的，他这种纯真的少年染上这种病，真的是很可笑。马修、我以及安德鲁看到伊芙琳在治疗弗雷德的模样，都不好意思地散开了。

病患人数实在是多得可怕。

如果是玛德琳，大概只要一次就可以全都治疗好，但是她现在为了阻止疾病的再次发生，正在封锁神殿，所以就只能由卡洛尔、伊芙琳、安德鲁、我、马修和萨琳娜六个人来照顾这么多的病患。卡洛尔原本就精通医术，而马修则学过急救，伊芙琳、安德鲁、萨琳娜的护理技术也都很优秀，而我主要负责按照其他人的吩咐努力帮忙。例如挤出病人患部的脓水，换掉病人额头上的毛巾，并将毛巾清洗好，做好食物给大家吃，准备干净的衣服、床单、绷带等诸如此类的事。

这半天真的很忙碌。在神殿的厨房里，我找了个好位子，用嘴巴和右手将神殿里的布帘撕开，然后放进锅里煮沸，而左手则正在拿着汤勺搅拌病人要喝的汤，同时我还用右脚去踢坏礼堂的长椅子，以便拿来当木柴烧，而我的左脚则忙着把击碎的木柴踢进灶口。马修看到我的这副模样，说我简直像一只章鱼。我不知道什么是章鱼，只好问马修。

他说是长着八只脚的鱼。我在我的脑袋里想象着将鲤鱼的腰部各加上四只脚……

如果换做我，我会叫它蜘蛛鱼。到底什么是章鱼呢？

我将原本挂在神殿里的雅致布帘撕成一块块的，将它们煮沸之后就可以作为绷带和毛巾来使用。我忙了好一段时间之后，拉扯布帘的嘴巴竟开始火辣辣地痛了起来。还有，虽然我对自己的厨艺很自信，但是对这锅汤的味道却始终没什么信心。后来，当弗雷德步伐蹒跚地走进厨房的时候，我实在是累得快昏倒了。

弗雷德用奇怪的步伐走进来，然后他犹豫地说：

"请问您是叫波奇吗？我来帮您好了。"

我一边看着他的步伐，一边想着如果我问他"你的伤口都好了吗"，那实在是很尴尬。

"啊，谢谢！那么请将那团放在那个锅子里发酵好的面粉揉一揉。它发酵好之后，我一直都没时间去揉。"

"请问您想做什么食物呢？"

"煎饼。还有对我说话没必要这么客气啦，我年纪很小。"

"啊，是。"

弗雷德微笑了一下并且开始洗手。这时候我才得以喘一口气，然后将煮沸过的布送到礼堂那儿。

我一进入礼堂，就看到卡洛尔正紧咬着嘴唇，他在忙着换急性腹泻病人的内衣。我想他真的很有耐性。在他身旁看着的安德鲁已经吓到忘了闭上嘴巴了。卡洛尔一看到我，就用疲惫的神情对我说：

"尼德尔老弟,拜托你拿一些木柴过来。等费西法老弟一出去,你就更加忙碌了,是吧?"

然后我看到放在礼堂的一角煮着的锅炉已经熄火了。我把煮沸过的布交给安德鲁,然后走了出去。"呼!呼!"马修不知道从哪里找来了一把斧头,他正疯狂地砍着神殿的树木。树木的碎块向四处飞溅着。

"马修! 我来砍好了,你还是进去喝点水吧。"

"呼,呼。天哪,我得救了。"

我跑到刚才马修砍的那棵树旁边,然后用肩膀一顶,就将树木折断了。马修喘着气说:

"你这家伙可真像是一只熊。"

"你刚才不是说我像只章鱼吗?"

我从马修手中接过斧头,然后开始劈砍树木。大约只挥砍了一两下,树木就被劈开了。实在太轻松了,真是不过瘾。

"你看,连树木也生病了,里面都腐朽了。"

"真的? 我看看……真的耶。我第一次看到这个样子的树木。外表看来还好好的,可是里面却都腐朽了。"

"算了,可以烧就行了。"

我用肩膀顶住树木,又接连折断了好几棵。这时候苏珊从礼堂的正门走了出来。苏珊像是在纳闷怎么会有这种巨响传来似的,她转过头来,看到我的举动之后,咯咯地笑了出来。

"你的力气好大!"

"这里很危险,不要靠近。"

苏珊只好在那里四处乱晃着。因为她不想离开,又无法靠近我们,所以就这么在原地晃来晃去。马修露出了讶异的表情。他怎么这么不懂小孩子？

"苏珊,你感到无聊吗？"

"哦,嗯。因为都没有小孩子跟我玩。"

"那个马修叔叔会跟你玩哦。"

马修整个人都跳了起来。

"波奇,别开玩笑了,难道你不累吗？我们换班吧！赶快去休息！我命令你,如果你不休息的话,我就把你……"

"算了,算了。我知道了啦。"

马修虽说是长男,但奇怪的是,他不太喜欢小孩子。准确地说,应该是他不知道如何与小孩相处,他怕小孩。是的,马修很怕小孩。看到他那副模样,我想起了我现在必须赶紧送木柴进去才行。

我走向苏珊,一把抱起她,她咯咯笑着圈住了我的脖子。结果她的小手碰到了挂在我脖子上的项链。

"哇啊……好漂亮！"

啊？她说好漂亮？我低头看了看她手上抓着的项链。我想起雷克斯市的那个爱做梦,又有点不切实际的可爱女孩尤娜,这是她送的礼物。因为我怕被人看到,所以故意将它塞在皮甲里面,居然还是被苏珊找到了。因为这是条花花绿绿、十分惹眼的项链。十七岁的少年戴着这种项链的话,可能会被别人取笑的吧,但是我又怕对不起尤娜,所以才会一直戴着。

哼！说不定尤娜这个时候已经又被另一个流浪汉给迷得神魂颠倒呢。在我看来,天真浪漫而且愚蠢的,其实通常都是男人。其实我对尤娜一点儿歉意都没有,可我还戴着这种搞怪的项链,由此可知,我说的确实没错。

"你喜欢吗？"

苏珊点点头。我解开项链,把它递给了苏珊。我得赶紧把木柴拿到里面才对。

"等一下我需要还给你吗?"

在旁边的马修嘟囔着:

"当然啦!要还给他哦!那条项链可是一个纯洁的少女……"

"闭嘴!"

苏珊正全神贯注地看着那条项链,我放下她,而苏珊把项链戴在了脖子上,然后咯咯地笑起来。我把马修劈好的木柴搬到里面。在短暂的休息之后,又是另一个战争的开始。我堆起木柴,一边咳嗽一边重新点燃了火苗,然后跑进厨房。

第四章

傍晚时分。

玛德琳必须等到太阳下山之后才能停止祈祷。因为太阳下山之后，这里就不再受赫卡列斯影响了，所以奇顿也就不能再发挥它的力量了。

急性患者的治疗已告一段落了，那些患者都已经吃了药或者食物，现在正舒适地躺着休息。他们不断地说："真的非常感谢你们，真的非常感谢你们。"但是精疲力尽的卡洛尔好像连说话的气力都没有了。我几乎是用强迫的方式让卡洛尔去吃晚餐，然后由我来接替他的工作。

我巡视病患睡觉的地方，看看是不是有人留下什么后遗症，并且帮忙换毛巾。有一个老婆婆一边流着豆大的泪珠，一边抓着我的手。她那长着黑斑的细瘦手指头根本没有一点儿力气。看那副模样，与其说是抓着我的手，倒不如说是把她的手直接搁在我的手上。

"谢谢你们……"

"不客气，老婆婆。"

随即，那个老婆婆的表情变得很悲伤。难道我做错了什么吗？可是我好像没有做错事啊！那个老婆婆有些悲伤地微笑着说：

"我看起来难道真的那么老吗？其实我才二十三岁。"

我简直快昏倒了。什么？那么这些皱纹是什么呢？还有发白的头发，这到底是怎么一回事呢？

"是早衰症……我真想死……呜呜！"

那个"老婆婆"哭得好伤心。我也涌出了眼泪。对这个本来是最美好的年纪却变成了老人的少女，我真不知道该说什么才好。于是我只能哽咽地说：

"你、你的病会好起来的。一定可以好起来的！"

少女没有再说什么，好像也不想让我看到她的脸似的，把头蒙在了被单里。

真是残忍的病。太、太凄惨了。我擦擦眼泪，然后步伐沉重地走向其他病人。我很怕再看到更凄惨的模样。但是因为我要照顾他们，所以我不应该流露出不安的神情才对。我尽量用愉快的表情面对他们，努力让得了厌食症的男子吃下晚餐。虽然比起那个男子吃的饭量，他吐在我衣服上的量可以说还要来得更多。照顾病人真的不是一件简单的事。

我巡过病人之后回来，发现卡洛尔疲惫得连食物都吃不下。整天都在祈祷的玛德琳也是一副快要昏倒的样子，她靠着神殿一方的墙壁坐了下来，呼呼地喘着气。伊芙琳也是一样的疲惫，不过除了她的头发很蓬乱之外，还是平常那副模样。她静静地把汤盛在盘子里，然后拿给了玛德琳。玛德琳累得都快说不出话来了，只是点点头之后艰辛地拿起汤匙。但是她实在是没有多余的力气用汤匙舀汤，所以她直接用嘴对着盘子开始喝汤。看来嘴巴大还真是好处多多。

安德鲁扶那个叫路易斯的战士坐起来，并且还耐心地喂他吃东西。这一幕就好像是丈夫喂东西给得了产褥热的太太吃似的，不知为何，如果对他说"太太，你辛苦了"之类的话，好像也蛮适合当下的情景。路易斯生气地说道：

"我还可以自己吃东西，你不要操心。"

"我知道了。咦，可是弗雷德去哪儿了？"

我连忙回答说：

"他说他要在厨房吃。"

安德鲁睁大了双眼，随即扑哧笑出声来。但他很快就站起身来，往厨房那里去，不久之后，弗雷德被安德鲁揪着耳朵拉了进来。安德鲁命令弗雷德道：

"来，赶快！"

弗雷德用哀怨的眼神望着安德鲁，但是安德鲁一点也不为所动。弗雷德紧咬着嘴唇。我们不知道这到底是怎么一回事，只能呆呆地望着他们两个。弗雷德的步伐就像是要去打仗似的沉重，他缓缓走向靠在墙壁上的玛德琳和伊芙琳。

"你是伊、伊芙琳·谢莱莉尔小姐，是吗？我的名字叫弗雷德。我、我是巫师。"

"是……我知道。"

"我，想要跟你说的是，我想对你表示感谢。即、即使令你不快，你都能这么耐心地为我治疗，真的非、非常感谢你……"

弗雷德的脸红得吓人。如果挤一挤他的脸，搞不好会有红色的水珠从他脸上落下来呢！伊芙琳微笑着回答：

"没事，不过你好像受到了惊吓，刚才你不是还惨叫了……"

"啊，我、我，那个，是我的错。那是，因为太心慌了……"

"真的吗？我了解了。如今你和我是朋友了吗？"

"咦？"

弗雷德不知道这话是什么意思，所以一副很讶异的样子，我在旁边轻轻笑了笑。弗雷德愣了一下之后回答说：

"嗯，是的。说是朋友是因为……嗯，你对我有恩，所以你对我来说是很重要的人。如果互相珍重的人，可以说是朋友的话。如果你是这个意思的话，是的，我们是朋友。"

"谢谢。啊，对了，你那里还痛吗？"

我因为后面还躺着病人，所以没有往后倒下去。马修则笑得打翻了汤，而路易斯按着肚子开始大笑了起来。虽然在旁边坐着打瞌睡的卡洛尔没有任何反应，但是玛德琳的身体也突然往后倒，一头撞到了墙壁上。可怜的弗雷德身体稍微蠕动了一下，表示他觉得"没关系"的意思之后，就默默跑进厨房去了。安德鲁愣愣地看了看他的背影，然后又愣愣地看着伊芙琳。

伊芙琳看到我们那么惊讶，不禁问道：

"咦，你们为什么都会有这样的反应呢？"

萨琳娜悄悄地走过来问我：

"那位小姐原本就是这个样子吗？"

"好像是吧。"

吃完晚餐之后，我们又继续去照顾病人。玛德琳已经祈祷一整天了，所以我们让她好好休息一下，但是她拒绝休息，执意继续去检查病人的情况。确实，因为有玛德琳出马，治疗病人要简单多了。玛德琳使用治病魔法能成功治愈那些已经好了很多的病患。但是当她在治疗患有早衰症的那个少女时，还是进入了苦战。

"这种可怕的病……"

即使博学的卡洛尔也完全不知道应该怎样去治疗这种病。人总是会变老的。虽然迅速老去并不是很难，但是反过来变年轻却很

被诅咒的神临地

不简单。人真的能够恢复年轻吗？

难道真的可以将时间倒转吗？

但玛德琳真的成功将时间倒转了。

"全能的神啊，请伸出您的手，让优比列的秤台上放着的赫卡列斯的秤锤下降吧。在法则中包容万物，以包容来战胜法则。复元术！"

我们惊异地看着玛德琳和那个少女。

少女脸上的皱纹开始慢慢消失。她的手指头也看起来变得胀鼓鼓的，皮肤也变得光滑细腻了。少女摸了摸自己的脸，激动地涌出了眼泪。我也一样，还有卡洛尔、马修也都一起流泪了。安德鲁一边流着眼泪一边微笑，而路易斯则粗鲁地擦去眼泪。

"呵，这真的是……好久没有掉眼泪了！"

"哎，像熊一样的家伙，这种时候哭出来也没关系……"

这是安德鲁说的。那个少女哗哗地哭着，并且抱住了玛德琳。玛德琳用她那巨大的手温柔地抚摸着少女的背。

"太好了，真的太好了。"

我笑着回过头，我的后面站着伊芙琳。她也在微笑。但是伊芙琳的微笑却看起来有些慌张。我觉得很奇怪。我小心地压低声音问她：

"伊芙琳，难道有什么不对吗？"

"那个咒语……是很危险的咒语。"

"咦？"

"那是破坏法则的咒语。优比列的秤台很长，无穷无尽。如果找回了少女的青春，那么就会有人失去青春。"

听完伊芙琳的说明，我不禁感到万分惊愕。会有人失去青春？我赶紧回头看玛德琳。巨怪脸上出现老化的特征究竟在哪里呢？

当我正想说话的那一瞬间,伊芙琳的手按到了我肩上。我回头看。伊芙琳对我摇摇头。

接着,我已说不出任何话了。

已经是深夜时分,最后一个病人的治疗也结束了。玛德琳精疲力尽地让我过去将她搀扶到睡觉的地方。除了我之外,没有人能够扶起玛德琳的巨大身躯,所以只能由我来扶着她,但是马修看到我扶着玛德琳时,他一边点头一边微笑。那是看起来很怪异的笑。

我让玛德琳躺下之后,就去找卡洛尔。卡洛尔点起一盏提灯,让我们大家围着它聚在一起。苏珊正睡在卡洛尔的膝盖上。坐在提灯旁边的安德鲁说:"我们几个人曾自认为不是那种会被困在某个地方的冒险家……你们几位一定也很意外吧。你们有过什么样的冒险经验呢?"

我们是冒险家?呵!马修回答说:

"不是的,我们不是冒险家,我们只是旅行者。只是偶然在这个领地附近遇到玛德琳。"

随后萨琳娜说:

"你们真是谦虚。那个少年戴在手上的是 OPG,是吧?这可是连普通的冒险家都无法见到的宝物。"

他们称呼我们是冒险家,嗯,竟然用那种既浪漫又神秘的称呼来说我,真是让我的心情好到极点。但是卡洛尔并没有给我们聊天的时间。卡洛尔一边摸着苏珊的头,一边用另一只手揉揉眼睛说:

"尼德尔老弟,费西法老弟,你们还有力气吗?"

"有什么事要做吗?"

"我们应该要对神殿周围多加警惕才是。虽然一到晚上,赫卡列斯的气息会消退,但是也会出现一些其他的问题。"

嗯，我知道是什么问题。马修也是一副"了解"的表情，他点点头。

"你是说吸血鬼，是吗？"

安德鲁一行人惊讶地看着我们。安德鲁问我们：

"你们怎么知道有吸血鬼呢？"

"昨天晚上，我们在领地外面遇到了吸血鬼。她想把我们赶走。"

"啊，是吗？"

卡洛尔揉揉疲困的眼睛，问安德鲁：

"可不可以告诉我们你们所知道的，有关这个吸血鬼的事？"

"我们也不太清楚。可能是这地方成了奇顿的神临地之后，疾病中的疾病——吸血鬼就出现了。"

"听起来可真神秘。请问你们是什么时候遇到吸血鬼的？"

"在我们进到这个领地的第一天晚上，那个吸血鬼来攻击我们。虽然弗雷德勉强能抵挡住她，但是那时候因为弗雷德已经筋疲力尽，所以第二天我们大家都染上了各种疾病。"

"啊，原来是这么一回事。"

"是的。从第二天开始笼罩起乌云，所以我们能在病情还没有恶化之前赶紧搬移那些病患。领主和其他的官员早就死了。所以没有找到可以管事的人，我们就只能先将活着的人暂时移到了这里。你们有没有看到外面有一条作为防疫用的小沟？可能是我们来之前，就有人想将这些病患移到这里的样子。那些病患也是这么说的。"

安德鲁说完之后，敲了敲自己的头。

"但是我们将尸体集中烧掉的时候，那个吸血鬼又跑来攻击我们。在白天看到吸血鬼，真是太吓人了。好不容易赶走她之后，据萨琳娜所说，是因为乌云的关系，所以吸血鬼在白天也能跑出来。是吗，萨琳娜？"

"嗯,是的。"

"那之后我们就没有再看到她。可能她在攻击你们之后受伤了。"

"是的,我们和她打斗过,虽然我们打赢了,却被她逃掉了。"

"原来如此。那么今天晚上说不定她会再来这里。不对,她一定会来。因为我们已经算是完全进入到她的内院了。"

我们的讨论告一段落。我们明天一定要去调查一番,找出这个村庄为什么会成为神临地的根源。所以伊芙琳和弗雷德需要早一点入睡,以便明天早上能记忆咒语。而卡洛尔和萨琳娜在里面照顾病人,玛德琳早已精疲力尽地睡着了。所以到外面巡逻的是我、马修、安德鲁和路易斯。

"最后只剩下这些靠身体战斗的人了。"安德鲁微笑着说。

我很担心路易斯。

"路易斯先生,你才刚恢复没多久,还是赶紧进去休息吧!"

路易斯笑着回答说:

"喂,我可也是有羞耻心的好吗?我在快死的时候得救了,现在怎么可以让我进去躺着休息呢?"

难道得产褥热也会死吗?不过,我一想到路易斯的心情,就没有问他这个问题。如果产后调理不好,产妇确实有可能会死。但是如果是"产父"呢?嘻嘻……

我们在神殿前面的庭院里点燃了火堆,然后围着火堆坐着。神殿后方直接连着山,但是那里并没有门,所以不管从哪里来,如果要进到神殿里面,一定得经过我们这里才行。我们从神殿里面找来布帘,然后当作斗篷披在自己的身上,并且背对着火堆(眼睛如果适应亮光的话,就会看不到黑暗中的敌人,这是马修说的),就这么望着黑漆漆的外面。

路易斯对马修投以挑战的目光，而马修则是一边笑一边直视着他的目光。他们旗鼓相当，所以心中都燃起了一种好胜心，但是路易斯之前因为病倒过，所以气势较弱。

他厚厚的眼皮底下是一双小眼睛，长头发则紧紧地绑在后面。他微笑的时候，脸颊会出现酒窝，在那种长相的脸上竟然会有酒窝，看起来真滑稽。他微笑着对我们说：

"虽然你们可能会笑话我，但在中部林地，人人称我为'左手的路易斯'。而你们又有着什么样的冒险经历呢？"

马修优雅地笑了。我知道马修会做出那种表情……因为我们经历的那些可并不是什么愉快的经验。

"我已经跟你说过了，我不是什么冒险家，我只是班奈特领地的警备队长。因为我们领地的事，我们得去首都报告，所以现在是在旅行的途中。我和冒险家完全没有关系。"

"真的吗？不过，我看你的样子不像只是个乡下领地的警备队长！你那把长剑看起来也很不错，是银的吗？"

"这是镀银的。在我们故乡，兽化人经常出现，我们可不能闲着没事做，所以每个警备队员都有这种长剑。"

"呵！兽化人不让你们闲着没事做？喂，小伙子，搞不好你还会说你们每天杀好几头巨怪，就当作是农间运动，是吧？"

"你怎么知道？"

马修一边打着哈欠，一边讲着故乡那些经常出现的怪物，开始自我炫耀起来。不对，家乡出现怪物难道有什么值得炫耀的吗？真是笨蛋啊，我的朋友马修！你其实只是一个在磨坊里焦急地等待着少女出现的人。哈哈哈！而我则是高贵仕女艾米莉的骑士……哦，不，我什么话也没说！我看到路易斯和马修的脖子上都露出了青筋，他们开始算起自己杀过的怪物，互相炫耀着。而我则长吁了一口气，然后把布帘围在脖子上，走向神殿的正门。

从山丘往下看时，村子的模样不仅阴沉，而且有种诡异的气氛。那里极其黑暗，没有任何灯光，在黑暗之中我也只能看到黑暗的轮廓。虽然月光淡淡地照亮着天空，但奇怪的是，月光却无法照亮大地。所以我看到的只是村庄的黑色轮廓，这使我的心情变得十分阴郁。

安德鲁走到我身旁。

"你真是厉害。我是指今天你照顾病人的时候。我呀，我曾出征过！那时我常看到比你年纪大一些的战士们，他们一看到腐烂的伤口就被吓跑了。"

"未必都会这样啊。"

"不是。刚才你从那个得了皮肤病的男子身上撕下黏在皮肤上的绷带时，我真是吓了一跳。你做这个动作的时候很细心，而且全然没有觉得恶心的样子，脸上还流露出好像是担心那个病人会痛的表情。"

这是在说谁呢？刚才我照料了这么多的病人，所以不知道他说的到底是哪一个。我只是一边点头，一边回答说：

"因为我希望我生病的时候，别人也会这样照料我。"

"是吗？是哦，这是很简单的道理，可是很多人却都不知道。"

我不知道该说些什么，然后对话就这么结束了。我和安德鲁肩并肩地把手靠在围墙上，望着山丘下的村庄。这个神殿的围墙根本无法抵挡敌人的入侵。神殿里的所有东西好像都是这样，尤其是这个围墙，只是具有象征性的意味，所以我和安德鲁很容易就可以把手搭在围墙上，然后就这么看着下方。

我思考了下一直想问他的问题，然后开口问道：

"你们为什么会经过这个村庄呢？"

"啊，我们当时是在去雷克斯市的途中。我们身上的钱所剩无几了，所以想去那里的斗技场赚点钱。"

我突然心跳加快。那个斗技场主人克莱斯特男爵已经被我们弄得倾家荡产了。斗技场现在是属于雷克斯市所有，所以应该还存在吧。

"听说那个斗技场里有人被斗死！"

"要是找到了诀窍，就不会被斗死。身为冒险家，总要冒生命危险去做一些事，如果那么害怕死亡，那干脆在家耕作好了。"

"说的也是哦。但是也没有必要刻意去寻求危险，是吧？"

"不对，有理由的。越是危险收获就越大，所以寻求危险的理由很充分了吧？"

"是吗？"

"嗯，你听过深渊魔域迷宫吗？"

深渊魔域迷宫？赛门召唤出炎魔的时候，我好像有听过这个词。我点点头。

"是炎魔住的那个地方吗？"

"嗯，我们上个月曾经到过那里。听说深渊魔域迷宫里面有很多的宝藏。但是我们之所以决心进入那里，是因为我们听说那里有炎魔。深渊魔域迷宫的宝藏传说比较可疑，比起宝藏，我们倒认为是因为有炎魔存在，所以确实会有一些值得我们为之冒险的东西。"

我心中立刻浮现了一个预感。我小心翼翼地问安德鲁：

"所以后来怎么样了？"

安德鲁做出了一个难过的表情。

"连用说的都觉得很可怕。我们还没走到一半，就迷路遇到炎魔了。路易斯和我几乎都快死了，而弗雷德则因为自己的魔法无效而有了挫败感。只要一想到那时候的情景，我都会感到背脊发凉，有时睡觉睡到一半还会突然醒过来。"

安德鲁好像真的很害怕似的，他擦擦额头，然后喘了一口气。

"可是，你们都还活着！"

"嗯，我不知道是什么理由，就在炎魔正要把我们全都杀死的时候，它却突然间消失不见了。我们想过可能是炎魔突然不想杀我们了，但是我们都不相信炎魔会这样。总之，炎魔一消失，我们就赶紧逃了出来，这才得以保住性命。当我们找到出口逃出来的时候，我们看到了太阳，那时真的觉得好激动。但是我们为了治疗所受的伤，把钱都花光了。所以我们才会想要去雷克斯市。"

我差一点叫了出来。原来就是那个时候啊！赛门召唤炎魔的时候，炎魔曾说他正要杀几个冒险家，却被召唤了出来。看来安德鲁一行人应该就是炎魔说的冒险家。

这世界可真是奇妙啊！安德鲁继续说：

"难道真的是炎魔不想杀我们了吗？对于这点，连萨琳娜也不确定。"

"炎魔不是恶魔吗？"

"是野狼！"

"咦，炎魔是野狼？这究竟是什么意思呢？"

"不是，是那里突然出现了野狼。看来那位卡洛尔真的很有先见之明。"

安德鲁一边说一边迅速拿起了战戟。我看向前方。

在山丘下方，有苍白的闪光向我们这边射过来，那是野狼的眼睛在夜晚发出的光。看来它们的数量非常多。不知不觉山丘下方已聚集了很多野狼。

那些野狼低沉地咆哮着。它们貌似很悠闲地走来走去,还不时朝我们这里投来令人打寒噤的目光。安德鲁小心翼翼地走到正门那里,去确定正门是否锁好了。不过那个薄弱的门板只要踢几下就很有可能会被毁坏。安德鲁紧咬着嘴唇。

马修和路易斯也暂时停止了自我炫耀,来到围墙边。我们各自藏在围墙后方,只伸出头去探察下方。

那些野狼好像看到我们之后很兴奋,肩头的毛都竖了起来,并且咆哮起来。我数了一下那些走来走去的野狼,总共有十四只。而且它们的块头都很大。

呜噜噜噜……

它们在那里徘徊着,好像在玩什么把戏似的来回踱步。

"它们应该不会轻易跑过来,因为从那下方跑上来的话,就会完全暴露自己的身躯。"

安德鲁像是一位经验丰富的冒险家那样推断着,然后举起系在腰间的十字弓。腰后面的皮带上有个小袋子,他从里面拔出了方簇箭。他踩住十字弓,接着拉起了弓弦,慎重地装填着方簇箭。之后他将装填好的十字弓慢慢地放下来,靠在大腿附近,环顾着那些野狼。对于手上拿着的东西,他却好像一点都不想发射的样子。

"你不射吗?"

"没有必要激它们吧。"

那些野狼只是持续不断地咆哮着,但并没有一下子朝我们这里跑过来。可是它们正打算慢慢地一步步往山丘上逼进。安德鲁摇摇头。

"我看它们已经快扑上来了。"

他举起了十字弓瞄准。

"野狼这种动物啊，和人类真的很像！指挥官是不会轻率行动的。他拥有着顾全大局作战的眼光。"

接着突然间安德鲁射出了方簇箭。飕！传来一声轻快的声音。

在狼群的后方，之前傲慢地坐着的那一只狼突然被弹到空中，而且身体翻了过来。它直接掉到地上，然后滚了一圈。难道它当场死掉了吗？安德鲁看看它，说：

"最好它们现在肚子饿。"

那些野狼对于这么突然发生的事好像很惊讶的样子。它们都涌向倒下来的那只野狼的周围。有的用前脚踢那只野狼，也有些用嘴巴轻轻拨弄那只野狼。但是倒下来的野狼却一动也不动。嗯，现在要开始吃了吗？

那样的想法对这些野狼而言好像是一种侮辱。那些野狼开始朝着天空嚎叫。

呜呜呜呜……呜呜呜呜……喀啊！

那些野狼像是发疯了似的突然逼近过来。从山丘下方到神殿之间的距离似乎一下子就消失了。它们跳跃起来，一口气就跳上了围墙上方。然而早已做好准备的马修和路易斯挥砍着那些跳上来的野狼。一开始有两只野狼无法进到里面，于是直接滚到外面去了。但是就在这段时间里，其他的野狼已陆续跳进了围墙内。

"一字无识！"

有一只跳上来的野狼被我砍成了好几块。但是这些野狼还剩下十只左右。它们在一瞬间就都越过了围墙，与我们展开了一场异常激烈的战斗。

"快把门锁上！"

伊芙琳的头伸出了门缝，我对她喊道。但是伊芙琳却不听我的话。她走出门外，背靠着门站着。不知何时，她的双手上已拿着穿甲剑和左手短剑。

"波奇，要我帮你吗？"

"不，你守在门那里就好！"

我突然间害怕伊芙琳会说"里面的病人不是我的朋友，所以就没有必要帮他们了"。因为伊芙琳很像是会冒出这种话的人。

安德鲁像野兽般地挥着战戟。但是由于战戟太长太重，所以要对付敏捷的野狼还是十分困难的。他顶多只能用高超的武艺让自己周围不要出现空隙而已。

路易斯则正在展现他这个"左手的路易斯"的本领。他把右手的半月刀扛在右肩上，如果野狼跳上来，他就用左拳挥打野狼。有的野狼被打得弹出去，有的被打之后就跌在地上一动不动。总之，失去平衡的野狼在转眼间被路易斯右手拿着的半月刀给击毙了。也就是说，路易斯是先用左手打斗，然后用右手的半月刀在最后一刻给予致命的一击。在这么慌乱的时刻竟然还能这样打斗？路易斯因为只用左手打斗，所以就放弃了防卫，直接到那些野狼的死角去攻击它们。

看看马修！那才是班奈特的男人。他的长剑在身体四周快速舞动。我的"一字无识"简直就无法与他的剑法相比。他那双像食人魔般的脚如果踢到了野狼，野狼就会四肢摇晃着冲上天，接着在空中被马修的长剑所斩杀。

掉落在地上的野狼开始发狂。它用四只脚在地上不断刨抓着，然后翻滚。真像是被兽夹夹住的野狼行径！马修惊讶地看着这些

野狼。因为令人惊讶的是,被马修斩到腰的野狼的伤口竟然变得焦黑起来。马修的武器是镀银的长剑,不是吗?伊芙琳开口说:

"朦胧月光的力量,优比列的力量。看来这些并不是普通的野狼啊。"

伊芙琳泰然自若地解释着。有一只狼避开了我的巨剑,然后看了看那边的伊芙琳。如果野狼被我砍到,它不会被我巨剑的剑刃砍死,因为巨剑挥舞的空气破坏力会直接把野狼击碎,但是这只狼避开了我的巨剑,扑向了伊芙琳。马修发出尖叫声。

"伊芙琳!"

在那一瞬间,静静地站着的伊芙琳突然往旁边闪过去。她的手斜斜地将左手短剑往前伸出,就跟我们在雷克斯市和巨怪打斗时看到的一样。如果是我,我会将这招式取名为"削切苹果"。那只野狼在空中被击中,然后鲜血便倾泻般地涌了出来,但是伊芙琳轻巧地避开了这些血。

那只狼的腰身不停地摇动,接着掉落在地上。伊芙琳踢了它一脚,然后十分淡定地回到了门那里,靠在门上。这简直是令人咋舌。我愣愣地看了看伊芙琳,随即伊芙琳说:

"小心,波奇。后面。"

我吓了一跳,然后将巨剑往后挥打。在后面正要攻击我的野狼连忙往后退。但是那只野狼在后退之后,被安德鲁踩住了尾巴。安德鲁踩着它的尾巴,并用战戟向下狠击,那只野狼的头顿时就裂开了。可是有野狼跳上了正用战戟挥打着的安德鲁背上。

"呃啊!"

安德鲁为了甩开纠缠在他背上的野狼,一直在原地转圈圈,可是那只野狼紧咬住他背部的甲胄。于是我跑上前去抓住那只野狼的后腿。

哐啷！

那只野狼的牙齿弹了出去，同时它放开了安德鲁。为了不让自己被野狼咬到，我抓着它的后腿转了好几圈，然后丢向树木。那些树木里面都腐朽了，所以野狼一砸到树木，树木就倒了下来。哐哐！树木倒下的巨响吓坏了那些野狼。有一只狼害怕得逃走了，随即其他几只也卷起尾巴跳出了围墙。不久，跑进神殿的那些野狼就都逃之夭夭了。

安德鲁张口结舌地看着我。

"你、你、你……"

"是树木都生病腐朽了，所以才会这样子。"

"是、是这样吗？不过说实在的，那个OPG真的很厉害。"

我扑哧笑了出来。马修和路易斯一等野狼逃跑，就立刻讨论起是谁杀了更多野狼。

"那一只是我杀的！你看伤口就知道！"

"呵！有没有看到烧焦的那一只？那是被我的长剑斩到之后，才会变成那个样子。"

"那是擦伤！是我给了它致命的一击！"

真是快看不下去了。这时候，站在神殿正门前的伊芙琳走了过来。她看了我一眼，然后走向围墙那里。我讶异地跟在她的后面，我听到伊芙琳像自言自语似的说：

"野狼这么快就撤离了，所以那个女人的计划失败了。"

"咦？"

"她在那里……现在她正看着我们。"

我惊讶地望着外面。

我没看到任何人，只看到一片漆黑。但是伊芙琳却坚定地注视着一个方向。她就好像是在和一片虚空大眼瞪小眼似的。她点点头。这时安德鲁拿着战戟走来，刚刚还在争论的马修和路易斯也紧张地向我们走来。

"你想利用野狼制造骚乱，然后用魔法攻击我们，是吗？"

伊芙琳对着空气喃喃地说起话来。但是我们却没有听到任何声音回答。而伊芙琳又说道：

"你一定要那样做吗？我原谅你，我想和你做朋友。"

我惊慌地看着伊芙琳。伊芙琳则在闭了嘴巴之后，眼神十分悲伤地说：

"那样是不行的。因为我已经准备好了。"

又一阵沉默。

"是这样吗？你要不要试试看呢？"

我惊讶地看了看马修，而马修也是一脸不解的表情。但是安德鲁十分凶狠地睁着眼睛说：

"这好像是'传讯术'。"

伊芙琳静静地站了一会儿。夜晚吹起的微风将她的黑色头发吹乱，但是她始终一动也不动地注视着一个方向。

"你如果那样想的话……"

突然，她举起右手，然后指向虚空中的一个点。啪！在远处村庄的一个地方突然出现了火焰。我们张口结舌地看着伊芙琳以及那道火焰。伊芙琳又指向了其他的点，并且说着话，但仍然是用喃喃的低沉声音。

"下一次打哪里好呢？"

伊芙琳又望着空中，然后回过头来。

"她已经走了。我刚才说了谎话。"

我只能带着不解的表情说：

"你说了谎话？"

"是的，那个吸血鬼刚才在那里。她想先通过野狼扰乱我们，然后她再来攻击我们。但是那些野狼很快就撤退了，所以她错失了攻击的良机。我让她以为我们已经准备了强大的魔法，所以她才会不敢放手攻击，站在那里犹豫不决。事实上，我并没有记忆任何魔法。"

"你刚才没有使用魔法吗？那么那火花呢？"

"那是利用火精的骗术。啊，对，骗术。"

她对于自己用了"骗术"两个字觉得很不知所措。她的语气显得很不自然。

"你看起来好像不是很高兴的样子。"

"咦？"

伊芙琳很高明地骗到了吸血鬼，帮我们解除了危机，但是她对我们说的时候，却对于自己的行为好像无法理解的样子。她摇摇头说：

"有什么好值得高兴的呢？那女人和我因为谎言而有联系了。波奇你不是常常会为了与他人成为朋友而伸出友善的手吗？难道你不责骂我吗？"

什么话呀？第一次见到伊芙琳的时候，虽然我曾经这样说过，但是现在这个状况，我实在不知道该如何跟她解释。可能伊芙琳以为我是那种喜欢和所有存在的生命体成为朋友的人。当然，我也这样认为，因为我遇到和我没有任何关系的人时，我会为了和他成为朋友而友善地对待他。但那是人们的本性，不是吗？可是对于吸血鬼，有必要这样做吗？

"你觉得可以很容易就能和吸血鬼成为朋友吗？"

伊芙琳仰望着夜晚的天空。

"原来如此……"

"咦？"

对于我的糊里糊涂的回答，伊芙琳只是望着天空说：

"你的意思是说你会划一条线来区别朋友和敌人，是吗？但是对于第一次见面的情况，你会为了和对方成为朋友，而先伸出友善的手。我对那句话很感动。你依循赫卡列斯的律法，为了在这混乱的世上生存而划分出一条清晰的线，但是又依循优比列的旨意，先伸出友善的手。这样看起来很完美。因为人类能够同时依循这两者，所以你才会这样想。而我们的世界已经很和谐了，所以我不知道怎样交朋友。"

是这样子吗？我用有点糊里糊涂的表情听着伊芙琳的话。

"可能我们和矮人关系不好也是因为这个缘故。我们并不知道我们为什么会和矮人关系不好。但是我想我现在知道了。我是因为看到你才知道的。我们并不知道交朋友时要伸出友善的手。因为我们没有这种意识，所以也不知道有这种方式。这样一来就给矮人留下了不好的印象。"伊芙琳正视着我的眼睛说。她的眼睛好漂亮。

"所以我也想要像你一样，先伸出友善的手，我想学的东西就是这个。对于这个领地的那些第一次见面的病患，我去照顾他们，我认为那是件很快乐的事。"伊芙琳诚心诚意帮助这个领地的人，理由只是为了这个吗？精灵没有理由要分享人类的悲伤与痛苦。但是伊芙琳听了我的话很感动，并且知道要交朋友就需先伸出友善的手。

如果现在对我说这些话的是人类的话，我应该会很惭愧的。但是眼前是一个精灵，她用天真的眼神，没有任何的疑惑或隐瞒，而是平静地述说。所以我才可以完全放松下来听她说。

"……你不觉得很高兴吗？"

伊芙琳微笑起来。

"我很高兴。看到他们感激的表情，我怎么能够不高兴呢？但是，伸出友善的手之后，却又让我领悟到我以前不知道的另一件事。"

"那是什么呢？"

"就是伸出友善的手，也有可能不被对方接受的悲哀。你知道这种感觉，所以你没有向吸血鬼伸出友善的手。而现在我学到了，谢谢你，波奇。如果能像你这样恰当地伸出友善的手，我还需要花多少时间呢？"

伊芙琳回到礼堂里面。安德鲁和路易斯都用异样的眼神看着我，而马修的目光跟平常也不一样。结果马修问我：

"喂，波奇，刚才你们说的那些话到底是什么意思啊？"

这个嘛……我真的能解释清楚吗？我清理完那些野狼的尸体，然后睡眼惺忪地望着火堆看了好一会儿。马修终究还是忍不住，他想要再问我的时候，我开口说：

"虽然我和伊芙琳说了那些话，不过其实我也不太了解。精灵真是很奇怪的种族。但是，在精灵看来，人类才是很奇怪的种族。万一真是这样子的话，那伊芙琳在精灵里面就会是很奇怪的精灵了。"

"你到底在说什么呀？"

"我也不知道。真的不知道啦。我听说精灵被称为是优比列的幼小孩子，那么他们的世界难道就只有和谐吗？"

"你是说只有和谐？"

"这实在是很难解释。总之，伊芙琳说的意思是，我们所认为的礼仪规范，或者那些优秀文化之类的东西，是因为人类相互不了解却要假装了解而产生出来的。所以说，就连没有任何意味的问候语，如'早安'，都是为了彼此不要成为仇家而讲出来的话。"

"什么？仇家？"

"这个……意思是说，'我正在享受这个早晨，你也是吗？如果你也是的话，我们就是在享受同样的东西，因此没有必要对对方发脾气。我们尽量愉快地相处吧。'所以对方也同样说'早安'。事实上对方可能在今天早上因为便秘很痛苦，但是为了不想让先问候的那个人不愉快，不想造成相互之间不好的关系，他会同样习惯性地来回答。对，就是这样。因为我们不了解对方，结果我们都为了对方而习惯性地说谎……如果不是和我非常熟的人，我当然不会和他说'都快冷死了，有什么好早安的'之类的话……所以我们到死都没有办法真正了解别人，所以我们的言语和行动大多是谎言或者虚情假意。所谓的礼仪规范，就是被调整过的谎言。好像是这样吧……"

马修张口结舌地看着我。然而，我只是默默望着如伊芙琳头发颜色般的漆黑夜空。在一旁听着的安德鲁微笑着说：

"当然有那种情形，波奇，就算是你很熟的朋友，有一天可能你还是会觉得'这真的是我认识的人吗'。我们都活在无法完全了解别人的状态中，所以常常会觉得不安，也因此才会使用礼仪规范。"

安德鲁好像听懂了我所说的。我望着夜空说：

"可是伊芙琳认为我们因为感到不安，所以才对别人很亲切，我们伸出友善的手就好像是为了和所有存在的生命体做朋友。反正她是这么认为的。"

安德鲁笑了笑，然后开始擦拭起战戟的刀刃。

"是这样吗？嗯，波奇，不要担心。有句话说，精灵虽然比较慢，但绝对不会错。"

"真的吗？"

"相反地，人类因为学习速度快，所以常有搞错的事。嗯，像是成见，就是很好的例子啊！"

"我知道你的意思。那么有没有完美的种族呢？"

"没有完美的种族。但是在任何一个种族里面都可以出现完美的个人。因为他只要克服自己种族的弱点就可以。"

我看了看安德鲁。安德鲁则用深邃的眼神望着远方。

第五章

清晨时分。东方天空渐渐被染成了蓝色，天空底下浮现出高大的山脉阴影。那座山脉应该就是中部林地的背脊，也就是褐色山脉。但是现在已经完全变成黑色山脉了。我将视线转移回来，继续切着食物。

凌晨的时候我就已经来到厨房了。平常我只要准备我们一行人要吃的东西就可以了，但是，今天必须准备近百人要吃的东西！这可真是在考验我的厨师能耐啊！嗯，对于味道，我是已经放弃了，只要能掌握好食物的量，我就谢天谢地了。

这时候厨房门口传来有人走过来的脚步声。我转过头去看。

玛德琳揉着惺忪的眼睛，正要走进来。她看着我高兴地微笑了一下，忽然仰头往上看以免让自己撞到厨房门框的上方，然后走了进来。

"波奇，你在准备吃的吗？"

"正如你所看到的……请问睡得好吗？"

"嗯。我看看，请递给我刀子吧。"

"你要帮忙吗？太好了。我正要去拿水过来。那这里就拜托你了。"

我把拿来作为厨刀使用的匕首交给玛德琳。玛德琳一拿到那把刀，它就变得看起来好像是那种放在衣袋里的小巧玲珑的小刀。然后我微笑着出去了。

在外面的庭院里，马修、路易斯、安德鲁互相挤成了一团，他们一边睡觉一边被冻得瑟瑟发抖。

太阳还未完全升起来的秋天清晨确实是非常寒冷。我拍拍他们的肩膀。

"各位！请到里面去睡吧！天已经亮了，所以你们可以不用待在这里了。"

马修一边起身，一边不太顺畅地扭动着脖子。而安德鲁和路易斯两人起床时的状态却完全不一样。路易斯是先睁开眼睛，然后躺着仰望了好一会儿天空，再喃喃自语几句，之后好像真的很难忍受似的皱起了眉头。然而安德鲁不知是先睁开眼睛还是先站起身子，总之他一下子就起来了。

"路易斯，你这家伙，起来！你早上睡太久了吧？"

"安德鲁……你可不可以不要每天都这么说？"

"这几天你卧病在床，我不是就没说吗？"

路易斯一边打着冷战，一边起身。我扑哧笑了出来，然后走出神殿。

我一边挥动着水桶，一边走向位于山丘下方的水井。虽然晚上已经过去了，但还是有可能遇到危险，所以我紧抓着巨剑。不过什么事都没发生。我无聊地将取水的吊桶丢进了水井里。

当！

这是什么声音？这并不是碰到水的哗啦声，而是碰到硬东西的声音。我看了看水井里面，但是在灰暗的天空底下，水井里面什么都看不到。

我将眼睛闭了一会儿之后，再睁开眼睛看下面。这时候我才看到里面有个发白的东西。但是我的鼻子比眼睛更灵敏。这个味道是……我紧闭着嘴唇，慌张地迅速把吊绳往上拉。

在吊桶里，有一只腐烂的手臂和水一起被拉了上来。

"唔……呃啊啊啊！"

"竟然连水都不让我们喝。如此一来，根本就不用再费心思去治疗了。"卡洛尔用失落的语气说。

因为没有水，所以今天早上我们就只能吃发酸的肉干和发霉的面包。卡洛尔一边抖掉面包上的霉一边说：

"应该做个了结了。今天一定要找出这个领地变成神临地的原因，而且一定要赶走那个吸血鬼。不对，那个吸血鬼也是一种疾病！所以如果要让这个领地恢复成原本的样子，那么吸血鬼也应该消失才对。"

玛德琳摇摇头。

"吸血鬼并不会凭空消失。当然，这里是奇顿的神临地，所以才会产生吸血鬼，但是一旦出现了吸血鬼，在她死之前是不会消失的。所以绝对没有任何方法可以完全恢复到原来的样子。"

卡洛尔做出了一个悲伤的表情。

应该要给病人喝的水，如今没有了，真的是很令人焦急难过的事。至于这些没有水分的干面包和肉干，就算是健康的人也很难下咽，更何况那些因为热气而嘴巴里变得很燥热的病人了。我、安德鲁、马修、路易斯都到村里疯狂地翻找，结果只找到葡萄酒和白兰地，然而这些酒对病人虚弱的胃而言，实在是太刺激了。

卡洛尔再也无法忍受了，他站起来说：

"走吧！我们开始搜索吧。请问各位都愿意帮忙吗？"

安德鲁一行人点点头。卡洛尔对玛德琳说：

"如果太阳升起的话，那些人的病情会再度恶化，是吧？"

"应该是的。"

"那么请玛德琳你在这里像昨天那样保护神殿。由我们去寻找造成这个领地成为神临地的原因吧。"

"好的。出发之前，请你们先接受我的祝福。如果在搜索期间得病的话，可就不好了。"

玛德琳看起来怀着信心，她的尖牙闪闪发亮。卡洛尔像昨天一样郑重地接受祝福，马修和我也一样。安德鲁和路易斯都莫名其妙地接受了玛德琳的祝福，但是弗雷德和萨琳娜则婉拒了祝福。弗雷德说：

"治愈之手玛德琳的神力对我而言是很危险的。我会使用魔力，而魔力是会抗拒神力的。"

这是什么意思啊？然而玛德琳点点头。萨琳娜则当然因为自己是其他神的祭司，所以不接受玛德琳的祝福。伊芙琳也像昨天一样，并没有接受祝福。可是萨琳娜也需要一起去吗？

"嗯，萨琳娜，请问，你没有武器，在这里照顾病人不是比较好吗？嗯，我这么说，请不要觉得不高兴……"

萨琳娜看看我，然后笑着说：

"你是在为我着想吗？真谢谢你。不过我也有武器。"

我看着萨琳娜拿着的木杖，然后叹了一口气。那是用橡木削成的，但是那支长竿子却比男人战斗时用的粗棍棒还要轻。而且，以萨琳娜的体格要去挥动那根……然而萨琳娜爽朗地说：

"我们在搜索的时候一定会用到迪菲利的力量。"

我的表情转为讶异。随即卡洛尔帮着解释道：

"半身人与岔道的迪菲利的祭司们拥有着岔道的权能。"

"岔道的权能？"

随即，萨琳娜笑着从地上捡起了一粒小石子递给我。她此刻像是准备开一个大玩笑的顽皮小孩。

"来，波奇，你将它放到背后，再藏在你其中一只手的拳头里，然后伸出两只拳头来。我会闭上眼睛的。"

咦，这是在玩什么游戏呀？不过我就照她说的做了。萨琳娜睁开眼睛之后说：

"是在左手。我们可以走了吗？"

我摊开了放在左手的小石子，觉得很不可思议。

"岔道的权能，就是在两者之间做选择的时候，能够百发百中地猜对，是吗？"

萨琳娜一边拐进左边的路，一边把脸朝向我说：

"大致是这样子。但是更准确地说，就和其他的祭司一样，那只是在履行神的旨意。像刚才的小石子之类的事，并不算很重要。但是……嗯，举个例子吧，我将匕首抵在某个坏人的脖子上，只要轻轻地一割，他就完蛋了。"

从祭司的嘴巴里说出这样的话，真是令人惊讶。

"当然你会收起匕首，然后说声'对不起'吧！"

"你这小子！你以为我是艾德罗伊的祭司啊？总之，我能决定那个坏人的生死。可是啊，虽然这个坏人是我的情人的仇家，然而他收养了很多孤儿，真是令人头疼啊！简单地说，他是个义贼！好了，这时我到底是要割了他的脖子，还是不割呢？"

这番话愈来愈……这真的是一个祭司所说出来的话吗？萨琳娜竟笑着说出了割脖子之类的话，所以我感到十分奇怪，然后就问了一些很出人意料的问题。

"你也有情人吗？"

"他大概已经被故乡的其他女孩子给拐走了。哼！反正如果真的发生那种事情，我就算不知道该怎么做，我也知道自己该怎么选择，而且是依照迪菲利的旨意来选择，知道吗？我会依循神的旨意，并不是凭我自己的意思来猜测。如果是照我自己的意思来处理的话，那我就不是祭司，而是赌徒了。"

萨琳娜往右边转，然后我也跟着往右边转，接着我抓了抓自己的眉头，然后问她：

"不过，迪菲利一定不希望你变成穷光蛋，所以如果你赌博，胜算一定很大。"

"完全不对。我试过一次。"

"试、试过？难道你赌博过？"

"嗯，虽然赌场老板很没礼貌，但祭司居然去赌场那种地方，他只能无奈地瞪着我。这像话吗？这是神的恩宠降临在他那里啊！不管怎样，我熬夜在那里喝酒赌博。虽然喝了不少酒，但是我还是和平常一样清醒，我很有信心地按照我所判断的玩下去。我玩的是二十一点纸牌游戏。那是从两者之中选择一个，所以那是可以展现迪菲利之权能的游戏。要不要再来？不要了吗？就只有这两种选择。你猜后来怎么了？"

"被逐出房门。"

"哎哟，我又没有被发现。"

萨琳娜很自然地说出这句话。她好像认为只要自己没有被发现要把戏，就没有任何的罪。此刻她往左弯进去了，所以我跟着她走了一会儿之后，继续问她：

"那么后来怎么样了？"

"早晨我出来的时候，手中拿着的钱和前一天晚上带进去的是一样的数目，一分一文都没多没少。"

我不得不笑出声来。咦，迪菲利的祭司们都是这么有趣的人吗？这时候弗雷德插进了我们的谈话，他好像觉得有些抱歉打扰到我们似的，小心翼翼地开口道：

"那个，萨琳娜，波奇，安静一点会不会比较好呢？毕竟这里是依循奇顿律法的生命体所存在的……"

弗雷德郑重地说着，但是为什么我一看到他就想笑呢？想到他连女人的手腕都不曾摸过就染上了那种病……我努力试着让自己不去看弗雷德的脸。而萨琳娜则略显不悦地弯进了右边的路。然而在往右拐之后，不一会儿就出现了十字路，萨琳娜犹豫起来。

卡洛尔看了看十字路口的周围，然后说：

"是左边的路。依照我们行进的方向来看……"

萨琳娜走向了左边的路。

所以这种情况下就不一样了。虽然在两条岔路前，萨琳娜可以很快做出决定，但是如果面对的是三岔路，她就会和其他人一样犹豫不决。

但是这种能力还是令人觉得很了不起。即使是只有两条路，很多人也会为了做出对的选择而陷入极度的痛苦。可是萨琳娜在这种情形之下不会烦恼。她直接按照心中所想的去做。然而，这有时还是会让她觉得有些为难。因为可能有些路只是遵照迪菲利的旨意，并不是她自己想要走的路。如果迪菲利希望她死，那么她的权能就会引导她走上死亡之路。不过，毕竟她是迪菲利的女祭司，所以她不只能够充分感受，也会欣然接受。因此她才会没有烦恼，而且还很乐观。

穿着朴素的绿色斜纹布袍的弗雷德,他拿着的权杖看起来也是很朴素的木杖,比起雷克斯市的那个亚尔弗列得,他看起来高尚多了(虽然看起来很高尚,但是我还是很想笑耶)。他说:

"请各位暂时等一下!"

萨琳娜停下脚步,然后转过头去。

"怎么了,弗雷德?"

"这里的地形让我感觉很不对劲。"

这里的地形是长长的一条路。两旁是密密麻麻的房子,而前方又是两条岔路。这条路的长度大约是六十肘。而且这中间并没有其他的岔路。可是弗雷德却好像看出了比我所看到的更多的东西。

"按照这附近的地形来看,如果有人正在监视我们的话,在前方那里他就无法再躲下去了。所以一定会攻击我们。"

马修赞叹地说:

"弗雷德先生你好像对掩蔽与阵形很了解。"

"因为我曾经偶然之中读过几本贺斯里的书。"

"哦,真的吗?是不是总共有十四本?"

"好像是吧。"

弗雷德和马修热切地交谈起来,但这好像让路易斯觉得很生气。路易斯猛然走上前去,并且提起那把杀气腾腾的半月刀。

"喂,不要再说一些废话了。这么说来,有人会在这里袭击我们,是吧?我懂了。反正那人一定是从前面跑过来。我绝对不会让任何一个家伙溜到我后面,所以你们快跟我来吧。"

他一边这样说着,一边用右手举起半月刀扛在肩膀上,大步向前走去。这时候传来了安德鲁的喊叫声:"不是前面,是在左边,上面!"

我们急忙转向旁边看，在左边的建筑物上出现了一个个野狼的头。而且右边的建筑物上面也出现了野狼。

喀噜噜噜……

呜噜噜噜……

"有、有几只啊？"

"跳下来了！"

那些野狼突然跳了下来。路易斯继续保持着右手的姿势，然后弯下腰。在第一只野狼快撞到他的前一秒钟，他的腰身整个挺起，并且用左手大力往上一挥。

哐！

我的天哪！那只野狼整个都往上弹了出去。然后路易斯迅速用两手挥起扛在右肩上的半月刀，一把将还浮在空中的那只野狼的腰几乎斩断，野狼弹落了出去。真不愧是"左手的路易斯"！但是那些野狼此刻全部开始往下跳。卡洛尔大声喊道：

"靠到墙边！"

我们各自跑向最近的建筑物，然后背靠着墙壁。因为它们是从上面跳下来的，所以背靠着墙壁对我们比较有利。对面站着的是伊芙琳、弗雷德、安德鲁，而这一边则站着我、马修、卡洛尔、路易斯、萨琳娜。我们分成两边之后，开始展开与野狼的搏斗。

"啊啊！"

路易斯的打斗方式是昨天见识过的，的确令人胆战心惊，却又觉得痛快无比。放弃防卫，只用左手挥打，然后用扛在右肩上的半月刀挥出决定性的一击。所以他快速地移动着脚步。不对，看起来简直像是上半身和脚各自移动的样子。此刻，那样的大块头居然像是在跳着优雅的舞步！

"呃啊！"马修看到路易斯的那副模样，也气势汹涌了起来。马修先踢了一脚较低位置的野狼之后，再用长剑刺下去。野狼虽然迅速闪开，但是它的背还是被马修划开了。

咕耶！野狼发出奇怪的声音，滚到地上，然后就这么疯狂地翻滚着。野狼背上的伤口烧了起来。在安德鲁后面的弗雷德喊着：

"那是，那是银做的吗？这么说来，这些野狼并不是真正的野狼！是以奇顿的力量破坏法则才得以动起来的之前的那些死掉的野狼！"

这正如同昨天伊芙琳所说的。这些野狼看到马修那把在晨光照射之下可怕地闪耀着的长剑，就不敢再有扑上去的念头。但是这些家伙为什么突然扑向我啊？

"真是的，搞不清楚状况嘛！"

我怒视着野狼昂着的头，然后向下挥劈。野狼很快地往后退，趁着我挥剑时身体出现空隙的那一瞬间扑了过来。但我可是有从下面往上挥剑的独特手法！

"一字无识！"

喀啦！野狼被劈成两块之后，往两边飞得好远。哎呀，我的腰！我没空看弗雷德那惊讶得张大了嘴巴的模样，我很快地转了一圈，要不然我的腰会扭到。这时有某样东西撞到我的背。我的背立刻传来被搔抓的声音，我脖子后面的毛都被吓得竖起来了！原来是野狼跑到我的背上了！我感觉脖子被温热的口水所滴到。

"啊啊啊！"

我往后猛冲，撞上了墙壁。咣当！墙壁倒了下来，我就这么跑进了房子里面。天哪，我感觉一阵眩晕，然后摔了一跤，接着四周飞扬起令人窒息的灰尘和石屑。

我连忙起身转头看，那只野狼已摔断了脖子。我重新拿起巨剑，从墙壁被打出的洞里跳了出去。

"波奇，难道你和那间房子有仇吗？"

萨琳娜看到从房子里跑出来的我，竟对我说了这么一句无厘头的话。我向她挥出了巨剑。萨琳娜大吃一惊，不过其实我是要砍逼近她身旁的一只野狼。实在是砍得太快了，我无法控制力道，结果就这样砍到了地面。野狼和我的巨剑都陷进了地下。

哎呀！怎么总是发生这种事呢？

萨琳娜这回吹起了口哨。吹口哨？这些经验丰富的冒险家可真是古怪。可是为什么我的巨剑怎么都拔不起来呢？靠在另一边墙上的伊芙琳看到我这个样子，就立刻跑了过来。

"哦哦哦！"

那是路易斯的赞叹声。伊芙琳好像闪电出击般曲曲折折地从狼群间跑过。那些野狼全都跑向伊芙琳，但是每一次都扑了个空。有一只狼本来想咬伊芙琳的脚踝，但伊芙琳立刻向前一跳，然后将剑拄在地上做了一个翻转的动作。接着她一着地就踢了我的胸口一脚。

"呜！"

多亏被她踢了这一脚，我才将陷在地下的巨剑拔了起来。我正要抱怨"难道没有比较文雅的方式来帮我拔剑吗"的时候，伊芙琳已经靠着踢我胸口的反弹力往后飞去了。就在我的胸前，一只野狼飞跳到伊芙琳刚才站着的地方。我敏捷地往下挥砍，结果成功地砍到那只狼的后腿，而且这一次巨剑并没有陷进地下。被砍到后腿的那只狼在地上打了几个滚之后，就被站在它面前的卡洛尔踢了下巴。卡洛尔喊着：

"克里斯蒂小姐,这些家伙就交给你了!"

他可真是厉害!我昨天才听过一次萨琳娜的姓,今天已经忘记了,但卡洛尔竟然还记得!萨琳娜很快就从怀里拿出了一个圆形的铁片,那圆圆的铁环中间复杂地缠绕着一个"T"字——好像是迪菲利神的圣徽。萨琳娜将它伸向前方,然后祈祷起来。

"被大地所拒斥的尸体啊,快快消失吧!"

喀噜噜,嘎啊!

那些野狼开始发狂了。难道是逐退法术?这正是祭司的逐退法术。大地不愿意接受的尸体才会无法安眠于地底下,而选择徘徊于地上,这个法术就是在驱赶这种尸体。那些野狼像发了疯似的跑着。不过不妙的是,那些野狼全都跑向那边去了。

所谓的"那边",可以代表很多意思,但是现在指的是安德鲁、弗雷德、伊芙琳所在的那一边。

"可恶!"

安德鲁拼命地挥动着战戟,好让野狼无法接近他。但是原本在他左边的狼突然跑向了他。咻!此时传来了某个东西掠过空气的声音。在安德鲁背后突然出现的伊芙琳充分展现了她的特长。她用左手短剑斜斜地抵在那只跑过来的狼身上,那只狼随即在空中被完完全全刮去了毛。

嘎啊啊啊!

掉落在地上的野狼腰部已被斩断。安德鲁再度目睹昨天看过的这种手法,他再一次为此惊讶不已。在他后面的弗雷德开始低头念咒语,而我、马修、路易斯则背对着我们的那些野狼。

呃!

有一只狼翻过身子咬到了马修的脚。马修旁边的路易斯马上用半月刀很快地往下砍，随即，咬住马修的只剩下一个狼头。但是那颗头依然死咬着马修的脚踝不放。马修的眼睛喷出了怒火，他抬起膝盖，用长剑的剑柄往下挥打掉了那个狼头。在他后面的萨琳娜快速越过马修的肩膀伸出圣徽，并且再度高喊：

"退去吧！"

那只跑向负伤的马修的野狼发出了嗷嗷的惨叫声，然后连忙往后退。而在另一边，安德鲁像是砍柴一样用战戟向下砍着那些野狼。我也挥动着巨剑。但是有只野狼竟咬住了我的巨剑。我惊讶地想往后缩手，但是它紧咬不放。而就在这时候，又有一只狼从我的左边跑来。

"侧面的'一字无识'！"

我让野狼挂在巨剑上，并且一直往侧面转圈圈。咬着巨剑的狼和跑向我的那只狼撞到了一起，然后飞出去滚落在地，我则因为突然太用力旋转而头晕目眩地摇晃着。荒唐的是，我摇摇晃晃之中竟踩到了一只狼的尾巴。那只野狼猛地跳了起来，但是在还没落地之前，伊芙琳的穿甲剑就已经刺穿了它的脖子。而就在这个时候，传来了弗雷德的高喊声。

"扩张术！"

萨琳娜的身体开始渐渐地变大。她因为一时失去平衡而跌倒了，可是又立刻昂然站了起来。而此刻，她面前的那些野狼哆嗦地颤抖着。萨琳娜像是站在云层里似的，将手不断往下伸，而她手中的圣徽则几乎变得像盾牌那么大，巨大的圣徽迸发出了闪亮的光芒。萨琳娜并没有特别做"逐退"的动作，但是之前受到"逐退"的那些野狼惨叫着逃跑了，随即其他的野狼也跟着逃掉了。

喀噜噜！吭吭！

那些野狼像发疯似的跑着，过了一会儿就看不到踪影了。我一屁股坐在地上。

"嘘，嘘！我的，呼吸声，像笛子声。"

"那是迪菲利的圣徽吗？"

"嗯，T是迪菲利的开头第一个字母，也象征着岔路的意思。"

啊哈！原来如此。"T"字看起来确实像岔路的模样。我一边点头一边问：

"可是，有件事我很纳闷。刚才那些野狼不过是些因为奇顿的力量而猖狂肆虐的尸体，不是吗？但是奇顿是赫卡列斯之下的神，迪菲利也是赫卡列斯之下的神，那么为什么那些野狼会害怕到逃跑呢？"

"唉，小伙子啊！不死生物存在于与优比列的协调、赫卡列斯的混乱都相反的世界，也就是黑暗世界的居住者，所以可能连破坏之神雷西的祭司也可以逐退不死生物呢！"

萨琳娜也不管我听得懂还是听不懂，继续往下解释着。

"而且虽然我们常常指称某些神是赫卡列斯之下的神、优比列之下的神，其实这只是便于人们理解而已。我们不应将赫卡列斯或优比列想成是各自底下的神的头目之类的角色。赫卡列斯或优比列只是呈现出万物法则的一个名字而已，而且那些神不是它们的部下。好吧，就想成是地心引力吧。你不能无视地心引力，但是你并不是地心引力的部下吧？地心引力又不会叫你做什么事。"

"如果叫我做些什么事，我也不会照着做的……这番话真的好难理解哦！"

其实萨琳娜的意思是，优比列和赫卡列斯只是呈现出宇宙的原理的高层次的隐喻。萨琳娜这样的解释虽然我能听得懂，可是我并没有用心听,因为我真的对神学一点兴趣也没有。

我们再度让萨琳娜走在最前面。被野狼咬到脚踝的马修虽然让伊芙琳为之担心,但他表现出一副丝毫不觉得疼痛的样子。可能他是不想被路易斯看轻,所以才装出这么蛮勇的模样。总之,马修虽然走路一跛一跛的,但步伐还是很稳健。

伊芙琳叹了一口气,然后打开了随身携带的袋子。

"喝一口这个吧!虽然你说你不痛,但是为了我喝一口吧!看到你这个样子,我很担心。"

马修的表情像是快掉出眼泪似的,接过了伊芙琳拿给他的药瓶子,咕噜咕噜地一口气就喝光了它。伊芙琳睁大了双眼。

"啊,这个,只要喝一口……"

马修的表情突然变化了起来。他不可置信似的看着自己的两只手臂。他摸摸胸口,然后挥挥手臂。路易斯用仿佛是"这家伙是不是突然发疯了"的眼神看着马修,但是马修不在意地喊着:

"哇!波奇!打我一下!"

这又是什么意思啊?我惊讶地看着马修,马修则砰砰地捶着自己的胸口,并且说:

"充满力量!很强大的力量!波奇,用力打我一下!"

是吗?真是的,只叫他喝一口,结果好像喝太多了的样子。我看在两个人交情的份上往马修的肚子上打了一拳,结果马修整个人撞破了墙壁,然后在里面昏倒了。我还因此花了好一会儿才弄醒他,然后把他带出来。总之,马修的脚踝伤口好了。至于他的肚子嘛……我实在不想再说什么。

我们一行人小心翼翼地前进。虽然有弗雷德在,他会看地形地物,并且精通战术战略,但我们还是警惕一点比较好,因为这样才不会有什么闪失。再加上我们刚刚和野狼打斗过,大家都还处在神经紧绷的状态。所以现在最前面的是萨琳娜,走在她身边的是我和安德鲁,在我们后面跟着的是卡洛尔、弗雷德、伊芙琳,马修和路易斯则在最后面跟着。

"行进的方向是右边。"

可是萨琳娜不再移动脚步。我讶异地低头看着萨琳娜。萨琳娜表情担忧地说:

"真奇怪!"

"咦?"

"嗯……可能是这样子吧,在继续前进与否之间,我好像会选择不再前进。是的,我不想再前进了。"

萨琳娜歪着头环顾四周。

"真的很奇怪。这里只是很普通的十字路口,但是因为迪菲利的旨意,我不想再前进了。"

卡洛尔看起来变得惊慌失措。确实周围看来只是一些很平常的房子,一点儿也没有异常的地方。卡洛尔环顾四周之后说:

"呵,要是能解出神的旨意就好了。"

这时候安德鲁开始往前走。虽然我也想跟着走,但是安德鲁摇摇手要我往后退,然后他就这么一个人往前走。但是他的脚步很独特,好像是用脚推某个东西似的慢慢移动着脚步,又好像盲人似的将战戟往前长长地伸出并且拄着地,有时则一边在空中挥动着,一边继续前进。看到他那副模样,弗雷德笑着说:"没有陷阱,安德鲁。"

安德鲁歪着头。弗雷德继续解释着说:

"这里全然没有陷阱的痕迹。虽说如果使用反侦测术,可以消掉魔法的痕迹,但是并没有理由在这里设置陷阱。在这种大路上设置陷阱不是很可笑吗？"

安德鲁不放心地又环顾四周，然后说：

"是吗？那么到底是怎么回事呢？"

"可能这里是我们的目的地。"

"什么？"

弗雷德看了看周围后说道：

"虽然这个十字路口看起来很平常，但是从整个领地看来，它位于正中央。"

"啊！"

我们惊讶地看看周围。虽然其他人都点了点头，但是我还是看不出这里是正中央的位置。在我的眼里，这里看起来和别的地方没什么两样！

"请稍微等一下。"

弗雷德开始低头念咒语。喃喃自语了好一会儿之后，他点点头。

"原来是在地底下。安德鲁，退回来吧。"

安德鲁一退回来，弗雷德就要我们全都退回刚才我们进来的那条巷子里，然后独自走到十字路口的中央。他很快地看看四周，然后拿起小石子，在墙上不知写了些什么，还在地上画了一些图案。我曾经看赛门这样做过。最后，弗雷德用几个小石子堆出一个奇怪的形状，然后说：

"就在正中央。需要挖一点土，但并不是很深。"

"挖土？"

"在地底下有某样东西。我不知道会不会有危险，所以先做了一些安全措施。"

我们互相对看，耸了耸肩之后，路易斯、我、马修就往前走去，用各自的刀剑开始挖土。虽然刀剑并不适合拿来挖土，但是不管怎样，不久后马修就发现了一样东西。弗雷德警告我们不要用手拿，所以马修就用长剑剑尾将那个东西勾了起来。

马修拿起来的是一个小小的铁片。那是一个类似萨琳娜那个圣徽的铁圈，铁圈中间有双头乌鸦的形象。弗雷德和萨琳娜走上前去看着马修长剑上挂着的那个东西。

但是卡洛尔先开口说：

"好像是奇顿的圣徽。"

弗雷德点点头。

"是的。这只双头乌鸦好像就是杰纳西。这可不是件普通的东西。从装饰的模样、铁片的颜色、花纹来看，这个东西几乎足足有两百年的历史。"

路易斯开口说：

"两百年？哇，那一定很贵！"

萨琳娜环顾四周之后又看看那个圣徽，然后表情苦恼地说：

"是诅咒。嗯，就是这样，没错。一定是有人举行了仪式之后，将这个东西埋在这里。所以这村子里的人才会都染上疾病……等一等，那么应该要有仪式的祭品。这个圣徽是仪式的保证，所以应该有祭品才对。"

安德鲁歪着头说：

"那祭品会是什么呢？"

弗雷德并没有回答，反而拿起马修长剑上的那个圣徽。我们虽然很惊讶，但是弗雷德笑着说：

"这个嘛，这虽然是个有来头的东西，但是也因为它是古董，才称它是了不起的东西。它并不会发出制造神临地的力量。它只是以一种象征性的意味被埋在这里。祭品或仪式发动者的能力才是更重要的。总之，既然已经收回了这样东西，就等于没有了仪式的象征，所以神临地也将会被消除。"

弗雷德的语气实在是太平淡了，所以我们只是做出"是吗"的表情并且点点头。我看了看四周。而就在这时，我确实看到了令人喜悦的征兆。

"颜色！颜色都恢复过来了！哇！"

他们听到我的话后都吓了一跳，连忙看向四周。建筑物的颜色都恢复过来了。如今该暗的部分都暗了，该亮的部分也都亮了，而且也有了影子。我以前从来没发现原来对着我的影子玩耍会是这么快乐的事。哈哈哈！

"事情竟然这么简单地就解决了？"

卡洛尔也高兴地问道。可是弗雷德摇摇头。

"因为有萨琳娜在，所以我们这么顺利地就找到了位置。但如果你说事情已经解决的话……我必须否认这句话。"

"什么意思呢？"

弗雷德以担心的眼神看着四周。

"如果有这样东西，就应该有埋它的人才对。我们应该要找出这个人，还要找出那些小孩子。"

"嗯……说得没错。那么我们应该怎么做呢？"

弗雷德转头看萨琳娜。

"萨琳娜？"

但是萨琳娜并没有移动脚步，她耸了耸肩然后说：

"我刚才不是说过了吗？我不想再走了。现在还是如此。虽然应该找出那些小孩子，但是我现在一点也不想前往任何一个地方。"

如果是其他人这么说的话，我一定会大声斥责，但这是拥有岔路权能的迪菲利所启示的话，所以我觉得我们应该按照她的话做才对。我们困惑地看着周围。路易斯犹豫着说：

"会不会……迪菲利不希望我们去找那些小孩子？"

安德鲁皱起眉头。

"喂，路易斯！"

"哦，我只是这样假设，嗯，只是假设，应该没关系吧？"

萨琳娜的表情相当忧郁。既然无法解释神的旨意，那么任何一种假设都有可能。这时，一直拿着从地下挖出来的圣徽的弗雷德说：

"或许……"

弗雷德并没有把话说完。安德鲁不高兴地对弗雷德说：

"弗雷德，既然你不想把话说完，看来那些话大概是我们不想听的。不过，你还是说吧！"

弗雷德点点头。

"是。或许，祭品说不定就是那些小孩子。如此一来，我们才无法找到小孩子，也就可以理解萨琳娜为何会不想移动脚步。"

我们的脸都变得惨白。弗雷德好像相信奇顿的圣徽就是答案似的，他拿着它看了看，然后说：

"如果有仪式，就一定会有祭品，而这个领地里消失不见的正是那些小孩子。所以才不得不做出这种令人难过的猜测。"

路易斯大声喊着：

"到底是哪一个疯子！"

弗雷德依旧看着那个圣徽说。他的语气不禁令人打寒噤。

"诅咒。神的诅咒大概都需要具有神格的象征物品。例如象征纯洁的少女。不过少女有时候象征着还未开发的蛮荒不毛之地，所以用来象征纯洁的话，很可能是儿童。而且儿童本身就是神，所以是很适当的祭品……"

弗雷德的话听起来真是可怕。路易斯开口说：

"这么说来，真的是用那些无辜的小孩来当祭品？居然还有这种疯子！"

这一回马修也赞同路易斯的话，他很激动地说：

"居然做出这么残忍的行为……"

安德鲁则沉重地摇摇头。

"我认为弗雷德的话有一定的道理。人常会因为自己琐碎的感情而毫无忌惮地破坏他人所最珍爱的东西。"

一听到安德鲁的话，我马上去观察伊芙琳的脸色。但是伊芙琳和平常一样，并没有什么特别的表情。她心里到底是怎么想的呢？伊芙琳会不会觉得对人类很厌恶？但是看到她毫无表情的脸，我真是猜不透她的想法。伊芙琳察觉到我的目光。

"波奇，你怎么了？"

"没、没事。如果照弗雷德的话来看，做这件事的真的是个狠毒的人，是吧？"

"人？还不知道是不是人类吧？"

啊啊！所以伊芙琳才会没有什么特别的表情！没错，没证据说这一定是人类所为！但是我在心里面却一直认为是人类……所以不管是好事或坏事，我常会以人为主体来考虑事情。但是伊芙琳则总是将所有的种族都一起考量进去。看来会伸出友善的手来交朋友的不是我，应该是伊芙琳才对吧？

弗雷德听了伊芙琳的话之后，微笑着说：

"是的。我们还不知道是不是人类所为，但是是人类的可能性比较高。因为奇顿的信徒大多是人类。当然也有可能不是信徒召唤出奇顿的力量,然而我认为奇顿是神,所以对于非信徒者的召唤是不会随便应允的。"

卡洛尔点点头。

"我们应该问问那些病患。既然已经解除了神临地状态,那么那些病患应该会很快复元。我们去问问他们是否能够猜出是谁干的。这个领地有卡娜贝拉的神殿,由此来看,这里的居民应该大多是卡娜贝拉的信徒。罪犯很可能是外地人,他们应该可以大概猜出是谁吧!"

"是。"

于是,我们全都转身回神殿去。

第六章

在返回的路上，我们经过之前杀掉的那些狼身边。因为刚才急着去调查，所以也没管它们就直接走了。然而这些尸体已经变得跟刚才不一样了，它们都是一副腐烂了的样子。

"已经腐烂了耶？"

"因为它们本来是不死生物，所以毁坏它们的身体之后，就会恢复成原来的尸体状态。"

听完卡洛尔的说明，我点了点头，并且又问了另一个问题：

"那刚才跑掉的那些家伙也都已经变成尸体喽？因为我们已经收回圣徽……"

卡洛尔摇摇头说：

"不，应该不会。虽然这个领地已经不再是神临地，但已经发生的事情并不能就此抹消。那些狼应该还是不死生物。玛德琳小姐不是说过吗？吸血鬼还会维持原样。那么这些家伙应该也是一样的。"

"这真是……"

萨琳娜看到那些腐烂破碎的尸体，皱起了眉头。虽然路易斯口中说着"好可怕"，但他的脸上却带着笑容，他将狼的脚砍下来，并收集在一起。安德鲁带着很不舒服的表情说：

"喂，你在做什么？"

“你们知道狼爪项链一条可以卖多少钱吗？”

“天哪，居然有你这种家伙。呸！”

“喂，搞清楚！我们手中可是连一分钱都没有！不就是因为这样我们才要去雷克斯市的吗？”

“这样说也没错啦。但你居然将这些变成不死生物的狼爪拿来做项链？真是恶心透了。”

路易斯发出了不屑的哼声。萨琳娜踢了一下趴在地上努力工作的路易斯的屁股。路易斯当场就滚到了一边。

“你就不能停止这种丑陋的行为吗？要不要尝尝我的厉害？”

萨琳娜并不是说说而已，她马上就拿出了圣徽。路易斯大吃一惊，只好站了起来。但是他跟在一行人的后面，还一直在嘀嘀咕咕的。卡洛尔用啼笑皆非的表情问萨琳娜：

“克里斯蒂小姐，神的权能可以这样随随便便地用来胁迫他人吗？”

“又不会怎么样！对于这种可恶的家伙，就是应该让他尝尝厉害才对！”

卡洛尔无话可说，只是笑了笑。但我却觉得怪怪的。

“那个，卡洛尔。”

“什么事？”

“这些狼都是从哪里来的呢？”

“为什么问这个？”

“你不是说这些狼本来都是尸体吗？但是看它们的状态，不是才死亡不久吗？我们看到腐烂得最严重的尸体，都还维持着完整的形体。”

萨琳娜笑了出来。

"这是当然的呀！因为它们能够变成不死生物的年龄是有条件的。"

"变成不死生物的年龄？"

"就是它们死了之后要过多久才会变成不死生物……"

"不是，我不是那个意思，我想问的是，怎么会有这么多狼的尸体？得先死亡，才能变成不死生物，对吧？这么说起来，到底为什么会死这么多狼呢？"

"咦，怎么会这样呢？"

卡洛尔歪着头说：

"这个嘛……大概是有人大规模地猎捕狼吧。秋天收割完之后，有些人会去打猎。这是因为等到树叶茂盛的时候打起猎来更辛苦。"

"那么，也就是说这里变成神临地以前，有人跑去猎狼，而奇顿的力量散播出去之后，那些死掉的狼就全都爬了起来，是这样吗？"

"当然有可能。"

"这不太合理吧？"

卡洛尔停下来望着我。其他人也都停了下来。

"可是为什么要猎狼？狼的皮跟肉可都没啥用处。虽然也可以想成是为了保护家畜不受侵害才去猎狼，但是这一带根本就没有什么牧场啊。"

卡洛尔歪着头想了一下，说：

"也许是有人受到了狼的侵害吧？"

"这也说得过去。但是还有一个问题：为什么狼身上没有任何东西被砍下来？"

路易斯的眼睛瞪得大大的。我瞄了他一眼，然后说：

"当然我们也可以推测他们像路易斯一样，是想要取得狼的爪子。但是，既然猎到了的话，几乎都会留下一些证据才对。如果狼的皮跟肉都没啥用处，那至少在杀了它们之后，应该会砍下一些东西。嗯，所以……如果什么都不砍下来，要怎么证明自己猎了狼呢？"

安德鲁摸了摸下巴。

"说得对。很少有打完猎之后什么都不做的。难道我们会提议'我们出去把狼杀光'吗？当然不会，这并不是人类做事的方式。只要自己没有直接受害，人根本不会跑去做既危险又没有回报的事情。如果是因为遭受到的损害很大而出去猎狼，至少应该会砍下尾巴，去换取一些奖赏才对。这才是符合常理的事情。"

我点了点头。

"嗯，是的。我就是想说这些。不是吗，卡洛尔？"

"说的也是，尼德尔老弟。为什么会死这么多狼呢？"

卡洛尔露出了不解的表情，他再次仔细观察起这些狼。弗雷德开口问道：

"是不是病死的呢？"

"怎么说？"

"因为这里原先是神临地。所以，狼也有可能得病死掉，不是吗？"

"这些狼为什么会跑进这个领地？要进到领地里头才会……"

"这个啊，可能是这些狼偶然发现这个领地的人们不断死亡，所以就都跑进来了，因为这样很容易攻击呀！事实上，防御力减弱的村镇常会受到怪物或狼的攻击。这些狼前来袭击这个村落，结果它们自己也得病死了。"

"啊！很有可能。"

卡洛尔笑着回答。但是我在听完弗雷德的话的那一瞬间，开始害怕得全身起鸡皮疙瘩。我一边发抖一边问：

"你刚才说什么？"

弗雷德十分惊讶地看着我。

"我说狼得病死了……"

这一瞬间，弗雷德也像突然被冷水泼到似的开始不停地发抖。他看着我，脸色开始发白，我也用惨白的脸色跟他对望，然后慌忙问：

"你、你们把尸体烧、烧掉了吧？"

"对、对啊。"

"你们数过每栋房子里头的汤匙跟鞋子的数目了吗？"

"不，没有，这倒是没有做……"

"那、那大概有多少具尸体呢？"

"大概有两百多具……"

我环视了一下四周。这不太可能。

"尸体有两百多具，神殿里有九十多个人。所以总数是三百人。这怎么可能！这领地这么大。"

其他人听到我跟弗雷德所说的话，脸色也都变得苍白起来。这么大的领地不可能只有三百个人。我估计至少也有两千人才对。那剩下的一千七百人呢？弗雷德发着抖说：

"是不是在我们来之前死的尸体都被埋掉了？"

"如果不是用烧的，而是用埋的，这样的话事情就严重了！"

我激动地回答道，弗雷德也惊了一下。用埋的就糟了！如果病死的狼能起来袭击我们，那么病死的人也会起来袭击我们！

"啊，那，为什么只有狼先起来，它、它们呢……？难道还、还没出现吗？"

弗雷德呼吸急促地问道。萨琳娜突然开始大喊：

"几岁了？！"

我们惊讶地看着她。我糊里糊涂地回答：

"我十七岁啊。"

萨琳娜指着狼慌张地说：

"不是，我不是问你！我说那些狼！没有人知道吗？"

我们面面相觑。如果不是老练的猎人，谁会知道狼几岁呢？毕竟这是狼又不是人类。不过伊芙琳开口了，她说：

"虽然可能有误差，但是它们大致是七岁到十岁。"

萨琳娜紧张地将手一握一松，然后说：

"它们过了七到十天变成不死生物。那人呢？因为小孩子们并没有生病，这么说来应该都是二十岁以上的。那么死后超过二十天的就会变成不死生物。"

我茫然地看着萨琳娜。她像是自言自语似的继续说：

"但是如果按照弗雷德所说的话，狼群是在人们都生病之后才攻击过来的。所以人们开始死亡应该是在更早之前。至少是十天之前。狼是从昨天开始出现的。这么说来，要不了几天……"

虽然萨琳娜没说完，但是我们每个人全身都起了鸡皮疙瘩。马修慌忙问道：

"等一下，死者一定要经过跟年龄一样的天数后，才会变成不死生物吗？"

"是的。所以如果龙要变成不死生物……"

"不，等一下，那这个领地以前死的人呢？也有不是因为这次的病，在之前就死掉的人吧？"

"啊！"

马修什么时候变聪明了？说得对。如果死人会起来袭击我们，那应该早就发生了。因为以前也应该死了不少人。那些人死亡的天数应该早就过了自己的年龄数。但是萨琳娜摇了摇头。

"不。它们应该会等待！"

萨琳娜继续说明：

"这种大小的领地每年只会死两三个人。而且只要过了几年之后，尸体就已经腐烂了，可能也不会再起来了吧。所以之前死的人就算有可以爬起来的估计也就十个左右吧。那它们应该不敢来袭击我们。可是最近因为疾病而死的人数非常庞大。所以之前死去的人应该会等到这一批爬起来之后，才会一起来攻击我们！"

萨琳娜喘了口气，又继续往下说：

"但是现在它们已经没有必要再等了！因为我们收回了圣徽，解除了神临地，所以已经不会再有死人爬起来了。这么说来，它们现在应该已经……"

"快跑！"

是安德鲁的高喊声。我们开始往神殿飞奔。

"可恶！真是可恶透顶了！为什么之前没想到呢？"

安德鲁一边跑一边咒骂着。但是谁会想到有这种事呢？我们都咬牙切齿地跑着。弗雷德气喘吁吁地说：

"所、所以迪菲利……反对我们去找小孩子……"

原来如此！难怪萨琳娜说她不想去找小孩子。现在最急的不是小孩的事，而是那些家伙搞不好会随时爬起来攻击神殿……神殿终于出现在了我们的视野之中。

"停下来！"

这次是伊芙琳喊的。我们停了下来，用怀疑的眼神看着伊芙琳。伊芙琳正瞪大了眼睛望着神殿。

"是僵尸。数目有……三百个左右。"

我们害怕地望着神殿所在的山丘。在这里只能模模糊糊地看见那边的景象。我们看到许多东西在那座山丘底下蠕动着。那些都是僵尸吗？我们急急忙忙贴在房屋的墙壁上。但是我仔细想想，其实我们跟它们之间的距离还非常远，大概有两千肘左右吧。

因为每天看书所以视力不太好的卡洛尔皱起了眉头望向神殿，他烦恼地说：

"这里只能看到一大堆东西在蠕动。现在它们在做什么？"

我们都转头注视着伊芙琳。伊芙琳静静地说：

"它们想要进神殿，但好像进不去。"

萨琳娜弹了一下手指。

"玛德琳把它们挡住了！"

路易斯也喘着气说：

"那好。嗯，刚才说有三百个？这领地死的人只有这么少吗？也许其余的都躲在别的地方？"

安德鲁摇了摇头。

"不，刚才萨琳娜不是讲过了？死后要经过跟自己年龄相同的天数才会变成不死生物。所以，假定这个领地的人如果是在二十天以前死去的，那么就只有二十岁以下的尸体会爬起来。其他的应该不会起来了，因为我们已经收回了圣徽。"

卡洛尔皱着眉头，点头同意。

"这个数字应该是对的。那么，各位，我们还是靠过去看看吧。"

我们再度开始跑。但是这一次我们都小心让自己不要发出太大的声音。随着我们离山丘越来越近，骚乱声也渐渐大了起来。

过了一会儿，我们到达了山丘底下的房屋后面。往山丘那边一看，真是令人毛骨悚然！萨琳娜发出了呻吟声：

"迪菲利啊……"

密密麻麻的三百多个僵尸挤得山丘变成了一片漆黑。到处都是腐烂的活尸体，它们灰色的皮肤上沾满了土块，不断掉落的头发跟极度的恶臭乘风飘来，令人作呕。

"呱喂喂喂喂……"

"嘎啦啦啦啦……"

它们一边发出奇怪且刺耳的尖叫，一边往山丘顶上前进。僵尸前进的方法与人类不同，它们只知道一味向前走。如果被某样东西挡住的话，它们不会绕过去，而是想办法爬到上面，如果倒下的话就会紧接着被后面的家伙踩过去。它们看起来就像一大群聚在一起的蚂蚁。我们只看到它们在盲目地不停前进。它们互相堆叠踩踏，堆成了一座巨大的山，甚至连神殿都被它们挡住了。它们只顾拼命往神殿跑去，根本没注意到我们这边。不过也可能是因为我们躲在墙后面的缘故。

"那些家伙，如果不去管它们，它们也会互相践踏挤压吧？最下面的搞不好会被压成粉末。"

路易斯咧着嘴说，但萨琳娜摇了摇头。

"玛德琳不可能一直挡得住它们的！因为不能只算这些僵尸使出的力气，还要把它们的重量也一起算进去！如果是你，能挡住三百个僵尸的重量吗？"

路易斯咬了咬牙。

就在这时，弗雷德站了出来。他环顾了一下四周，然后走向我们藏身的房子后方的一栋两层建筑物。我们搞不清缘由，想要跟过去，弗雷德立刻对我们不停地摇头。

"请不要进来。这很危险。如果被关在里面，就没办法逃了。"

"等一下！那你为什么要进去？"

安德鲁焦急地问道，而弗雷德则微微笑了笑。

"我马上就会出来。请你们好好准备一下。"

随即弗雷德就不见了。我们只能等待着。过了一阵子之后，马修拉了拉我的手臂。马修举起手向上一指，我抬头看，发现弗雷德正站在二楼的窗台上，并且将手向前伸。他闭着眼睛喃喃念着什么，看起来像是在施法。

"火球术！"

他的面前突然出现了一个巨大的火球！这就是亚尔弗列得当初所用的那种魔法。在弗雷德胸前产生的巨大火球飞过我们的头顶上方，直接往那一大堆僵尸飞去。叠成一座山的僵尸们根本没办法躲，直接被击中。

哗啦啦！哐哐！着火了！僵尸山着火了！那些僵尸发出疯狂的惨叫声，开始往四处散去。

"嘎哎哎哎哎哎！"

"咕啊啊啊啊啊！"

但是那座僵尸山实在是太高了，在上面的家伙都烧了起来，可是等它们一散开之后，我们就看到那些被压在底下的僵尸都毫发无伤。它们一致改变方向，开始朝我们这边走来。但是因为它们都纠缠在了一起，所以一时之间也没办法顺利移动。结果最早跑到我们身边的就是那些着了火的僵尸。

"咕啊啊啊啊！"

着火的僵尸拼命地往前跑，身上的火焰随风飘扬。它们的手臂向四周乱挥，看起来就像美丽的火翅膀。难道它们想要飞吗？

"攻击！"

在马修大喊的瞬间,安德鲁抓住了他的手。安德鲁着急地说:

"退后,慢慢退后! 如果我们跟僵尸混在一起,弗雷德就没办法用魔法了。"

于是我们开始慢慢往后走。啊,这太可怕了。一大批燃烧着的僵尸正跑过来,可是我们却只能慢慢后退。我实在是很想转身猛跑。但是伊芙琳却一动也不动。她也低着头准备施展魔法。

"油腻术!"

跑过来的那些僵尸突然脚下开始打滑。它们摔得四脚朝天的样子实在是滑稽。因为它们原本正在跑着,一时之间也停不下来,所以就会被前面跌在地上的同类绊倒。瞬间我们眼前又出现了一座僵尸山。这是很容易攻击的目标,身在二楼的弗雷德又喊着:

"火球术!"

火球直接击中层层堆叠的僵尸们。

砰! 爆炸声震耳欲聋。僵尸们的肉块混着火焰迸射而出。真恶心! 它们就像点着的柴堆一样,一时火光冲天。我很想把目光转到别的地方去。这时弗雷德大喊:"看不到前面了!"

安德鲁点了点头,大声喊着:

"快下来! 还有,拿武器的战士们跟我来! 伊芙琳小姐等一下跟弗雷德一起在后面帮我们!"

伊芙琳点了点头。我和马修、路易斯都跟着安德鲁绕过火势猛烈的僵尸"柴堆",往山丘的方向冲去。山丘再度映入我的眼帘。虽然已经射了两发火球,但是剩下的僵尸数量依然非常多。安德鲁大喊道:

"我们要把它们引到弗雷德跟伊芙琳能够施法对付它们的地方。你们慢慢地向左边跑!"

我们往左边跑去,开始引那些僵尸。路易斯拿着半月刀向空中挥了几下,大喊道:

"喂,喂! 这边啦,有种就扑过来啊!"

马修也做出一副不好惹的样子。他瞄了路易斯一眼,然后将长剑插回鞘中,双臂抱胸,站在那里不动。

"喂,餐点准备好了!"

他的胆子还真大。我真想大骂马修一顿。路易斯的脸色一阵青一阵红,他收回了半月刀,然后也双臂抱胸地站在那里。安德鲁看了,一副好像已经说不出话来的表情。

"咕啊啊啊!"

那些僵尸看到我们几个后,都开始往我们这里冲。我跟安德鲁静静地往后退,但是马修跟路易斯还站在原地。我真的是看不下去了! 他们两人互相斜眼瞪着对方,一副就算死也不先跑的样子。但仔细看他们的腿,其实他们都在发抖。安德鲁看了一下他们的背影后,还是忍不住了,他大喊:

"波奇,别管他们了,快跑!"

他一喊完,马修跟路易斯就赶快转身向后跑。这一幕真是让人哭笑不得!

我们开始拼命地跑。但是想要让那些僵尸上当,还是得时不时回头看一下,对它们挥挥手。因为那些僵尸们的身体已经腐烂了,所以也没办法跑得很快。但是看到一大群僵尸像潮水般涌来,还是会让我恐惧得毛发直竖。光是它们的脚步声就吓得我全身冒冷汗了,况且它们还用那已经腐烂的嗓子大叫着:

"呱勒勒勒!"

"咕啊啊啊!"

我们开始绕着山丘跑。本来在山丘上面的僵尸开始跑向我们的右边。现在我们根本就无法停下来了。我们都拼命跑，跑得都喘不过气来。我们开始觉得这真不是开玩笑的。但就在这一刻——

"在那气息之下，浮载着生命，望看所有事物，不从属于任何事物的您啊，透过毁灭来歌颂永生，不破坏就无法存在的力量啊！请您为这矛盾的天理法则翩翩起舞吧！"

咧！传来了一阵怪声，我们转身向后看，结果都当场僵在那里。

那是火旋风——火的帘幕！

一道火焰就像帘幕一样在僵尸们的背后冉冉升起，甚至将后方的天空都完全遮住了！火焰画出了一道巨大的抛物线，往下攻击着那些追逐我们的僵尸，并且在僵尸之间开始舞动起来，形成了火的波涛！僵尸们像是被波涛卷进去一样，发出了惨叫。路易斯的眼睛睁得大大的。

"咦，咦，弗雷德居然会用这种魔法？"

马修当场回嘴：

"是伊芙琳用的啦！那是妖精术，很酷吧？咦，波奇，那是什么？"

"这有什么重要的？你不逃命吗？难道想在火海里游泳吗？"

似乎到了这时候，路易斯跟马修才突然回过神来。那席卷了僵尸的火焰还在继续往我们的方向快速前进。呼呼呼……马修跟路易斯开始拼命向前跑着并且放声大喊：

"哇啊啊啊啊！"

但是安德鲁却没有跑。他指着前方对我说：

"看一下那个。那真是……"

火浪并没有移动到我们这里。它开始回转起来。旋涡！天哪，那是旋涡！火旋涡开始把僵尸们都吸了进去。巨大的火旋涡犹如一阵龙卷风一般，开始往天上升起。僵尸们就像被卷入龙卷风的尘土，也开始缓缓上升。啪啪啪啪啪啪！

"啊……我居然看到了这么壮观的一幕！"

安德鲁不禁发出了惊叹。他的脸孔被火照得通红。

在我们前方，直径大约三十肘的火龙卷风正往上卷动着，好像要穿破天空一样。它的下端也渐渐离开了地面。结果整团旋转的火焰就这样飞到了天上。唰啦啦啦啦！我们一直凝视着，直到这团火龙卷风消失在我们的视野之中。

回过神来往下一看，地上的泥土有被烧焦的旋涡状痕迹。伊芙琳从对面慢慢向我们走来。她背后的弗雷德、卡洛尔、萨琳娜像我们一样，正引颈望着天空。

伊芙琳小心地走过被火烧得焦黑的地面。她每迈出一步，就会有一些灰烬飘扬起来。我们就这么呆呆地看着她走过来，直到她在我们面前停下步伐。

"你们没事吧？"

我们有气无力地走上了山丘。我、马修、弗雷德和安德鲁四个人刚刚都拼了命似的跑，所以都已经筋疲力尽了，但是，我们刚刚看到那惊人而可怕的一幕才真正让人感到脚软。

"那是什么？虽然我对妖精术不是很懂，但刚才的东西我不仅没见过，连听都没听说过。"

弗雷德问出了我正想问的。伊芙琳回答：

"只不过是将火精的力量叠加在风精术上面而已。"

弗雷德的脸上好像写了"我真是惊讶极了"这几个字似的。

"可、可以这么做吗？"

"当然可以啊。要不然火球魔法是怎么用出来的呢？"

"咦？啊,那是……"

"那不就是调和'异力'的方式吗？将玛那集中,一直压抑到临界点为止。到临界点的瞬间,将玛那按照能量中心移动的轨道分布。"

"与其说那是'异力',不如说是运动方式的差异性。阿尔法级数会依据火的能量中心而做变更,玛那此刻由于集中而受到压抑……"

我们这几个不懂魔法只知道用武器的人还真吃亏。我、马修、安德鲁和路易斯各自看着天、脚尖、自己拿的戟以及手掌。弗雷德后来继续说着一些我们根本就听不懂的话,伊芙琳点了点头,然后瞄了我们一眼,笑着说:

"所以让不同的力量同时产生作用并不是件困难的事。很简单吧？动能跟重力同时作用在物体上,不是能画出抛物线吗？所以熟练的弓箭手要射远处的靶的时候,不是直接对准靶心,而是要稍微往上方偏一点点才对。"

嗯,这个我就稍微能听懂了。路易斯好像觉得能听懂伊芙琳的话是件很了不起的事,所以拼命地点头。马修也点了点头说:"是的,没错。不能直直地射。"这时弗雷德又插话了。

"但妖精不是半智性体吗？应该不是像玛那一样的非智性体吧？"

战士们马上又沉默了下来。伊芙琳回答说:

"因为我是追随优比列律法的精灵。"

"啊！这么说来,人类是不可能做到的啰？"

"这个嘛,我也不清楚人类的妖精术士能不能做到。因为我不是人类,所以无法体验人类和妖精的交感。"

弗雷德点了点头,我们这些战士看了后,不知为什么,虽然完全无法理解,也突然觉得安心起来。不管是神学还是魔法学,好像都不太合我的胃口。这时萨琳娜望向山丘上方，挥着手臂大喊道：

"是的，我们没事！"

我往山丘上一看，原来玛德琳已经从神殿正门那里走了出来，正对着我们挥手。但是伊芙琳却皱起了眉头。

"她的表情好奇怪。"

伊芙琳好像看得见玛德琳的脸。这时玛德琳的喊声模模糊糊地传来。

"苏珊不见了！"

第七章

玛德琳在不知所措的同时，十分焦急地说着话，所以她说出的话有点令人听不懂。萨琳娜实在是看不下去了，她尖声叫着：

"哎呀，请你镇定下来。我以前弄丢的小孩比你多多了。"

接着，萨琳娜就因为周围齐刷刷射来的目光无法再开口了。卡洛尔冷静地问道：

"你是说那是在你专心阻挡僵尸的时候发生的？"

"是的，是的。就是刚才有火柱往天上冲的时候。啊！我那时松懈下来想观看外面的情况，过了一阵子回头想看看苏珊，却发现她已经不见了。我怎么这么愚蠢！居然呆呆地在那边看！"

伊芙琳说：

"对不起。"

这一次，所有的目光都集中到了伊芙琳的身上。但是伊芙琳的表情并没有什么变化。卡洛尔下达了指示：

"这么说来，这应该是不久之前发生的事。大家赶快分头找找看。玛德琳，请你待在这边守护患者们。"

大家都跑到神殿外面去。安德鲁说：

"嗯，我们刚才跟僵尸在下面打斗，所以肯定不是那个方向。这么说来应该是神殿后山才对。"

我们回头看神殿的后面。虽然号称是山，但其实只是矮小荒山的半山腰，所以地势也不算很崎岖。安德鲁看向萨琳娜，而萨琳娜则耸了耸肩："这里又没有分成两条路，对吧？"

说起来，这边只有矮山跟树林。巨大的树木下面并没有什么杂草，所以要穿越树林到多深的地方都行。因此我们也无法知道人到底跑哪里去了。安德鲁摇了摇头，开始寻找周围有没有足迹。

"找找看有没有小孩子的脚印吧。"

但是这么做也很难期望会有什么斩获。我们各自散开，开始仔细观察地面，但是这里的地质是硬的，所以根本不会留下什么脚印。而且又满地都是落叶，怎么会有什么脚印……

"这是什么东西？"

拨弄着落叶的路易斯从地上捡起了某样东西。我们走到他旁边。路易斯拿起的东西是一个很小的红色珠子，珠子的中间穿了一个小洞。我欣喜若狂地叫着：

"项链！是那条项链！"

马修也高兴得张大了嘴巴。这正是我给苏珊的那条项链上的珠子。大概是因为忙着照顾患者，我都忘了拿回来呢。这东西掉落在这里，就代表着苏珊曾经路过此处。我们再次散开，开始分头寻找这种小珠子。但是要找到项链珠子这么小的东西并不是件容易的事。然而，因为我们明确知道要寻找的目标，好一阵子之后，果然还是有人找到了。这一次还是路易斯。

"又有了！"

这次发现的位置离第一个珠子大约有三十肘左右。我们发现第一个珠子、第二个珠子以及神殿这三者的位置呈一条直线。安德鲁揉着手掌说：

"太好了。这是不是就像以前故事中所说的，聪明的小孩被人绑架后沿路丢这些东西当记号？"

萨琳娜摇了摇头。

"不，这太奇怪了。如果可以丢下项链上的珠子，那就表示她的手脚是自由的。如果嘴巴也是自由的，那就直接大喊不就好了？"

"也许她的嘴被塞住了？"

"安德鲁，你认为嘴巴被塞住，手脚还有可能是自由的吗？"

"有人塞住了苏珊的嘴巴，然后把她拉走了。苏珊很小心地拆开项链，将上面的珠子一次一个丢到地上。这段时间里，绑架者就这么看着苏珊，觉得这个小孩很厉害，居然这么聪明？"

我们在脑海中想象着这幅情景，怎么想都觉得非常奇怪。但无论如何，我们先往珠子掉落的方向前进再说。

第三次还是路易斯发现的。

"哎哟！"

路易斯突然摔了个四脚朝天。我们惊讶地走过去，看到地上到处都是项链珠子。路易斯刚才好像踩到了那些珠子。

"啊，我的腰啊。"

安德鲁根本没想到去扶路易斯，他只是看着地上的那些珠子，然后弹了一下手指。

"就是这样！那个小孩子被抓走之后，突然项链整个断掉。大概是因为反抗才会断掉。但是他们应该是用跑的吧？所以先掉了一两个珠子，最后一股脑全掉在这儿了。你们看地上这个样子！"

我们仔细观察，珠子乍看之下像是乱散一通，但其实是呈长条状。安德鲁好像说得对耶！我们满怀干劲地继续延这个方向快步前进。弗雷德使出他的本领，观察了前方以及两侧的地形之后说：

"继续走下去应该是通向溪谷。我们可能会通到围绕这片领地的山岳的最深处去。"

安德鲁紧握拳头大喊：

"那里一定有什么东西！应该跟这个领地被变成神临地有关系吧！搞不好小孩全都是被掳到那里去了！"

伊芙琳举起了手，大家便立刻停了下来。

"在那气息之下，浮载着生命，望看所有事物，不从属于任何事物的您啊，您所听见的事物也让我听见吧！"

伊芙琳集中精神在原地站了好一阵子，然后突然将手向前一伸，说：

"有人在跑！从前方四千肘的地方传来了人在跑的脚步声！"

"四千肘！你还能听到脚步声？"

"是风精让我听到的。但是无法一直持续地听。在跑的同时要维持跟风精间的交感是很困难的事情。"

我们慌忙开始往伊芙琳所指的方向跑。

巨大的树木遮住了太阳，森林底下是坚硬的地面，所以并不适合奔跑。我往前摔倒了两次。我发誓，这绝对不是因为我一直注视着在前面跑的伊芙琳的曲线造成的！我是因为落叶才滑倒的。

伊芙琳跑起来真的很轻盈。她刚才不是说要一边跑一边维持跟风精的交感是很困难的事情吗？但是她还是跑在了我们的前面，轻快得犹如跳跃般地前进着。马修和路易斯则像两头野猪一样气喘吁吁地跑着，但还是很难跟上伊芙琳。

"啊，被他给跑掉了。"

伊芙琳有些沮丧地说着。她先停了下来，又说：

"可是他们似乎就在正前方。"

然后她又准备继续追。我快疯了！她居然像只鹿一样在森林里坎坷不平的地面上如此快速地奔跑着！其他人的脸颊都红了起来，大家都气喘吁吁。伊芙琳跑了一阵子后，回过头来说：

"请慢慢走吧。虽然不知道等一下会发生什么事，但如果跑到那边已经精疲力尽的话，那就不好了。"

马修连话都说不出来了，只是点了点头。其他人也都喘着气，开始慢慢地走。但是到头来我们还是忍耐不住。小孩子都被绑走了，这件事让我们心里一想到就感到很难过。所以我们的脚步越来越快，步伐也越来越大，开始快步前进。到最后又变成用跑的了。

第二个要我们镇静下来的人是弗雷德。

"等一下……请先停下来。"

弗雷德喘着气，用警戒的眼神看着前方。

"如果有人在望着我们，那再往前走我们就会被看到了。呼呼。而且再过去就没什么树了，所以视野应该会很好吧。"

我们一看，溪谷总算出现了。两侧像屏风一样绵延的山岳中间，树木越来越少，我们已经到了森林的尽头。前方可以看见挡住我们去路的峭壁，高度大概有五百肘。弗雷德望了望峭壁，然后说：

"右边好像有可以爬上去的路……因为有树，所以我们从这里看上面，看不太清楚。可是那上面却可以很清楚地看见我们。"

安德鲁说：

"他们会在上面监视我们吗？"

"要不要冒险过去看看？"

"如果他们已经上了峭壁，不管怎样一定会在上面看到我们的。如果有人从上面攻击我们，那就麻烦了。"

这时路易斯说：

"不是在上面，是在旁边。"

我们望向路易斯所指的方向，那峭壁往我们的右边一直延伸过去，在那里有个洞穴。安德鲁看了看洞穴，点点头说：

"不管怎么看，我觉得他们应该就在那里吧。"

我们也都点点头。我们小心翼翼地开始往那个洞穴走。

"从这个峭壁的大小来看，这个洞窟说不定很深……"

听到弗雷德的话，我伸出了舌头。还真厉害！搞不好弗雷德看到某座山的样子，就能猜出山背面村庄中少女的名字呢。这个洞就像是峭壁中间由上到下裂开的缝一样，入口的高度大约有三十肘，而且也很宽，看来大概有十肘宽。因为入口处的岩石凹凸不平，我们在远处稍微观察了一番之后，才走到了入口。

"嗯，确认完毕。"

安德鲁说出了一句奇怪的话之后，捡起了一样东西，那是一只小鞋子。是年纪很小的孩子穿的鞋子。我们都点了点头。我开始仔细观察那洞里面，大概是因为洞实在是太深了，所以我什么都没看到。踩过了凹凸不平的岩石，进到里面之后，好像还可以往下走好一阵子。安德鲁说：

"火呢？"

伊芙琳双手合十，立刻叫出了光精。安德鲁看见飘浮在空中的小光团，开始咻咻地笑起来。

"伊芙琳，你有没有想过跟我们一起去冒险？"

"我还有事要去做。"

"是吗？那真是可惜。"

我们进到了里面，里面是往下走的斜坡。沿着斜坡下去，我就看到了许多巨大的钟乳石。

不知道我们往下走了多深，突然，我们面前出现了一个非常宽广的空间。它就像我们领主城堡里的大厅一样大，我们一看见它，就慌张地朝四周张望。这时弗雷德用近乎呻吟的声音说道：

"这并不是自然形成的。"

望向弗雷德所指的方向，我们的心里都凉了半截。在钟乳石好像窗格子一样上下交错的前方之处，似乎是被人切割出了一条路。

我们往那里走去。果然那里面又有一个比较小的洞穴。

"是人吗？"

"如果他们能够切割岩石的话……可能有很多人呢。这显然不是一个人可以独自做到的事吧？"

"天哪，怎么让人感觉越来越奇怪？"

没错。我也觉得越来越奇怪。这绝对不是少数一两个人可以完成的。应该是一个人数众多的团体所做的。也许是他们把这个地方变成了神临地？安德鲁让我们一行人停了下来。

"可恶！这样说来，那我们一定要小心。所有人先在这边停一会儿，等一下再跟我来。"

安德鲁小心翼翼地向前走去。他先在自己准备要踏上的地方用戟敲了几下，然后又拿起戟来在那上空挥了挥。他的动作很慢而且很专注。我们都跟在安德鲁的后面走。因为我们走得很慢，所以如果安德鲁突然停了下来，我们也得赶快停住才不会被撞到。

安德鲁将他的戟停在半空中，在原地站了好一会儿。然后他开始东张西望。接着他用很缓慢的动作将戟放了下去。再同样缓慢地将手向前伸。他的手突然停了下来。

安德鲁的手好像在摸着空中的某样东西（我们看到的就是他在轻轻用手指摸着空气）。

"这里有线！"

我们都一下子紧张了起来。因为安德鲁摸到了我们看不见的线。他的动作很轻柔，这样才能不拉到那些线。然后安德鲁深深地弯下腰，向前走去。安德鲁前进了一些，站到了旁边去，然后水平地举起了战戟。

"高度差不多有这么高。请你们从底下钻过来吧。"

但是，因为看不见那些线，这令人非常害怕。弗雷德、伊芙琳跟卡洛尔都弯着腰，灵巧地钻了过去，但是马修跟路易斯大概是想到了自己的块头，所以干脆趴着爬了过去。萨琳娜跟我也因为很不安，所以也都顾不得什么形象，毫不犹豫地爬了过去。

萨琳娜起身之后看了看自己的手掌，立刻变得愁眉苦脸的。

"这是蝙蝠粪呀……"

我们都拍了拍手掌与膝盖，然后继续前进。

安德鲁再次停下来的时候，我的鸡皮疙瘩一下子全都起来了。难道又有陷阱了吗？可是安德鲁突然把嘴靠到伊芙琳的耳边。伊芙琳马上点了点头，让光精消失。四周霎时间变得一片漆黑。这片黑暗中，只听到安德鲁的低语声传来。

"前面可以看到火光。"

有吗？真的有火光耶。那火光就像刀刃一样倒立着。怎么会这样呢？安德鲁说：

"请各位摸着洞壁慢慢前进。"

我慢慢地走。火光突然一下子亮了起来，我看到了前面那个人的影子。

由于左右两边各有一块突出的岩石前后交错着，所以前方的路变成了 S 形。那后面的火光微微透了出来。安德鲁将肚子贴在地上，然后做手势让我们也全趴下。我们在趴下之后，爬到了安德鲁的身边。

映射出火光的地方是我们所在处稍微往下的一个空间。底下点着几根蜡烛。虽然地面高低不平，但是里面似乎相当宽阔，而且我们看到有几个人在里面。

总共有四个人，他们都穿着简单平常的衣服。红红的火光将他们的衣服全部映照成了褐色。那几个人全都坐着，有人正在吃东西，有人正读着文件。在洞穴的一边，放着许多巨大的布袋，看来像是装面粉的袋子之类的。旁边还有一些不知是酒桶还是水桶的木桶。岩石上面放着一些看起来像是烹饪用的工具，反正就是碗、小刀、碟子、锅子之类的。

而在洞穴的另一边，啊！我赶忙捂住了自己的嘴。

是小孩子们！在地面的另一头稍微低一点的地方，小孩子们都拥挤地坐在那里。总共大约五十个人。他们既不抽泣也不吵闹，全都表情呆滞地坐在那里。那种表情让他们看起来就像是白痴一样。而在人群的最里头，我看到了苏珊。马修的眼里不断迸出愤怒的火花。

"他们居然对小孩子做出这种事！"

我突然听见嘎啦嘎啦的声音，回头一看，原来是路易斯正咬牙切齿。安德鲁低声说：

"那些家伙到底在搞什么？"

"我们把他们狠狠打一顿，然后再问问看吧。"

安德鲁很镇静地说：

"还是要小心才行。光是看他们能够这样把小孩无声无息地带到这边，就可以知道他们的能耐可不普通。再加上他们居然拥有这样的设施……"

"但是再怎么说,他们也只有四个人啊。我们可是有八个。"

这时伊芙琳喃喃地说着:

"在夜晚的露水中,却不被沾湿的那一颗沙粒的主人,休息的守护者,请您抚慰那些不睡觉的人们吧!"

那是睡精。她打算把那些人弄睡着。我们注视着底下的动静。突然四个人中的一个开始伸懒腰。但在下一瞬间,我们全都吓了一跳。

"Aha……kashnep inma che dollar eerup?"

"Tiken un shemmi? Draheny eavllumm inma jina pnahe."

他们一面互相喃喃说着话,一面伸伸懒腰,转转脖子。路易斯惊慌地说:

"什、什么?那是什么话?"

这时,卡洛尔低声说:

"啊,明明是大白天,怎么会这么困?"

"我们不是在洞里吗?哪分得出是白天还是晚上啊。"

马修带着惊讶的表情回头看着卡洛尔。卡洛尔说:

"是桀埠语。"

安德鲁的嘴巴张得大大的。那不是笑,而是愤恨地露出了牙齿。

我,不,应该说我们大部分人,一下子都变得不知所措。

他们居然是桀埠人!桀埠不是在远远的南边吗?等一下,等一下。这里并不是我的故乡。我们已经进入了中部林地,所以跟桀埠之间的距离也算是拉近了一些。但不是还得越过南部林地才能到达桀埠吗?

虽然我心中想问的事情实在是很多,但还是先忍下来不问。那四个人这时已经点起头来,开始在打瞌睡了。其中的一个人干脆舒舒服服地躺着睡,还有一个坐在那里,打了一会儿瞌睡,就往旁边倒了下去,开始打呼噜。等到四个人都入睡之后,我们才慢慢地走了进去。

一进到洞底,安德鲁马上就从怀里拿出了一把小刀。他看着卡洛尔说:

"你要留哪一个家伙活着?"

卡洛尔大吃一惊,注视着他。安德鲁又说:

"哪一个家伙比较像是指挥官?"

"等一下,难道你打算把他们全杀掉吗?"

"他们应该是间谍吧!"

"先把他们绑起来吧。就算他们是间谍,也应该由国法来惩治他们才对。"

安德鲁露出了牙齿,好像还想再说些什么。但是这时萨琳娜站了出来。

"安德鲁!"

安德鲁看了看萨琳娜,然后用很粗暴的动作将小刀收回怀里。接着他又看了倒下的那四个人好一阵子。

"桀埠的坏蛋居然敢跑到百绥斯来……怎能就这样放过他们?!"

安德鲁看起来非常生气,他好像当场就想用戟劈下去。他平常都很沉着冷静,为什么现在会这个样子呢?萨琳娜想出了一个很容易就能拦住他的办法。

"安德鲁,快去把绳子找来。"

安德鲁一边嘀咕着,一边走向了堆着面粉袋跟杂七杂八物件的地方。我们也都开始寻找绳子，但是没有找到。安德鲁说：

"直接把他们手脚的肌肉都挑断不就得了？"

卡洛尔用惊恐的表情看着安德鲁，连路易斯也是一副十分惊慌的表情，但安德鲁的脸上是一副"又不会怎么样"的表情。无论如何，之前一直翻找着木桶的马修最后还是找到了一条绳子，所以才没让事态发展得更严重。

这四个人都各自带着短剑与匕首之类的武器，但没有什么重装备，身上也没穿盔甲。我们轻轻地解除了他们的武装之后，将他们四个人捆了起来。也许是睡得太熟了吧，一直到绑好为止，都没有一个人醒过来。完全绑好之后，安德鲁望向伊芙琳。

"这些家伙还没醒来。难道我们叫不醒他们吗？"

"不是的，他们只是睡得很熟。只要给予他们强烈的冲击，他们就会醒来。"

"是这样吗？"

伊芙琳还没回答完，安德鲁就抓住其中一个人的领子，一下子把他拉了起来，然后直接给了他一巴掌。啪！

遭到这突如其来的变故之后，这家伙似乎有些意识不清。他摇了好几下头后，才有些恍惚地望着我们。他环顾了一下四周，看到同伴们全都被绳子绑着，便马上因为恐惧而大惊失色。

"Cashine nhaehe! It-na hagasa nhaehe! "

一直抓着这家伙领口的安德鲁扑哧一声笑了出来。哐！

他还真粗暴。安德鲁将对方的领子一拉，用自己的额头撞了上去。这动作还真是帅气啊！对方的鼻子当场就被撞断，开始不断地流血。

"你这家伙，给我用百绥斯语说话！这里可不是你们这些海狗那恶心发臭的港口！"

萨琳娜生气地拉住了安德鲁的肩膀。

"你退到后面来！"

"啊,萨琳娜。"

"给我退下来！你这样不是跟禽兽没两样？你这是什么行为？都让伊芙琳小姐看在眼里,丢死人了！"

安德鲁看了看伊芙琳,搔了搔后脑勺,然后退了下来。伊芙琳看着这一幕光景,歪着头,突然对我说：

"安德鲁跟你完全相反耶。"

我笑着摇了摇头。因为他不但没有为了跟对方成为朋友而伸出友善的手,反而用头去撞对方。伊芙琳应该知道人类各自分成许多不同的国家这个概念吧？此时我心中突然对一件事感到很好奇。

"那个,伊芙琳,桀埠的精灵会说桀埠语吗？"

伊芙琳抿着嘴笑了。

"桀埠没有精灵。因为那一带没有什么森林。"

是这样吗？我点头之后,再度望着前方。

萨琳娜正在治疗流鼻血的那个人。仔细一看,他连续被甩耳光又被撞到了石头,已经昏了过去。萨琳娜瞪了安德鲁一眼,然后去把另一个人弄醒。当然她跟安德鲁不同,她是用摇的方式将对方摇醒的。

那家伙也用惊讶的眼神望着我们。卡洛尔往前站了出去。

"Ime youkchi Djipenian Tanda nagarse un Bisus？"

卡洛尔虽然讲得有点结结巴巴,但是能说成这样已经很了不起了。我们用赞叹的眼神望着卡洛尔,那个桀埠的家伙则咬着牙回答：

"Bisus？ Ckraap-moinar atlla hahch e daune！"

“他说什么？”马修问。

卡洛尔很不高兴地说：

“我问他：‘你是桀埠人吧？你们到我们百绥斯国境内做什么？’”

“他的回答呢？”

“百绥斯？老鼠住的恶心发臭的地洞也算是国家吗？”

“噗哈哈哈！”

我忍不住笑了出来。安德鲁的嘴唇抽动着，他瞪着刚才回话的那个男子，但路易斯则笑着说：

“怎么都一样，怎么都一样！”

“你的嘴巴给我小心点！”

“知道啦。嘻嘻嘻。”

安德鲁面红耳赤地说：

“卡洛尔先生！请你帮我传这句话给他：你们这些家伙，祭祀的时候使用的骆驼，到最后会怎么样？”

这到底是什么意思啊？这时那个男子回答：

“先砍颈动脉，再把血放出来，并且尽快地把四肢斩断。在这之前骆驼都不能死。”

马修带着呆滞的表情说：

“他会讲我们的话耶！”

安德鲁也有点吃惊，他表情十分凶恶地往前一站。

“没错……想当间谍的话，一定要会讲我们的话吧。你这该死的家伙，要不要我拿你们对待骆驼的方法用在你身上？”

“如果你真要这么做，那我有什么办法。反正我的手臂已经被你们绑住了。”

这个男子实在是很沉着。听到他的回答，我们都觉得很害怕。

安德鲁则气得七窍生烟，大声喊道：

"你真以为我做不到吗？"

安德鲁拿出了小刀，萨琳娜的脚立刻就向安德鲁的小腿踢了过去。安德鲁痛得抓着小腿直跳，萨琳娜高声说：

"你就是不能冷静下来吗？嗯？"

"那家伙是桀埠鬼子呀！如果我什么都不做，我那些死去的战友一定在坟墓里恨得咬牙切齿！"

萨琳娜露出了啼笑皆非的表情。

"战友？原来你这么喜欢你的战友啊。但你只不过是以佣兵的身份参战，哪来的什么战友情感？"

"你真的以为佣兵都是些没情感的怪物吗？"

"这是什么话？只要给你们钱，搞不好你们就跑去桀埠那边帮他们打仗了，不是吗？大概是因为你脑袋不好，学不会桀埠话，才没跑去桀埠当佣兵，对吧？"萨琳娜气鼓鼓地，同时又像开玩笑似的说着，安德鲁也就再也无法愤怒下去了。

"这真是……真是胡说八道。"

萨琳娜眨了一下眼，结果安德鲁扑哧笑了出来。然后萨琳娜又回过头去看那个被绑着的男子，很和气地说：

"嗯，我代替无礼的伙伴向你道歉。但你到底来这里做什么？"

男子没有回答。虽然萨琳娜再次询问了一遍，但是他却故意装作没听到的样子。这时卡洛尔说：

"克里斯蒂小姐，桀埠国的男人是不会跟妻子以外的女人说话的。"

咦？真是奇怪的风俗习惯。萨琳娜歪着头说：

"是这样吗？嗯……那请你帮我问一下，是他们把那些孩子绑架来的吗？"

那个男人做出了莫名其妙的表情。连我在一旁听到了也觉得有些莫名其妙。小孩明明就在这里，居然还问是不是绑来的，这不是很可笑吗？男子用非常受不了的语气说：

"这是当然的事，有什么好问的？"

砰！

咦，怎么都一样？萨琳娜朝上挥拳，狠狠揍了那个男的下巴一拳。真是一记漂亮的上钩拳！但这样好像还不够，萨琳娜举起了橡木做的手杖，作势要往下打。结果路易斯拦住了她。路易斯把萨琳娜的木杖一把抢了过去。

"喂，你自己也这么做还敢指责安德鲁，岂不是很可笑？"

萨琳娜握住肿起的拳头，用十分可怕的眼神瞪着那个男的。路易斯叹了一口气，问那个男人说：

"喂，祭司的拳头滋味如何？"

男子的舌头在口腔里搅动着，然后吐出了混着血的口水。

"还真辣。"

"你们应该知道下面的领地被人变成神临地了吧？是你们干的吗？"

男子紧闭起嘴巴。路易斯开始握起自己的拳头。

"没关系，既然遇到了你们，把你们移交出去之后，总会知道真相的。你就不能先跟我们说一下吗？"

不知为什么，我突然觉得好像路易斯跟安德鲁的个性对调了，所以扑哧一声笑了出来。这时，原本在四周东翻西找的弗雷德找到了一些文件之类的东西。他将那些东西拿过来交给了卡洛尔。

"你看得懂吧？"

那个男子的脸上闪现了惊慌的神色。他不断注视着卡洛尔，卡洛尔微微笑了笑，接过了文件。

"看你的表情就知道这是份重要的文件。然而，对你而言不幸的是，我看得懂桀埠文。"

男子咬牙切齿。卡洛尔用一副游刃有余的态度开始看那份文件。

看了一两行之后，卡洛尔的眼神中显露出很有兴趣的样子。过了好一阵子，卡洛尔几乎陷入了忘我的境地，不断地读着那些文字。看到他专注地翻动纸页阅读的样子，其他人就这么呆呆地瞧着卡洛尔。

卡洛尔将文件都大致阅读过一遍之后，很镇静地把那些文件整理好。然后他走向了那个男子。

啪！砰！

天哪！挂彩了！真的挂彩了！卡洛尔直接朝那个人的下巴踹了下去。这可不是萨琳娜"小巧玲珑"的拳头。男子向后摔倒在地。马修看着卡洛尔，看得眼睛都快要突出来了。我的表情大概也差不多。先开始使用暴力的安德鲁与萨琳娜也都用难以置信的表情望着卡洛尔。但是卡洛尔则很沉着地稍微扭动了一下脚，拨了一下头发，说：

"脚踝好像有点酸。"

"……那到底是什么东西？"

伊芙琳所提的问题让我们从慌张中惊醒了。卡洛尔看着伊芙琳，苦笑了一下。

"让你看到了人类可耻的一面。这文件是……"

卡洛尔摇摇头，开始将那份文件上的内容读了出来。

"助长神临地的相关实验报告书。"

我们所有人听了,身体都为之一震。卡洛尔表情沉郁地继续往下念:

"我把复杂的部分跳过去,简单地念给各位听。嗯……目标地,战略,不,应该是计划。按照计划将目标地定在僻静的乡下村庄……在中部林地的中央寻找到一处不会让人疑心是跟桀埠有关的领地。……领地的位置请参考另附的地图。"

我们的背脊渐渐发凉,感觉好像有什么奇怪的东西吹过似的。

"计划进行得很顺利……幼年、少年期儿童的,精神吗?这个词我不太确定该怎么翻译。反正就是利用幼年、少年期儿童的某样东西进行祭礼?祭祀?仪式?应该是仪式吧,进行仪式!……领地居民百分之九十以上都染上了疾病……参谋部所说的是正确的,跟以往使用毒药的方式比较,这一次进展更快速、更顺利。不管是空气、水、土地,几乎所有东西都可以成为致病的原因。……但是也发生了几个事先没料想到的副作用。第一,因病而死的人都变成了不死生物。他们……这件事虽然我们没预想到,但是依照我的看法,变成不死生物也算是一种疾病,所以应该是理所当然的事。其他队员的意见也都几乎跟我一样。"

我把拳头握得紧紧的,握得连手指都痛了起来。卡洛尔颤抖着将文件翻页,接着往下念:

"……有一群我们推论是冒险家的人进入了领地之后,又产生了第二个副作用。有两个冒险团队进入了此地。他们的成员是……这个没必要念了吧,反正是在说我们。第一个团体跟领地的居民一样,都染上了疾病。但是第二个团体中,有一个人是在这个国家被称为'治愈之手'的大暴风神殿女祭司玛德琳。我们将会有针对玛德琳的详细报告。……她利用改变气候的魔法,在空中制造了乌云,遮住太阳,疾病传染的速度因此显著降低了……对于这一点,我虽然无法推测出理由,但对于在阴天之下此法是否能顺利实行,我感到忧虑。"

卡洛尔又往后翻了几页,但似乎没有什么重要的东西了。

"这份东西只写到一半,还没写完。"

我们全都开始瞪着绑在那里的那个男子。他斜视着我们,说:

"这次换谁上?"

安德鲁开始吵嚷着说要杀掉那个男的,萨琳娜也说这次她不会再阻拦了。路易斯也拿起半月刀挥来挥去,弄得周围的人都紧张得直打寒噤。

"这个可恶的家伙!就因为你们,我们差点都进了鬼门关!如果这几位没来的话,我们就只能躺在那里等死了。喂,你们这些混蛋!居然敢在别人的国土上做这种阴险至极的事!"

那男的厚着脸皮说:

"当然啦。不然难道我们在自己国家做这些实验?"

"啊啊啊啊!"

为了要挡住路易斯,马修跟弗雷德都冲了上去,但都没有什么用。所以我不得已只好出手把他的半月刀抢了过来,然后还推了他一把。路易斯当然没办法跟我比力气,只能拼命大叫:

"你这个死小鬼!还不把刀还给我?"

"如果你再这样,搞不好我会把它折断。请忍耐一下。希望你不要也变成跟他们一样邪恶的人。"

路易斯急得气喘吁吁,我认为还是暂时别把武器还给他比较好。弗雷德擦了擦额头上的汗,说:

"呼,现在大致说清楚了。利用这些儿童的精神……我想也许是利用这些儿童特有的虔诚信仰吧,反正他们是为了拿这些儿童当成祭品,才做出这种事的。"

弗雷德瞪着那个被绳子绑住的桀埠间谍。

"将神力召唤出来,在魔法的领域中被视为是最厉害的手法。能将玛那的力量和神力调和,这真的可以说是了不起的技术,但我们也不得不感到愤怒。居然用这么伟大的能力做出这种事。那些小孩子们现在到底怎么了?还能恢复正常吗?"

前面的话我一点也听不懂,但真正重要的是后面那两句。但是那个男子只是用郁闷的目光望着弗雷德而已。卡洛尔翻了翻文件,说:

"如果这份报告书已经写完就好办了。但这个男的会跟我们说吗?"

"似乎没什么好期待的。"

弗雷德的表情阴郁了下来。他跑到卡洛尔旁边一起看那份文件。弗雷德突然将头转向了卡洛尔。

"这份报告书……我看了怎么觉得这些字很秀气?"

"咦?"

"文章的内容我们姑且不管,但是你瞧这笔画,弯弯曲曲的,而且很细致,不太像男人的笔迹。"

卡洛尔再度专注地看着文件。

"竟然有这种事。你说得没错。"

弗雷德点了点头。他环顾了一下四周,然后对那个男的说:

"真奇怪。报告书写到一半就没再往下写了,而你们这几个人也都没在做什么事,而且看起来还一副闲得发慌的样子。所以写这份报告书的应该另有其人,大概是因为她临时有事,到别的地方去了。那第五个间谍是谁？她去哪儿了？"

那个男的轻蔑地笑了。他带着一副像是"你们觉得我会说吗"的表情。安德鲁大喊道：

"把这家伙交给我！以我的手段，就算要他唱歌，谅他也不敢不唱！"

就在这一刻，发生了一件在洞窟之中似乎绝对不可能发生的事，甚至产生了一种我们想都想不到的现象。

呼呼呜！

洞中吹起了强风。然后烛火一下子全熄灭了。

刹那间，黑暗降临，让人摸不清东南西北。我差点往前摔了一跤，好不容易才维持住了平衡。我将双腿站开，尽量让腰板挺起来。但是因为四周实在太黑了，所以连维持平衡都很困难。砰！似乎有人一屁股跌了下去。不过，没有任何一个人惊慌吵闹。安德鲁一行人全都是经验丰富的冒险家。卡洛尔跟马修也都紧闭着嘴巴，我也只好像他们一样，不发出一点声音。

"危险！"

这是伊芙琳的喊叫声。在一片黑暗中的某处，突然喷出了一点火花。锵！锵！火花接连着溅了出来。看来有人正在进行白刃战！伊芙琳大喊：

"全部趴下！"

我立刻紧贴地面趴了下去。因为下巴撞到岩石，所以开始眼冒金星。伊芙琳喊道：

"弗雷德，往左手边滚！"

锵！又冒出了火花。有人发出了呻吟声。我的意识有点不太清楚。黑暗，火花，刀剑的撞击声……在一片混乱当中，我好不容易才整理好思绪。

应该是写报告书的那个女间谍回来了。她用某种方法让洞内起了风，将烛火吹熄。所以她在黑暗中也看得见。但是这一点伊芙琳也是一样。所以她们两个就拿出武器打了起来。可是那个女的还真厉害，居然能够跟伊芙琳一对一战斗，那么她的剑术应该也很了不得。就在此时——

"光明术！"

这是弗雷德的声音。接着，突然光线明亮得刺眼。我拼命张开眼睛之后，发现其实也不是真的那么亮。好像是弗雷德对洞顶施展了某样法术，然后上面就附着许多微弱的光点，让我们能够看得见四周的东西。

我揉了几下眼睛，同时猛然翻身跳了起来。伊芙琳果然在稍远一点的地方跟一个女子打斗，那女的用细双刃剑对付伊芙琳的穿甲剑。她穿着黑衣服，有着又粗又长的黑头发。原来就是那个吸血鬼！

"啊啊啊！"

马修往那个吸血鬼的侧面冲了过去。但是那个女吸血鬼突然消失，让马修扑了个空。

"是瞬间移动！她去哪儿了？"

伊芙琳急得左顾右盼。萨琳娜大喊：

"在洞口！"

我们看见那个女的站在我们进来的入口之处。她举起手指对准了伊芙琳。

"优比列的幼小孩子啊，为何要干涉人类的事情呢？"

伊芙琳停了下来，说：

"因为他们是我的朋友。你是黑暗的居民，为何也来插手人类的事呢？"

"因为他们是我的食物。哈哈哈哈！"

我们都感觉身上一阵寒意。不知道有什么好笑的，那个女的居然摇摇头开始大笑起来。

"精灵死在洞穴之中，哈！这不是比矮人淹死在海里更可笑吗？"

我们都一下子脸色大变。那个女的露出了残忍的笑容，然后朝我们挥了挥手。

"再见了！"

突然她敲了一下岩壁的某个部分。然后她开始变形。她的身形渐渐模糊，到最后竟变成了一阵烟雾。烟雾越来越稀薄，最后消失在洞外。

"到、到底是怎么回事？"

对于马修这个糊里糊涂的问题，传来的答案让我们每个人的心情一下子都变得糟糕透了。

呜噜噜噜……嚓，嚓嚓嚓……

突然间，光线开始晃动起来。我们向上张望。洞顶正在不停地摇动，所以弗雷德附在洞顶上的光点也都在摇动。洞顶发出窸窣声的同时出现了裂缝，石屑开始纷纷往下落。

"快跑！"

我们都想马上跑掉。这时我回头向后一看。

"该死！"

小孩子们！五十多个小孩子还坐在那里。而且被我们抓到的那些俘虏，手脚仍然被绑着留在原地。我们一直在审问的那个男的此刻正可怕地笑着。我实在是很讨厌那笑容。

"孩子们呢？俘虏呢？"

啪啪啪！传来了洞顶爆裂开的响声。安德鲁一边大喊一边跑着。

"你想跟他们一起死吗？没有办法了！快跑！"

安德鲁跑了几步后，突然停了下来。萨琳娜、我跟卡洛尔都还停在原地犹豫不决。这时连地面也都开始摇动起来，想要好好站着都十分困难。卡洛尔用绝望的目光望着四周。

"啊，可、可是，应该带着他们跑，能带多少算多少……"

"到现在还说这种不可能做到的话，简直莫名其妙！"

在安德鲁骂出口的瞬间，突然传来了轰隆声，洞顶开始往下塌陷。哐哐！萨琳娜往上一看，马上惨叫起来。安德鲁则马上跑到了萨琳娜的身边，他一边扑向萨琳娜，用身体掩护住她，一边高声叫道：

"可恶！"

这时伊芙琳开始大喊：

"承受万物的力量啊，在万物之下，极美物之上的您啊！用您强壮的手臂承受住大地吧！"

啵啵，啵，啵啵！

摇晃的洞底突然冒出了石笋。天哪，难道我在一瞬间已经神志不清了吗？但仔细一看，那些石笋其实是石柱。石柱还在不断地往上长。洞中瞬间变得就像是森林一样——由石柱所构成的森林。

轰隆！

石柱撞上了正要坍塌的洞顶，发出了极大的响声。由于在密闭的空间中进行，那声音简直震耳欲聋。伊芙琳叫唤出来的石柱穿过了洞顶，还在继续往上长。本来要坍塌的洞顶也停止了塌陷，但是由于落下了大量的灰尘，让我感觉就要被呛得死掉。我闭上眼睛，疯狂地咳嗽着。

"喀喀！喀喀喀喀，呃！喀！"

我挥动着手,希望周遭的灰尘能够赶紧落定。虽然乱动了好一阵子,但由于此处是密闭的空间,灰尘根本没有路可以出去。然而,洞里突然刮起了风。应该是伊芙琳叫来了风精。微风轻轻吹拂,不知把那些灰尘吹送到哪儿去了。四周一片黑暗。这时,伊芙琳叫出了光精来照亮洞穴,但是因为石柱的遮挡,光线只是分成一块块地微微透出来。

"喂,大家都没事吧？如果你死掉了,请回答一下吧！"

听到安德鲁的喊声后,没有任何一个人出声回答他。于是此时传来了安德鲁满意的声音。

"那就是谁都没死喽！"

这时传来了细微的呻吟声。

"你……你再不从我身上移开,我就快死了……"

一直被安德鲁压在身上的萨琳娜拼命地拨弄头发,扬起了一阵烟尘。虽然没有任何一个人死掉,但是被落下的小石头击中而受伤的人倒是不少。用身体掩护萨琳娜的安德鲁背上受了一些擦伤,腿关节也被石头砸到,肿了起来。萨琳娜在安德鲁的脸颊上亲了一下。

"谢啦。"

"你是感谢我打算跟你用同一座坟墓吗?"

安德鲁用不是很愉快的表情开着玩笑,马上又焦急地望着洞顶说:

"可恶!这个撑不了多久,它还是会再次坍塌的。洞口完全被堵住了,我们根本没有办法出去。"

我们不安地望着暂时停止坍塌的洞顶。弗雷德问伊芙琳:

"能不能叫出地精来帮忙开个洞?"

"从哪里开洞?虽然能够稍微搬动一下泥土,但是也不可能让那些泥土消失啊。想到我们走进来的距离有多深,就应该知道不可能凿一条那么长的隧道。一个不小心,反而会让好不容易停止龟裂的洞穴整个垮掉。"

弗雷德点了点头,我们走向了之前被我们审问的那个俘虏。那个俘虏正用冷酷的表情望着我们。

"没有其他的出路吗？"

那个男的摇了摇头。

"没有。我只有一件事要拜托你们，你们可以让我在洞穴坍塌之前自杀吗？这样可能会好得多。"

"你一出生就已经自杀过了，不是吗？没有必要再自杀一次。"

弗雷德的这句话太深奥了，我听得莫名其妙。我走向正努力照顾孩子们的马修与卡洛尔。孩子们现在已经脱离了痴呆状态。

"孩子们都恢复意识了吗？"

弗雷德点了点头。

"好像是的……虽然我没有十分的把握，但这应该跟我们收回了圣徽，或是那个吸血鬼的离开有关。无论如何，他们能恢复意识真是太好了。"

小孩们犹如大梦初醒，一个个都恢复了意识之后，开始用害怕的表情左顾右盼，大概因为还搞不清状况，所以也没有哭出来。他们一清醒就发现自己身处密闭而漆黑的洞穴中，大概还没回过神来，所以一时不知道该怎样才好。这时苏珊看到了我，就向我跑过来。

"波奇哥哥！呜呜呜！"

我抱起苏珊的同时，开始感到很头痛。跟我所预想的一样，苏珊一哭，马上就传染给了其他小孩。孩子们都开始抽泣起来，甚至有人干脆放声大哭。

"呜呜呜！"

哭声简直要把我给震聋了。在密闭的洞穴中，孩子们的哭声格外的响亮，令安德鲁心慌得要命。

"小朋友，不要哭！再哭整个山洞都会垮下来的！"

这不是在开玩笑。听到这五十多个小孩的哭声响起，我认为安德鲁说的很有可能发生。孩子们都很害怕地抬头望着洞顶。但他们因为刻意压抑住哭声，所以发出了低低的抽泣声。伊芙琳走了过去。

"小朋友，别害怕。我们一定很快就可以出去了。如果你们乖乖地安静下来，一定很快就可以看到美丽的天空跟小鸟。可是如果你们一直哭的话，我们就找不到出去的路了。"

与其说孩子们是被伊芙琳的话影响，不如说是被她的气质迷住了。就像之前发生在苏珊身上的一样，小孩子渐渐都镇静了下来，甚至有人笑了起来。于是伊芙琳也微笑起来，她挥了挥手，那些本来浮在空中的光精就在孩子们的头上跳起舞来。孩子们张大了嘴，注视着眼前这神奇的一幕。

我将苏珊放了下去，让她能好好地看着这景象，然后我观察了一下四周。

居然说什么很快就可以出去！虽然说得也对啦。反正灵魂不要说是岩石山，就连铜墙铁壁也穿得过去，所以等到我们死后，应该就能出去了。弗雷德烦恼地喃喃念了一阵子，然后陷入了沉思。

"因为这里的人太多了，所以空气很快就会用完。不管是窒息而死，还是在那之前就被塌下来的洞顶压死，我都会死得很不甘心的！"

我突然冒出了一个想法。

"弗雷德，魔法里头不是有一种什么传送术……之类的东西吗？"

弗雷德摇了摇头。

"那个我不会。伊芙琳小姐呢？"

在跟孩子们一起玩的伊芙琳也轻轻摇了摇头。孩子们虽然都在看着光精，但是好像也感受到了大人之间不安的气氛，他们的脸

色都沉郁了下来。我故意装出很有活力的样子,说:

"嗯,那就没办法了,只好用钻的。"

"咦?"

"非钻不可了。不然不是被压死就是会窒息过去,不如找找看有没有可以钻洞的地方吧。大概也只剩下这个方法了吧!"

安德鲁一副啼笑皆非的样子。

"波奇,你不知道这里有多深吗?我们可是走了好一阵子才来到这边的。"

"是吗?可是在我们下来的过程中,路总是弯弯曲曲的。所以搞不好我们现在跟进来之前看到的峭壁很接近呢。如果你还有其他的主意,就说说看吧;如果没有,就请想一下哪里最适合钻。也许因为之前的震动,本来没裂缝的地方现在也生出缝来了。得做些事情才行!你们应该不会想坐在这里等死吧?"

一行人全都扑哧笑了出来,然后起身。不只是班奈特土生土长的马修或者卡洛尔,连安德鲁那一伙人也都有相当坚强的一面。于是我们全都散开,开始在四处寻找有没有缝隙。

我敲敲岩壁,听发出来的声音,然后看了看伊芙琳。伊芙琳正被孩子们包围着。她弄出了各种各样奇形怪状的火焰,然后让它们舞动起来,有的像蝴蝶,有的像鸟,有的像花。孩子们专心地看,简直都失了神。在我身边的弗雷德叹了一口气。

"那是舞动之光……这虽然是在市街上表演杂耍变戏法的人也做得到的简单技艺,但我还是第一次看到这么熟练的动作。"

虽然那的确精彩,但我现在担心的只有一件事。

"那个东西会燃烧空气吗?"

"不会的。那只是把其他次元的东西投影在这里而已。"

"那就好。"

此刻传来了路易斯的喊声。

"喂,来这边看看。"

好像不管找什么东西,路易斯都是第一个找到的。他还真是厉害。我们赶紧跑到路易斯身边。路易斯指着岩壁说:

"喂,你们听听这个声音。"

我们都在等待路易斯敲岩壁,可是他并没有这么做。

"不是,你们把耳朵贴上去听听看。"

我们很不情愿地将耳朵贴了上去。我的耳朵听见了"呼——"的响声。

"难道是风声?"

"应该是有缝。大概在岩壁的另一边有缝隙吧,无论如何,那应该是空气流动经过而发出的响声。"

"有风在吹的话……那就应该离外面已经不远了。"

这时伊芙琳走了过来。

"要不要我帮忙听听看?"

我们给伊芙琳让出位置。伊芙琳将她的长耳朵贴了上去,好一阵子都一动也不动。

"岩壁的另一边就是外面。外面大概有一些形状复杂的缝隙,所以风吹进去产生了碰撞。等一下……我们进来的洞穴不是在峭壁里面吗?那么这应该就是峭壁间的缝隙。"

弗雷德说:

"你可以推测出厚度吗?你能不能试着去感受一下风精的气息有多少呢?"

"说得对。如果是缝隙的话……峭壁本身是很厚的,所以缝也可能会很深。等一下。"

伊芙琳一边移动位置,一边闭着眼睛集中精神。过了一会儿,她摸着岩壁的某处说:

"我感觉这里离风精最近,距离大约为二十肘。"

我们望着伊芙琳所指的岩壁。

"那又怎么样呢?"马修问。

这个问题还真让人郁闷。伊芙琳说这里的厚度是二十肘。也许二十肘之外就是外面,但是要怎么钻穿这二十肘呢……而且是这种岩壁。此时弗雷德站了出来。

"萨琳娜小姐,你能不能在波奇的巨剑上附加神力强化呢?"

"可以啊。怎么了?"

"那请你开始吧。"

萨琳娜摇了摇头,要我拔出巨剑,然后她马上就祈祷起来。一阵子之后,萨琳娜的一只手发出光来。她用发光的手触摸着剑身,就好像她手上的光移了上去似的,我的剑也跟着开始发光。

我用恍惚的目光仔细端详着巨剑,可我拿着这个又能怎么样?难道他们希望我用这个把岩石举起来?弗雷德说:

"小心点……请你在不造成冲击的状况下,在岩石上凿出深深的裂痕来。

"咦?"

"请你用这把剑插插看吧。以你的力气应该可以办到,但是请你斜斜地往下插。"

我耸了耸肩,将手臂往后一抬,然后用尽全力将巨剑往岩石里一插。我虽然觉得手臂快要折断了,但巨剑果然插进了岩石里头一肘左右。我惊讶得张大嘴巴。

"哇！"

弗雷德要我多做几次相同的动作。我按照他所说的，在岩壁上弄出了好几条缝。但是弄出这些缝来，到底要做什么呢？

弗雷德静静地走向摆着俘虏们物品的地方。他叫路易斯将水桶抬过来，然后自己将袋子和碗各拿了一个过来。弗雷德放下袋子，用碗往岩壁上洒水，然后又将我弄出的岩缝灌满了水。他要我斜斜地插，难道就是因为这个？

弗雷德让我们退后，然后就开始念诵咒语施法了。

"霜之手！"

我们看到弗雷德的手上冒着白气。那气息反射着光精射出的光芒，闪耀得有些刺眼。那应该是霜状的小冰晶。我们一边咕噜咕噜咽着口水，一边在旁边观赏着。

倒进石缝里的水马上就变成了冰。墙上起了一阵白雾，冰渐渐地突了出来。然后，岩壁上开始裂出细纹。咔嚓！咔嚓！

"请敲敲看。不要用手，用武器。"

我们呆呆地互相看了看。安德鲁用他的戟去敲。敲了没几下，岩石就断裂了，变成了石块，纷纷掉落。我觉得岩壁好像快要整个崩塌了，所以吓得赶紧退到了后面。岩壁上出现了深一肘，直径四肘的洞，底下则是散落一地的石块。

弗雷德笑着对我们说：

"岩石就是透过这种方式才变成泥土的。石头缝里注满了水，到了冬天就会结冰，因为冰的体积比水大，所以岩石会裂开，到最后就会变成泥土。"

我们全都用赞叹的表情望着弗雷德。

我们再次用巨剑在岩石上戳洞，倒水进去，然后使水结冰。接

下来再一敲,咔嚓!咔嚓!石头马上就碎裂了。我振作了起来,准备继续在岩石上打洞。可是弗雷德耸了耸肩说:

"我只记忆了两次霜之手魔法……但现在都用完了。"

我们不约而同地望向伊芙琳。可看到伊芙琳摇了摇头,我们就都灰心地叹了口气。连绑在那边的俘虏也跟着叹气。可是弗雷德的计划并不会就此结束。

"反正本来就不能一直这样做下去,不然搞不好整个洞穴都会被我们弄垮。"

"那怎么办呢?"

"要不要先看看外面的情况?"

弗雷德集中起精神,开始念诵咒语:

"鹰眼术!"

弗雷德紧闭着眼睛,站在那里好一会儿。我看了看卡洛尔,卡洛尔帮他解释道:

"用这魔法可以让自己看到希望看到的地方。"

弗雷德歪着头,然后张开了眼睛。

"太好了。外面也有裂缝,我大致能掌握裂缝的确切位置。各位还记得我们进来的那个峭壁吗?大概是因为刚才的震动,所以峭壁有点裂开了。如果我们好好努力,应该可以出得去。"

弗雷德拿起了跟水桶一起拿过来的袋子给我们看。他把袋子解开后,把里面的东西一下子都倒进了水桶里。

"这是盐。"

啊!啊!居然把那些珍贵的盐……我们都是茫然地看着弗雷德做这些事的。他到底打算用盐水做什么呢?弗雷德笑了一下,然后把孩子们全叫了过来。接着他要我们把俘虏身上绑着的绳子全

被诅咒的神临地

239

都解开。

"你要我们把绳子全解开？"

弗雷德跟俘虏们说：

"等一下我们会没有精力去管别人的事。大家都得靠自己来逃命。希望你们不要跟我们打起来，这样对大家都没有好处。"

俘虏们虽然搞不清状况，但还是点了点头。因为在这种状况下，实在是没有什么理由相互打起来。安德鲁很不情愿地把俘虏们都解开了。

弗雷德让孩子们全都聚到一处，烦恼了一阵子后，他突然笑了出来。

"嗯，请各位好好地听我说。接下来的瞬间就能决定我们的生死。不是洞穴整个垮掉，就是会突然开出一道门。但就算真的开出一道门，洞穴也是会垮掉的。所以大家一定要拼尽全力赶快跑。各位知道了吗？"

我们搞不清状况，但还是先点了头。弗雷德将伊芙琳叫了过去。

"你可以用闪电术吗？任何电击系的法术都好……"

"但我记忆的是连环闪电术……"

她这么一说，弗雷德立刻露出了担心的表情，我们也跟着担忧起来。然而过了一会儿，弗雷德还是笑了起来。

"有什么关系，反正是命悬一线。请你对着那里使出连环闪电术。但是你得等我先施法，然后你接连着马上行动，可以吗？"

"直接用吗？"

"是的，就好像直接连上去一样。"

"那我试试看。"

伊芙琳一说完，弗雷德就开始深呼吸。他用悲壮的眼神轮流看着我们每一个人。但是他的嘴角始终带着轻轻的微笑。

"你们如果有死前没做就会遗憾的事,就请现在赶快做吧。"

我歪着头想了一下,然后对马修说:

"马修,我一直有一件很好奇的事,就是想知道男的跟男的亲嘴,到底是什么感觉?"

马修吓得脸色发白,开始往后退,还用很猛烈的动作握住了长剑的柄,一行人看了都爆笑起来。大家配合得还真好。弗雷德也笑了,他说:

"闪电术本来不可能会穿过这么厚的岩石,而是会被反射回来。但是盐水会将电击传达到整个岩壁。然而也许这样的破坏力还是不够,而且爆破的力量搞不好会往内侧传回来。所以我打算引起共振爆发。在爆发的最大冲击波中,由伊芙琳小姐使用连环闪电术,在连环闪电术的最大冲击波中,再由我来使用闪电术。如此的连环冲击,能够在造成最小冲击的同时,破坏你想要破坏的部位。"

马修和路易斯都一副深以为然的表情,点了点头。但我知道不只是我,其他所有拿刀战斗的人也都听不懂他在说什么。弗雷德望着伊芙琳:

"你应该很清楚闪电术的持续时间跟速度吧?但是我对连环闪电术不太熟悉。所以请你把自己的脚放到我的脚上。等一下你就立刻踩我的脚,当作信号。可惜我们没有办法事先练习。要开始了吗?各位,请你们将身体贴到洞穴两边的墙上,准备好随时开跑。如果出现了路,立刻就向那里冲!"

我们每个人都抱起了一个看起来跑不快的小孩,做出了跑步的准备姿势。我将苏珊背在背上。弗雷德跟伊芙琳在离石壁稍微远的地方站定了。弗雷德说:

"小心眼睛。"

弗雷德开始念诵咒语。他们就像二重唱一样，仅仅一眨眼的时间，伊芙琳也开始念诵起咒语。弗雷德的喊声首先传来：

"闪电术！"

砰！突然我们看见强烈的纯白色闪光。因为实在是太刺眼，所以我们都无法看清楚。在那道强烈的闪电击中岩壁的瞬间，伊芙琳念完了咒语：

"连环闪电术！"

砰！这一次我感觉差点被震到后面去。空中出现了可怕的光海，就像打雷时一样，令人感到毛骨悚然。伊芙琳发出的连环闪电炽热地蠕动着，击中了岩壁。整个洞穴中被可怕的光线充斥，令人根本睁不开眼睛。

轰隆！轰隆隆！洞穴在摇动。难道真的不会直接全垮下来吗？这时再度传来了弗雷德的喊声：

"闪电术！"

第三道光还算可以忍受。但等那道光一消失，剩下的就是可怕的震动。轰隆隆隆隆！洞顶开始落下石屑，发出了石头互相摩擦的恐怖响声。弗雷德大喊：

"快跑！"

我往前面一看，果然出现了一个大洞。我们全都开始往那里冲。马修跑在最前面。突然，马修凄惨的叫声传来：

"没有路！"

前面好像还被堵着。后面的人还在不断跑来。洞穴搞不好马上就会垮掉。

"闪开！没剩多少时间了！"

马修往旁边避开，几乎是同一时间，我就冲了过去。我用尽全力将拳头挥了出去。

"呀啊啊啊啊！"

我将腰挺直，这一拳就这么飞了出去。我感觉自己的脚都已经钻到地里头去了。此刻——

砰！

天哪，居然有这种事！我的拳头不怎么大，但我听到了震耳欲聋的响声，并且岩壁上出现了一个直径五肘的大圆，在那半径当中的岩壁全都化为灰烬，并向外面飘散。这到底是怎么回事？

我们压根儿就没有思考的时间，立刻就逃到了外面。外面就是峭壁前方的森林。我跑到树林间，将苏珊放下之后，回头张望着。

峭壁上有一个圆洞，小孩子们正从里面不断涌出。最后出来的人就是那已经筋疲力尽、被伊芙琳搀扶着的弗雷德。他们钻出圆洞，一边在灰尘中咳嗽，一边继续往这个方向跑来。安德鲁摇了摇头说：

"没出来的人回答一下！"

当然不会有人回答。于是安德鲁又立刻点了点头。

"好像全都出来了。"

因为伊芙琳跟弗雷德本来就跑在最后面，所以应该所有人都出来了。我们继续注视弥漫着灰尘的峭壁洞口。那个洞的上方突然出现了一条黑色的线。

咔嚓！洞的上方，一条巨大的裂缝正在迅速往上延伸。我们看了一下，突然明白过来那代表什么意思，于是都开始拼命地飞奔。原来整个峭壁正在往里面塌陷！

"呜呜呜哇啊啊啊……"

我们在尖叫的同时飞快逃跑。不知道跑了多久，直到回到神殿附近时,我才停下来回头望。

山边冒起了一团巨大的烟尘云。看着那团弥漫的烟尘,背靠树木坐着的马修,用惊心丧胆的语气说:

"呼,呼,我们居然把一整座山都给弄没了。"

"还真是奇怪。"

"什么奇怪?"

"在最后,我击破岩壁的时候,岩壁应该顶多只会出现一个像我拳头一样大的洞吧?但居然出现了一个直径五肘的大洞。这到底是怎么回事?"

我跟马修一边带着小孩子前进,一边聊着。就算我们不带着他们,那些小孩大概对这附近的地形都很清楚,所以都十分激动,他们一边尖叫,一边使劲地跑着。在我身后,虚弱地走来的弗雷德说:

"那是因为波奇你的手臂在完全伸直的那一瞬间才碰到岩壁。"

我将头转了过去。

"不管是手臂还是武器,在攻击动作结束的那一瞬间才击中目标时,威力是最大的。在那一个点上的威力,能够将运动的能量完全传达出去。所以冲击波也就传到了整个岩石上。"

我恍然大悟似的点了点头(其实我根本就听不懂)。不过马修则是明确地点了点头。

"啊,是击断的招式。"

"什么意思?"

马修扑哧笑了,说:

"这种东西与其用说明的,还不如我来示范一次,这样更容易懂。"

马修环顾了一下四周,然后捡起一片落在地上的枫叶。

"你看清楚!"

然后马修的另一只手握起拳头，打了一下那片枫叶。落叶当然摆动着，让拳头穿了过去。

　　"那再看看这次。"

　　马修再度出手。然而这次在拳头碰到落叶的瞬间，他马上将手臂缩了回去。唰！落叶碎裂成一片片，然后散落下来。

　　"你看出其中的差异了吗？"

　　"这是什么意思？是指攻击必须在打中目标的那一瞬间赶快结束吗？"

　　"嗯。虽然攻击结束时还没打中目标，但是在攻击途中就打中目标也没什么威力。最强的攻击，必须在攻击结束的瞬间打中目标。"

　　我们就这样边聊边向前走着，不知不觉间领地也离我们越来越近。孩子们虽然一边尖叫一边跑着，但苏珊却安静地走在我身边。她一直沉默不语。

　　"怎么了，苏珊？"

　　苏珊突然对我伸出了手臂。我刚把她抱起来，她就将她的小嘴附在我的耳边说：

　　"他们的爸爸妈妈死了。"

　　我突然觉得心里像针刺了一下。为何我的眼前开始变得灰蒙蒙的？我好不容易才开口说：

　　"那些小孩子都不知道这件事吗？"

　　"嗯。迪姆跟苏西都是几天前被抓走的。迪姆的爸爸是后来才死掉的。苏西的姐姐也死了。现在回去的话，他们马上就会知道。"

　　我突然非常不想回到领地去。我看看其他人的表情，大概他们也都跟我拥有相同的心情吧。这时我才知道为何我一路上跟马修叽哩呱啦聊个不停。

因为其实我不想接受这个不断逼近的事实。

躺在那边的患者的小孩都在叽叽喳喳地跟他们聊着之前的冒险故事，但也有些小孩因为找不到自己的亲人而大声哭泣。对于哭着要爸爸妈妈或是其他亲人的孩子们，我们真的不知道该说什么。伊芙琳打算跑去跟他们说亲人已经过世的消息，但我用非常快的速度冲过去捂住了伊芙琳的嘴。我捂住她的嘴巴之后，开始大喊：

"小朋友们，你们的爸爸妈妈都去旅行了！"

伊芙琳的嘴巴还是被捂着，她瞪大了双眼看着我。但是孩子们的问题接二连三地传来。

"他们什么时候回来？"

"明天会不会回来？"

我虽然很想擦眼泪，但不能移开堵着伊芙琳嘴巴的手。

"他们去很远的地方了。嗯，很远很远的地方。"

"呜呃！"

萨琳娜突然喊出了怪声，然后跑到神殿外面去了。孩子们都惶惶不安。他们感受到的是他们自己也捉摸不清、无法理解的那种不安感。小孩当中年纪比较大的大概已经猜到是怎么回事了。他们都泄气地坐在神殿的角落，虚弱无力到了极点。他们甚至还对我投以冷酷又带着嘲笑之意的目光，就好像在对我说"别讲那些可笑的话了"似的。

但还是有一些小孩紧抓着我的裤腰，问我他爸爸到底要过几天才会回来，如果妈妈不回来，是不是得自己弄饭吃。这些孩子对我发出恳求的目光。我也不知道到底该怎么办。这种情况下如果有人能帮上忙，我真的会做任何事来报答他。小孩的眼神真这么可怕吗？我根本不敢看他们，只能望着天花板。这时候玛德琳救了我。

"小朋友，肚子饿不饿？"

孩子们一下子就忘记了不在眼前的父母，心里想的都是待会儿可以吃到的食物。他们在间谍的洞穴中好像也没有怎么好好吃过饭。于是我赶快跑向厨房，觉得这时真是幸福极了。

"你们等一下！我去做好吃的给你们吃。"

做什么好呢？材料，没有材料吗？能不能弄一点砂糖来呢？如果有蜂蜜就更好了。果酱、牛奶、鸡蛋、栗子、草莓，真该死！我想要找的东西，这里都不可能会有。其实我做蛋糕的手艺还是很不错的！知道我有多会做奶油吗？如果让小孩子吃到好吃的东西，能让他们暂时忘记那些得去面对的残酷现实，那该多好……难道世界上没有这种食物吗？让他们吃得饱饱的幸福地入睡，在梦中能遇见爸爸妈妈……难道世界上没有这种食物吗？

"可恶！"

我一直哭，直到把厨房的墙打了个洞，哽咽到哭不出声音为止。这一次大概不像刚刚那次攻击，墙壁上只被打出了一个小洞，然而我的手却肿了起来。但我完全感受不到疼痛。

大人们的模样全都憔悴到了极点。

我们让所有的孩子都睡着了。孩子们因为经历了一番大冒险，以及激烈的用餐，所以全都很快入睡了。在用餐的过程中，连路易斯跟马修都十分温柔地为孩子们服务，这当然对他们的消化造成了不良的影响（我不得不这么说，但事实就是事实）。所以，现在我们每个人都累得要命。

"虽然我们进行了一场伟大的冒险，但是连一个人也没救到。"

"不是救了小孩子吗？"

这是路易斯跟萨琳娜的对话。安德鲁扑哧笑了出来。

"怎么样？反而被缠住走不了了吧？"

听到安德鲁的话，路易斯开始嘀咕了起来。本来之前在一旁很安静的弗雷德说：

"你们打算抛弃小孩走掉吗？"

"难道你要带着他们走？真伤脑筋。我们可是冒险家耶。"

"嗯，我觉得在这边耕地，平平静静过个几年也不错。"

"咦？"

"这边有已经开垦好的地，还有房屋，缺少的只是人而已。也不需要过着开拓新城镇的辛苦生活……我，想留在这边种田度日。"

听到弗雷德的话，安德鲁讶异地张大了嘴巴。

"咦，你说什么？"

"我说我想要这么做。你们离开吧。"

"等一下，等一下！你想成为整个大陆上最强巫师的梦想呢？"

弗雷德害羞地低下了头。

"我还年轻。对你们战士来说，今后的几年将是人生最闪耀的黄金期，之后就算想做什么，也来不及做到了。但对我而言，就算浪费个几年也没有什么关系。劳动虽然会减低战斗力，却不会影响魔力。"

我们都十分惊讶地望着弗雷德。

巫师的野心跟战士是很不一样的。那是从精神世界中涌出的一种渴求，所以比战士们的野心更炽热，也更严苛。学习法术，学习新的知识，试着去运用魔力，都是透过我们这些只会用武器的人无法想象的强烈欲望来达成的。

比起战士，巫师根本就是被选中的天之骄子。虽说战士也每天都在锻炼着，但是巫师所进行的不是身体的锻炼，而是精神的锻炼。精神领域是浩瀚无涯的，同时也有可能变得无比软弱、无比怠惰。全心贯注在这样的精神世界中，将激烈的内心争斗当作自己日常生活的一部分，这并不是我们这些凡夫俗子所能做到的事情。光是从巫师的头脑必须要很好这一点上来说，他们跟我们根本是两个不同世界的人。

但是弗雷德却决定定居在这里种田！我虽然不清楚他真正的实力到底有多强，但从安德鲁与路易斯选择当他的同伴，还有他从洞穴中把我们救出来这两件事来看，就可以知道他并不是泛泛之辈。这么说来，我们也可以推测出他曾经历过多么严格的修练。他居然能够这么简单地抛弃当初忍受艰苦的岁月所累积的一切，留在这里当一个农夫。

弗雷德做出了一个甚至让人觉得很神秘的微笑，然后说：

"大地是非常辽阔的。我有时会认为，跟大地纠缠在一起，不断争斗，最后与大地化为一体的农夫，才是最伟大的英雄。我想要学他们过几年日子。"

"几年？啊，那意思是说，过几年之后，你会再度活跃起来啰？"

"是的。不会花很多时间的。就像我刚才说的，这里已经不是需要开拓的蛮荒地区了。搞不好过个一年，马上就会有许多人涌进来。但其实最重要的是……"

弗雷德回头看了看熟睡中的孩子。

"如果我在这里待个几年，这些孩子们都会长大，会互相爱慕，最后繁衍出子孙。在这大陆的一角，为了让人类能够继续在此存活下去，打好未来繁荣的基础，而只投资我人生当中的几年，我觉得这真的是一笔很划算的买卖。"

安德鲁惊讶得合不拢嘴。

"喂，真是的，你怎么会突然产生了这种想法？"

弗雷德的脸上闪现一丝怒意。但是他看来很善良的脸庞，却并没有因此而失去善意。

"我觉得在洞穴中发生的事情大概也是让我做出这个决定的原因之一。"

"咦？"

"你们还记得那份实验报告书吗？请各位先不要去想他们是桀埠人这一点，先从他们也是人开始想起。他们是人，而且还拥有无比丰富的知识。按理来说，他们应该是我们会去尊敬的那种人才对。但这一场实验，是那些人，也就是运用先人的智慧与功绩的巫师和祭司所干的事，他们那么残忍地做出了这种事情。"

弗雷德的声调一点都没有提高，但是讲出的话字字都很有力。我们都用肃然起敬的表情望着弗雷德。

"人类所做的事，必须得由人类来负起责任去解决。没有人被要求对那些小孩负起责任。但是我会负起责任。这理由够合理了吧。就像我先前说的，各位战士们没办法将人生中那宝贵的几年就这样浪费掉。因为你们一生中能拿剑的时光其实并不长。而萨琳娜小姐，你是迪菲利的巡礼者，有义务在大陆上宣扬迪菲利的旨意。所以除了我之外，就没有人能去做这件事了。"

弗雷德再度用深邃的眼神望着我们。

"各位懂了吗？在这里有九十多个大人，还有五十多个小孩。我甚至可以建造出我的王国，只是这个王国里面没有国王。如果要问我有什么事想拜托你们……"

弗雷德的眼睛突然眯了起来。

"能不能请你们将五十个小孩和大法师弗雷德的故事作成诗歌，在整个大陆上传唱？"

"噗哈哈哈哈！"

路易斯突然大笑了出来。安德鲁的脸上也泛着微笑，而萨琳娜则用崇拜的眼神望着弗雷德。弗雷德笑了笑，说：

"不错吧？如果只有《十二只龙与大法师亨特里克》《一百个死亡骑士与彩虹的所罗特》等等这些动人故事在大陆上传唱着，生活也太单调了吧。但像是《五十个小孩和大法师弗雷德的故事》这种朴素的诗歌，也能在昏暗酒馆的一角被人吟唱的话，我想听歌的那些酒徒们的表情一定会很和蔼，他们会认为今天听到了一首很温馨的歌，这也很不错吧。"

第二天，我们走在科内尔领地的大路上。

我们决定带走从桀埠间谍那里取得的实验报告书。因为我们本来就要去谒见国王，到时候一起报告上去就行了。

弗雷德决定留在科内尔领地。他的伙伴们跟巨怪女祭司玛德琳则决定要多照顾患者们几天再走。

萨琳娜跟玛德琳这两个圣职者因为有神的戒律缠身，所以不可能只待在一个地方传福音。那是负责神殿的高阶祭司才能做的事情。萨琳娜跟玛德琳都是巡礼者，她们说这种事不是随随便便按照她们自己的意思就可以决定的。但是她们还是能留在那里照顾那些孩子们一段时间。她们都帮我们写了介绍信，说如果我们在旅行中碰到困难的时候，只要到艾德罗伊或者迪菲利的神殿出示介绍信，就可以请求对方的帮助。我们感激地接过了那些信。

安德鲁跟路易斯是战士。战士必须漂泊，去寻找可打的仗。安居在一个地方，对他们而言是一种奢侈。他们在寻找到死所之前，必须一直流浪。所以他们也无法留下来。但是他们也都决定，将会有一段时间放下武器，拿起铁锤跟锄头来过日子。

我们没办法把四个桀埠间谍全部带走。因为我们自己一行也只有四个人，要带这么多无法信任的人一起走，是不太现实的事情。所以我们决定只带走一个桀埠人。在首都交出实验报告的时候，必须有信任的人招出口供才行。结果跟我们一起走的是那个在洞穴中冷酷地回答我们的家伙。我们问他名字，他要我们叫他文彻。

弗雷德命令其他三个人拿起农具，要他们重建自己破坏的东西。间谍们虽然什么话也没说，但是当初在洞中濒临死亡的时候，我们到最后一刻还是把他们带了出来，所以他们应该多少都会感激我们的救命之恩。

弗雷德偷偷地跟我们说，他打算放那些俘虏走。从他们能那么容易就被我们抓到来看，就可以知道他们其实只是小喽啰，整件事最应该负责的大概还是那个女吸血鬼。留他们在那里，对双方而言都不是件好事。更何况，在忙于重建的领地当中，要监视这些人也很麻烦。所以他决定放他们走。

"请转达给国王陛下。"弗雷德说，"请陛下赶快找到科内尔家的继承人，然后赶紧把他送过来。我会诚心诚意地迎接他，如果他答应，我也愿意帮忙辅佐他。如果他不答应呢？那我就会出发去寻找我的伙伴。不管怎么样，反正这段期间我们也没办法缴税金上去，所以越早把他送来越好。"

卡洛尔微笑着答应了。但是弗雷德的话还没说完。他突然态度十分诚恳地说：

"各位所携带的文件是重要的证据。可惜这份文件还没有写完，但文彻应该可以供出一些事情。"

文彻哼了一声。他脸上的表情就像是在说"你们有种就拷问我啊，看我会不会开口"。但是弗雷德并不在乎，又继续往下说：

"这份报告可以刺激在我们百绥斯与桀埠的战争中维持中立的那些国家。在鸽派那些活跃的公爵与领主之间也能引起相当大的反响。如果是鹰派，根本连说都不用说……搞不好会有一些暗杀者出现，他们会以这份文件为目标，跑去追杀各位也说不定。"

我们突然觉得背脊发凉。弗雷德说：

"这件事我没办法帮上忙，只能提醒你们多加小心。但还是请你们帮我将这句话转达给国王陛下。"

然后弗雷德在卡洛尔耳边说了几句悄悄话。卡洛尔露出了惊讶的表情，随即陷入了沉思。然后他突然微笑了起来，说：

"你是说湾丘！"

弗雷德的脸色变得开朗了一些。

"是的。那里是最近的。"

"我真是吓了一跳。我大概理解了。"

弗雷德很高兴地说：

"卡洛尔先生并不像是个跑腿传话的人。"

"你也不像是会在这里耕田的人啊。"

安德鲁那一伙人，还有我们都听不懂他们在说些什么，但是似乎觉得他们所说的应该是好事，于是都点了点头。然后我们就调转马头离开。萨琳娜在背后大叫：

"迪菲利会保佑你们的！在岔路上不要犹豫，直接往心里想走的地方走吧！"

玛德琳也说：

"使暴风雨沉静下来的是纤弱的大波斯菊。愿艾德罗伊的祝福伴随着你们！"

我们接受安德鲁、路易斯、弗雷德、萨琳娜以及玛德琳的送行后，就上路了。啊，等一下！我忘了说，当然在我们身后，还有五十多个小孩在欢送着我们。

"再见，波奇哥哥！"

"回来的路上，我会带礼物来给你的！"

我就这样向苏珊道别，然后离开了科内尔领地。

"虽然我们在这里耽搁了三天，但是这三天并没有白过。"

卡洛尔转过头去望向科内尔领地。我也回头望了望。

我们第一天来到这里时的那种怪异感受，到处颜色都相同的妖异气氛，现在已经一扫而空。温暖的秋日阳光下，只看得见领地可爱的模样。

我瞄了文彻一眼。

他虽然是个俘虏，但还是得让他骑马，而且也没办法绑着他（这匹马是我们搜遍了领地，好不容易才找到的）。所以我们解开了绳子，让他骑在马上，但要提防他随时都有可能逃掉。马修搔了搔头，然后将文彻的马鞍跟自己的马鞍用一条长绳子绑在一起，接着将文彻的两边脚踝用绳子连接到马肚子底下。如此一来，文彻应该无法从马上跳下。

无论如何，文彻此刻用沉郁的表情低头看着他的马。他现在到底在想些什么呢？但卡洛尔似乎对文彻毫不关心，而是向后面张望着说：

"五十个小孩和大法师弗雷德……"

龙族

DRAGON RAJA

我们都微笑起来，连伊芙琳的脸上也浮现出温暖的笑容。

"他这个人不可能成为完美的爸爸。但世界上也没有真正完美的爸爸，只有不断努力的好爸爸。从这一方面来看，这个领地的未来是很光明的。"

听到卡洛尔的话，马修也点了点头："光是看他能够一肩挑起一个领地的未来，就知道他是配得上大法师称号的人物。"

我用讶异的眼光望着马修。马修干咳了几下，然后大喊：

"来吧，我们跑起来！"

我们在秋天的原野上奔驰。虽然此地没有丰饶的农产品，却有着丰饶的人心，不是吗？三个班奈特的男子，美丽的精灵女子，再加上桀埠的间谍，就这样如同疾风般，在金色的原野上朝目标不断奔驰着……

鄂新登字 04 号

图书在版编目（ＣＩＰ）数据

龙族.2,被诅咒的神临地 /（韩）李荣道著；曼曼，珂儿译. — 武汉：长江少年儿童出版社，2015.6

ISBN 978-7-5560-2234-2

Ⅰ.①龙… Ⅱ.①李… ②曼… ③珂… Ⅲ.①长篇小说—韩国—现代

Ⅳ.①I312.645

中国版权图书馆 CIP 数据核字（2015）第 054245 号

书　　名	被诅咒的神临地		
©	（韩）李荣道 著　　曼曼　珂儿 译		
改　写	孙　璘　王小芹　陈露露　兰季平　蒋　静　赵襄玲　李荷君　徐　艳 柴黎黎　王珊曼　万　丽　朱永红　吴幼文　田佳子　周　莲		
出版发行	长江少年儿童出版社	业务电话	（027）87679199 （027）87679179
网　　址	http://www.cjcpg.com	电子邮箱	cjcpg_cp@163.com
承 印 厂	武汉中科兴业印务有限公司		
经　销	新华书店湖北发行所		
印　次	2015 年 6 月第 1 版，2015 年 6 月第 1 次印刷	印张	16.25
规　格	680 毫米 × 980 毫米	开本	16 开
书　号	978-7-5560-2234-2	定价	28.00 元

本书如有印装质量问题　可向承印厂调换